Ella Gold

Gefesselt von Dr. Duken Moore

MEDICINE OF LOVE EDITION

Ella Gold

GEFESSELT
VON DR. DUKEN MOORE

DARK ROMANCE

Impressum

1. Auflage
Titel: Gefesselt von Dr. Duken Moore –
Medicine of Love Edition 1
Autor: Ella Gold

E-Book im Selfpublishing
Für Leser **ab 18 Jahren,** da es deutlich beschriebene Sex-Szenen enthält.

Kontakt:
Ella Gold
c/o Papyrus Autoren-Club
Pettenkoferstraße 16–18
10247 Berlin
E-Mail: autorin.ellagold@gmail.com
Facebook: Ella Gold (Autorin)

Titelgestaltung:
ceo, unter Verwendung von Illustrationen von © mis-Tery /Shutterstock.com und freevector.com

Lektorat: Eva-Maria Schürmann-Lanwer

**Ein Arzt der
ganz besonderen Art**

Medicine of Love Edition

Vielleicht kennst du mich schon als Ella Gold, die sich den modernen Märchen verschrieben hat. Dann möchte ich dich an dieser Stelle warnen, denn bei Dr. Duken Moore geht es wesentlich heftiger zur Sache. Ich habe lange Zeit mit dem Gedanken gespielt, meine neue Serie unter einem anderen Pseudonym zu veröffentlichen, weil die Medicine of Love Edition nichts für zarte Gemüter ist. Letztendlich bin ich zu dem Entschluss gelangt, dass ein Autor genauso viele Facetten wie seine Leser hat und diese auch zeigen sollte. Wem es nicht gefällt, der muss es nicht lesen. Der Klappentext sowie der Prolog zeigen dir deutlich, worum es in diesem Buch geht. Wenn du zu den Romantikern gehörst, auf schöne Schnulzen, rosarote Liebesgeschichten, nette Männer und die ganz großen Liebesschwüre stehst, dann bitte ich dich, die Finger von diesem Roman zu lassen. Du wirst nicht nur enttäuscht, sondern mitunter sogar schockiert sein! Wenn du aber darauf hoffst, in diesem Buch eine Liebesgeschichte der besonderen Art zu finden, kann ich dich beruhigen, du wirst sie finden, definitiv, ABER: Bis dahin dauert es ein paar Seiten, und der Anfang ist hart! Die sexuellen Handlungen sind nicht immer einvernehmlich. Es geht um das Spiel zwischen Gut und Böse, Liebe und Hass, Dominanz und Unterwerfung, auch Nötigung und Zwang sind Bestandteil. Allerdings auch viel Liebe, Vertrauen, Hingabe, Lust und Leidenschaft. Es sind Szenen dabei, bei denen du die Luft anhalten wirst. Dein Pulsschlag wird sich nicht nur einmal erhöhen, und mitunter kann sogar die eine oder andere Träne fließen. Ich verspreche dir aber, dass niemand zu Schaden kommen wird und ein Happy End auf dich wartet. ❤ Gefesselt von Dr. Duken Moore ❤ ist keine leichte Lektüre. Sie umspielt sehr ernste Themen, und es wird immer wieder Szenen geben, die dir sehr nahe gehen und dich tief berühren werden. Aber genau das will ich! Berühren! Ein Buch sollte nicht nur gelesen werden, es sollte erlebt und gefühlt werden. In diesem Sinne wünsche ich dir ganz viele wunderbare Emotionen mit Mia und Dr. Duken Moore.

Deine Ella

Bisher erschienene Werke:

Cinderella in Love (März 2017)
Die Schöne und Ben, das Biest (April 2017)
In den Fängen von Drosselbart (Juni 2017)
Gefesselt von Dr. Duken Moore (August 2017)

❤❤❤

Alle Bücher sind in sich abgeschlossen
und lassen sich in beliebiger Reihenfolge lesen.
Ich wünsche euch viel Spaß beim Schmökern!

Für meine Maus!
Du weißt warum, Maria …

»Vertrauen ist die stillste Art von Mut.«
(JW)

Prolog

Ich bin Duken, Dr. Duken Moore. Dreißig Jahre alt und eine Koryphäe auf dem Gebiet der Osteopathie. Mit meinen Händen kann ich wahre Wunder vollbringen. Sie sind heilsam, wie man mir oft sagt, aber nur ich weiß, dass sie auch Schmerzen zufügen können, unglaubliche Schmerzen, und genau danach sehne ich mich.
Eigentlich bin ich Arzt und versuche, die Menschen zu heilen. Eigentlich. In meiner Freizeit findet man mich in dubiosen Clubs, wo ich meine dunkle Seite ausleben kann. Frauen zu quälen, dient meiner Befriedigung, ihre Schreie vögeln meine kranke Seele. Niemand weiß, wer ich wirklich bin, und das ist gut so!

Aber nichts ist vergleichbar mit ihr, Mia Lind, süße neunzehn Jahre jung und so unschuldig. Als sie heute zum ersten Mal meine Praxis betrat, brachte mich ihre Erscheinung in eine neue Sphäre der Ekstase.
Meine Patienten sind tabu … habe ich mir immer geschworen. Ob ich diesem Schwur treu bleiben kann, weiß ich leider nicht. Im Moment sieht alles danach aus, als müsste ich mich von meinem

Ehrenkodex verabschieden.

Die Vorstellung, dass es diesmal kein Spiel ist, sondern real werden kann, fickt mich in den siebten Himmel. Mit pochendem Herzen schiebe ich ihr einen Zettel mit dem nächsten Behandlungstermin entgegen. Morgen Abend um achtzehn Uhr, wenn meine Praxis offiziell geschlossen ist, wird es so weit sein. Dann muss sie wiederkommen. Zu mir! Ihrem Peiniger … Ich werde ihr junges Leben für immer verändern, und nur Gott alleine weiß, wie sehnsüchtig ich darauf warte.

Kapitel Eins

Φ Mia Φ

»Geht es dir heute besser? Konnte dir der Arzt helfen?«, will Lena wissen, als wir gemeinsam in der Mensa sitzen. Ich schüttle den Kopf, sodass meine blonden langen Haare rhythmisch mitschwingen. »Nein, er hat mir nur Schmerztabletten gegeben. Heute Abend soll ich nochmal zu ihm kommen, aber ich habe ein ungutes Gefühl dabei. Irgendwie hat er mich komisch angesehen«, muss ich zugeben und beiße in mein Sandwich. Lena blickt irritiert zu mir. »Komisch angesehen? Er ist ein Arzt und sogar ein richtig guter. Meine Mutter geht schon lange zu ihm und schwärmt nur so von seinen Behandlungsmethoden.«

Ich nicke zustimmend. »Mein Vater auch. Er hat mich zu ihm geschickt, weil er angeblich so ein toller Osteopath ist und meinen Rücken wieder hinbekommt. Aber Dr. Moore hat gar nichts getan, außer mich anzustarren und merkwürdige Fragen zu stellen.«

»Gott, Mia, man merkt, dass du direkt aus einem katholischen Internat kommst. Jeder Mann der guckt, ist für dich gleich eine Bedrohung.«

Ich antworte nicht darauf. Ich fühle mich peinlich

berührt und ziehe das Schweigen vor. Lena ist zwar eine langjährige Freundin, aber unsere Leben hätten nicht unterschiedlicher verlaufen können.

Vor sieben Jahren waren wir uns noch ganz nah und ähnlich, bis ich im Alter von dreizehn während einer dummen Party zu tief ins Glas schaute. Bis zu jenem Tag hatte ich keinen Alkohol getrunken, es war mein erstes Mal gewesen und führte dazu, dass ich mit einer Alkoholvergiftung ins Krankenhaus kam. Das war das Ende meiner Jugend.

Mein Vater ist Universitätsprofessor und alleinerziehend, da meine Mutter bei meiner Geburt starb. Er schickte mich eine Woche nach diesem Vorfall auf ein Internat nach Bayern, eine Klosterschule, um ehrlich zu sein. Dort habe ich die vergangenen Jahre verbracht, was nicht spurlos an mir vorübergegangen ist. Wenn man sechs Jahre bei Nonnen lebt, täglich beten muss, in einem Sechsbettzimmer schläft und keinen Mann zu Gesicht bekommt, kann so ein Arztbesuch mitunter doch verwirren. Wahrscheinlich hat Lena recht, und ich bilde mir nur etwas ein. Deshalb bin ich lieber still und erwähne Dr. Moore an diesem Freitag nicht mehr, obwohl mir seine Fragen immer wieder durch den Kopf gehen. Was hat mein Leben in der Klosterschule mit meinem Rücken zu tun? Und was interessiert es ihn, ob ich einen Freund habe? Davon gehen meine Schmerzen auch nicht weg. Ich habe mich nur beim Yoga verrenkt, das erwähnte ich mehrfach, aber er erkundigte sich ausschließlich nach meinem Leben, meiner Vergangenheit und der Gegenwart. Welchen Studienkurs ich besuche, wann mein Vater kommende Woche Vorlesungen hält, ob ich noch zu Hause lebe und welche Hobbys ich pflege.

Ich habe ihm alles beantwortet, sogar die Frage nach meinem Gynäkologen, den ich noch gar nicht habe. Und ich wüsste auch nicht, was ein solcher Arzt für meinen Rücken tun könnte. Deshalb bin ja zu ihm gegangen, einem Osteopathen, von dem hier überall in Hamburg geschwärmt wird. Meinen Vater hat er von seiner jahrelangen Migräne befreit, und selbst meine Oma, die ich nur ganz selten sehe, weil sie in Heidelberg wohnt, hat am Telefon in den höchsten Tönen seine Hände gelobt, die göttlich seien und heilen könnten, nur habe ich davon nichts mitbekommen. Ich finde es eher seltsam, dass er sich so gar nicht nach meinen Beschwerden erkundigt hat, und dieses merkwürdige Gefühl begleitet mich, als ich am Abend wieder zu ihm gehe. Komisch, eigentlich hat die Praxis schon geschlossen. Zumindest steht das auf dem Klingelschild. Nichtsdestotrotz betätige ich die Klinke. Die Tür ist offen!

Ich blicke in den langen Flur, von dem rechts und links Behandlungsräume abgehen, als ich auch schon seine Stimme höre. »Bitte nach ganz hinten rechts!«, ruft er, und ich bekomme umgehend eine Gänsehaut. Die tiefen Nuancen in seiner Aussprache lösen Unbehagen in mir aus, ich verstehe nur nicht, wieso.

Zögerlich komme ich dem Zimmer immer näher, in dem ich gestern schon gesessen und mir Löcher in den Bauch habe fragen lassen. Als ich den Raum betrete, treffen mich seine smaragdgrünen Augen wie feine Blitze.

Millimeter für Millimeter tastet er damit meinen Körper ab, bis ich ganz unbeholfen »Hier bin ich« sage, um dem beklemmenden Gefühl zu entkommen, das sich stetig ausbreitet.

»Guten Abend, Mia. Nimm doch bitte Platz. Wie geht es dir heute?«, will er wissen, und seine tiefe Stimme lässt mich weiter frösteln. Was stimmt denn nur nicht mit mir? Alle Welt schwärmt von ihm, und er ist zudem ein bildschöner Mann. Sein dunkles, leicht welliges Haar schmiegt sich an sein perfektes Gesicht. Die vollen Lippen umspielen seine schneeweißen Zähne, mit denen er Werbung für Zahnpasta machen könnte, und er trägt einen deutlichen Dreitagebart, der seiner Männlichkeit noch mehr Ausdruck verleiht. Seine Gesichtszüge sind symmetrisch, wie erschaffen und nicht wie einer Laune der Natur entsprungen. Die markanten Wangenknochen und seine gleichmäßig geschwungenen Augenbrauen, die oben leicht spitz zulaufen, machen ihn umso maskuliner, aber auch gefährlich. Ja, gefährlich!

Er strahlt etwas Düsteres aus, was ich so nie zuvor bei einem Menschen wahrgenommen habe, obwohl ich optisch betrachtet keinen Makel an ihm finden kann. Seine leicht gebräunte Haut ist genauso perfekt wie seine Hände und die Finger – wahrscheinlich sein Markenzeichen. Sie sind markant und doch engelsgleich.

Alles an ihm strahlt Attraktivität aus, sogar sein Geruch. Er riecht so gut! Dieser frische Duft, der mich an das Meer erinnert, zieht bis zu mir. Gleichzeitig trägt er aber eine so verwegene Note in sich, die wilde Fantasien weckt und mich erröten lässt. Und dann seine Augen … diese betörende grüne Farbe, die einen Silberstich in sich trägt und wie Smaragde funkelt … Seine tiefliegenden Augen sind wirklich das Schönste und zugleich Angsteinflößendste, das ich je gesehen habe.

Ich kann seinem Blick nicht standhalten, deshalb starre ich auf den Boden, als ich ihm antworte. »Mir, mir geht es gut. Glaube ich. Die Tabletten scheinen zu helfen.«

»Das sollten sie auch, Mia. Wir wollen doch nicht, dass du Schmerzen hast.«

Diese Stimme! Dieser unheilvolle Klang, der sich seinen Weg durch mein Gehör immer tiefer in meinen Körper bahnt, lässt mich beinahe zittern. Ich muss aufpassen, um still sitzen zu bleiben, und bekomme meine Nervosität nicht mehr unter Kontrolle.

Weshalb bin ich nur wieder zu ihm gegangen? Ich habe es doch gestern schon gespürt. Er und ich, das geht einfach nicht. Mögen alle anderen noch so angetan von ihm sein, aber in mir löst seine Gegenwart Gefühle aus, auf die ich gerne verzichten kann.

Vielleicht liegt es wirklich an meiner Vergangenheit, obwohl ich inzwischen täglich Kontakt zu Männern habe. Ich bin schon in meinem zweiten Semester an der Uni und mit vielen Kommilitonen befreundet, die nicht ausschließlich weiblich sind. Außerdem bin ich auch nicht vom Mond. Ich hatte schon den ein oder anderen Freund. Nichts Festes und meist auch nur heimlich in den Sommerferien, wenn ich das blöde

Internat mal verlassen durfte, aber keiner von ihnen löste derartige Empfindungen in mir aus wie Dr. Moore mit seinen Blicken und seiner dämonischen Stimme.

Nie zuvor habe ich Angst vor Männern gehabt. Mein Frisör ist ein Mann, mein Zahnarzt auch! Der Postbote, der es zur Angewohnheit hat, sehr spät bei uns zu Hause aufzutauchen, gehört auch zu dieser Spezies. Ja, sogar der Kellner in meinem Lieblingscafé ist männlich, und ich habe keine Probleme, wenn er mir unverlangt Herzchen auf den Cappuccino malt, im Gegenteil, ich finde das immer süß. Also kann mein ungutes Gefühl eigentlich nicht auf das Geschlecht Mann zurückzuführen sein, und muss spezifisch mit ihm zu tun haben, Dr. Duken Moore, der mir schweigend gegenüber sitzt und mich eingehend mustert. Er sieht, wie ich immer nervöser werde und auf dem Stuhl hin und her rutsche.

»Äh, ähm … da die Tabletten zu helfen scheinen, könnte ich ja nun wieder gehen«, sage ich hoffnungsvoll und stehe auf.

»Nicht so schnell, Mia! Wir sind noch lange nicht fertig. Ich gehe davon aus, dass du dir einen Nerv eingeklemmt oder einen Wirbel ausgerenkt hast. Ich muss mir das erst einmal genauer ansehen. Die Tabletten dienten nur dazu, dir den Schmerz kurzzeitig zu nehmen. Heute schaue ich nach der Ursache. Zieh dich bitte aus!«

Oh, Gott …

Das ist mir unangenehm. So richtig unangenehm! Wahrscheinlich stimmt wirklich etwas nicht mit mir. Er ist ein Arzt, ein Arzt!, redet mir meine Vernunft immer wieder ein, aber mein Herz will dem keinen Glauben schenken und schlägt in seinen höchsten Tönen.

»Äh, ich denke, äh, das ist unnötig. Ich, ähm, ich habe mich vielleicht wirklich nur verrenkt. Ich, ich spüre gar nichts mehr. Nichts tut weh, wirklich nicht! Ich habe auch noch zwei Tabletten, die bis Sonntag reichen. Sollte am Montag wider Erwarten etwas sein, dann melde ich mich nochmal bei Ihnen.«

Puh, bin ich froh, das gesagt zu haben. Erleichtert greife ich nach meiner lilafarbenen Schultertasche und will mich gerade verabschieden, als seine Worte mich aufhalten.

»Dann muss ich jetzt deinen Vater anrufen und ihm Bescheid geben, dass du die Behandlung verweigerst. Du weißt, dass wir befreundet sind und er mich explizit um einen zeitnahen Termin gebeten hat. Für gewöhnlich habe ich Wartezeiten von mehreren Wochen, und ich lasse nur ungern meine Patienten krank aus dieser Tür gehen. Wer zu mir kommt, geht schmerzfrei.«

»Aber, aber ich habe doch gar keine Schmerzen mehr«, erwidere ich eingeschüchtert, denn ich weiß, was mich erwartet, wenn er meinen Vater anruft. Mein Vater ist zwar kein Unmensch, aber nahe dran. Ich habe größten Respekt vor ihm, manchmal sogar Angst. Sein Wort ist Gesetz, und ich habe es nie gewagt, ihm zu widersprechen, denn schon als kleines Mädchen bekam ich seine drakonischen Strafen zu spüren. Ich musste stundenlang in der Ecke stehen, wenn ich mich beschmutzt hatte, oder hungrig zu Bett gehen, wenn ich heimlich fern gesehen habe, was mir generell verboten war.

Auch für schlechte Noten wurde ich bestraft. Deshalb fand ich mein Leben im Internat gar nicht so schlimm. Die Nonnen waren wenigstens nett.

Verunsichert stehe ich nun da und überlege, wer mir mehr Angst macht: mein Vater oder Dr. Moore? Wenn er ihn anruft und ihm sagt, dass ich die Behandlung verweigert habe, stehe ich in spätestens einer Stunde wieder hier, inklusive meinem wütenden Vater. Insofern habe ich gar keine Wahl.

»Na, schön«, muss ich schließlich nachgeben, lege die Tasche wieder ab und knöpfe zaghaft meine Bluse auf.

Er beobachtet mich dabei die ganze Zeit. Schweigend! Wie ein Luchs steht er keine zwei Meter vor mir und lässt mich nicht aus den Augen, während ich mich ausziehen muss. Ein gefährliches Lächeln umspielt dabei seinen schönen Mund. Ich wage es nicht, ihn anzusehen, sondern lege die Bluse auf den Stuhl und senke meinen Kopf.

»Deinen langen Rock und die Strumpfhose auch noch! Ich kann schlecht durch Kleidung blicken.«

Es fällt mir schon schwer, mich ihm im BH zu präsentieren, und ich frage mich ernsthaft, was die Strumpfhose mit meinem Rückenproblem zu tun hat. Aber vermutlich weiß er es ja doch besser. Also krieche ich zittrig aus meinem legeren Rock, streife die Stiefeletten ab und rolle die Strumpfhose meine Beine hinunter, bis ich nur noch in Unterwäsche, barfuß und eingeschüchtert, vor ihm stehe.

Sein Schweigen ist gefährlicher als jedes Wort. Seine Augen halten mich gefangen, als wären es Seile.

Ich weiß nicht, wie lang ich an dieser Stelle verharre, aber ich beginne schon zu zittern, als er endlich auf die weiße Liege deutet, die an der Wand steht. Langsam begebe ich mich zu ihr.

»Leg dich auf den Bauch!«, sagt er und bricht die Stille. Diese Anweisung ergibt zum ersten Mal Sinn. Gott, vielleicht bilde ich mir doch nur etwas ein. Wie peinlich!

Nur gut, dass ich ihn auf diese Weise nicht ansehen kann. Meinen Kopf habe ich zur Wand gedreht, und meine Augen sind geschlossen. Ich spüre seine Hände. Ganz sacht berührt er mich, und ich zucke zusammen.

»Ganz ruhig, Mia. Ich will nur wissen, was dich da so quält«, flüstert er, während seine Finger meine Haut streicheln. Langsam wandern sie meine Wirbelsäule hinab bis zu meinem Po, und ich halte die Luft an. Erst, als er wieder nach oben streicht, kann ich weiter atmen. Im Nacken legt er meine langen blonden Haare beiseite und beginnt mich zu massieren. Ich fröstele und bekomme Gänsehaut. Aber es tut gut. Richtig gut!

Er macht das wirklich schön.

»Du bist total verspannt, und das in deinem Alter. Lass mal ganz locker und versuch dich zu lösen«, erteilt er mir Anweisungen, während seine geschickten Hände mich weiter kraulen. Ich muss aufpassen, keinen Laut von mir zu geben, denn es fühlt sich sehr gut an. Beinahe zu gut.

Ich sollte mir dringend eine Massage verschreiben lassen. Allerdings bei einer Masseurin und nicht bei ihm!

Dann stoppt er plötzlich, und seine linke Hand wandert unter meinen Bauch, hebt ihn leicht an. Mit den Fingern seiner rechten Hand tastet er fachmännisch meine Wirbelsäule ab. Er drückt rechts in einen Punkt unter meiner Schulter, und ich kann ein Zischen nicht unterdrücken. Genau das ist die Stelle, die mir so höllisch wehtut.

»Merkst du nun, dass Tabletten keine Alleskönner sind? Sie können Symptome lindern, zeitweise auch Schmerzen ausschalten, aber die Ursache bleibt. Um zu heilen, muss man genau da ansetzen«, sagt er und drückt nochmal in die Stelle. Ich verkrampfe und ziehe die Luft durch meine Zähne. Das tut ganz schön weh. Ein quälender Schmerz foltert mich, der sich über die Schulter bis in mein Hirn ausbreitet. Aber er hört nicht auf, sondern drückt fester und tiefer, reibt diese eine Stelle unerbittlich.

»Das tut weh«, flüstere ich.

»Ich weiß. Das muss auch wehtun«, bekomme ich zur Antwort, und er macht weiter, bis mir schwarz vor Augen wird. Wie kann eine kleine Stelle solche Schmerzen verursachen?

Er drückt noch fester, noch stärker.

Himmel, seine Finger müssen ja beinahe schon vorne wieder rauskommen, so tief presst er sie unter mein Schulterblatt. Mir wird übel, richtig übel. Ich habe zu kämpfen und befürchte, es nicht mehr länger ertragen zu können. Ich falle bestimmt gleich in Ohnmacht, vor Schmerzen wohlbemerkt!

»Muss das wirklich so wehtun?«, wispere ich deshalb.

»Ja, das muss es. Aber ich gebe dir mal einen Tipp:

Kämpf nicht gegen den Schmerz, sondern nimm ihn an! Du verspannst dich, presst deine Muskeln zusammen, wodurch du es nur noch schlimmer machst. Wenn du dich gehen lässt, deine Muskeln löst, dich dem Schmerz öffnest, ganz ruhig, gleichmäßig und tief dabei atmest, wird es nur halb so sehr wehtun.«

Ich habe gar keine andere Möglichkeit, als auf ihn zu hören, deshalb versuche ich es. Atme ganz tief ein und aus und ein und aus … entspanne mich, so gut ich kann, und tatsächlich wird es besser.

»Gut machst du das, Mia. Siehst du, es ist gar nicht so schlimm. Ich quäle dich auch nicht absichtlich, sondern versuche nur deinen Triggerpunkt zu lösen. Du hast dir nämlich drei Wirbel ausgerenkt und dadurch eine Schonhaltung eingenommen, die sich negativ auf deinen Latissimus dorsi auswirkt. Dort haben sich nun Triggerpunkte gebildet. Einer ganz besonders, und den versuche ich gerade weg zu massieren, damit deine Schmerzen verschwinden. Im Übrigen ist das auch nicht erst diese Woche passiert, wie du mir erzählt hast. Das ist unmöglich. Es muss länger zurückliegen. Der Schmerz strahlt weit. Ich glaube, dass sogar dein Arm betroffen ist«, erzählt er, während seine Finger mich weiter pressen und kneten.

Offenbar hat er Ahnung, und Recht dazu, denn mein Yoga-Unfall liegt satte drei Wochen zurück. Ich dachte anfangs, das wird wieder, aber leider war dem nicht so. Es wurde immer schlimmer, und mein Arm tut mir tatsächlich schon weh.

Allmählich beruhige ich mich auch. Dr. Moore

macht wirklich nur seine Arbeit, und das sogar richtig gut, muss ich mir selbst eingestehen, denn der Schmerz wird mit jeder verstreichenden Minute geringer.

Irgendwann hört er auf, mich zu massieren und hinterlässt eine heiße Stelle auf meinem Rücken, die sich anfühlt, als würden Tausende Ameisen darin wühlen. Aber es tut nicht mehr weh.

Plötzlich und unerwartet drückt er meinen Kopf nach unten auf die Liege, zieht an meinem rechten Arm, zieht ihn weit nach hinten, bis es knackt. Dann folgt mein linker Arm, und wieder knackt es.

Das klingt widerlich. Ich verziehe mein Gesicht.

»Schön ruhig liegenbleiben!«, sagt er, während er nun zu meinen Füßen geht, diese greift, erst dreht und anschließend zu sich zieht, bis auch meine Fußgelenke knacken.

Was wird das jetzt? Und warum knacke ich wie eine Achtzigjährige? Ich wage es nicht, danach zu fragen, sondern lasse ihn schweigend weitermachen, bis es vorüber ist, und ich knacke noch mehrfach bis dahin, was sich zwar grässlich anhört, aber kein bisschen wehtut.

Als ich mich eine gute Stunde später hinsetze, fühle ich mich wie neu geboren. Ist das angenehm! Mein ganzer Körper fühlt sich auf einmal so anders an.

Befreit, erholt, entspannt …

Ich kann das gar nicht beschreiben. Verwundert sehe ich ihn an und halte sogar seinem hypnotischen Blick stand.

»Besser?«, fragt er mich, und ich komme mir sehr dumm vor. Ja, es ist besser, viel besser sogar.

Gott, ich habe sie ja nicht mehr alle. Wieso habe ich mich zu Beginn so angestellt, wollte sogar gehen? Jetzt schäme ich mich für mein Verhalten und nicke nur peinlich berührt. »Danke«, flüstere ich ihm zu.

»Nicht der Rede wert. Wir sind ja auch noch nicht ganz fertig. Deine drei Rückenwirbel muss ich dir noch einrenken. Ich überlege schon die ganze Zeit, wie ich es am besten anstelle«, lässt er mich wissen, und ich hoffe, dass es nicht so schlimm wird, wie es klingt.

Als er meinen Gesichtsausdruck sieht, grinst er schelmisch, bittet mich nochmal an den Tisch, nachdem er meine Kleidung an sich genommen hat, und weist mir den nun leeren Stuhl zu.

Viel lieber hätte ich mich wieder angezogen, als mich in meiner geblümten Unterwäsche ihm gegenüber zu setzen, aber daraus wird nun nichts. Mein Rock, meine Strumpfhose und die Bluse liegen griffbereit neben ihm auf dem Tisch, und er lächelt, während ich mich mühsam auf den Stuhl zwänge und gar nicht weiß, welche Position ich einnehmen soll, um möglichst viel nackte Haut zu verdecken.

Ja, ich bin prüde, zumindest schamhafter als andere. Aber das geht wirklich auf die Nonnen zurück.

Herrgott, ich bin doch nicht nackt, jedenfalls nicht ganz. Also reiß dich jetzt zusammen, Mia!, sage ich mir selbst und versuche ihn anzusehen, was mir verdammt schwer fällt, denn sein diabolisches Grinsen rinnt wie fließender Strom durch meine Adern, hinterlässt rote Wangen und ein Prickeln in jeder meiner Hautzellen.

»So, Mia, bevor ich zu deinen Wirbeln vordringe, habe ich noch ein paar Fragen. Wann hast du deine letzte Periode gehabt?«

Hat er das jetzt tatsächlich gefragt?

Meine Periode? Was geht ihn das an? Und was hat das mit meinen Wirbeln zu tun? Und wieso glüht mein Gesicht plötzlich so?

Peinlich berührt denke ich scharf nach, und meine Augen wandern vom Boden an die Decke und zurück, um ihn nur nicht ansehen zu müssen.

»Äh, ähm … Ich, ich bin mir gerade nicht sicher. Äh. Aber ich nutze eine App und könnte ja mal …«

Umgehend streckt er mir seine Hand entgegen, und ich verstehe nicht recht. »Bitte?«

»Gib mir dein Smartphone!«

»Wie?«

»Mia, ich bin mir ziemlich sicher, dass du nicht unter Hörproblemen leidest. Ich hätte jetzt gerne dein Smartphone, um deinen Menstruationsrhythmus einzusehen. Im Übrigen finde ich es gut, dass du eine solche App benutzt.«

Völlig perplex reiche ich ihm tatsächlich mein Handy und beobachte, wie interessiert er sich dem Inhalt widmet. Was genau er sich alles anschaut, kann ich nicht sehen, aber er macht sich Notizen.

»Das sieht doch ganz passabel aus. Warum warst du eigentlich noch nicht beim Gynäkologen?«

Kapitel Zwei

Φ Duken Φ

Ich ergötze mich an ihren Reaktionen. Ich muss aufpassen, dass ihr mein steifer Schwanz nicht auffällt, der fest gegen meine Jeans drückt. Deshalb habe ich mich auch wieder hingesetzt, obwohl ich sie liebend gerne weiter auf der Liege beobachtet hätte.

Die Kleine ist ja so entzückend. Mal abgesehen davon, dass sie wunderschön ist, bringt mich ihre Unschuld um den Verstand. Ich genieße es, sie mit meinen unverschämten Fragen zu quälen. Ihre Reflexe darauf sind göttlich. Wie rot ihre Wangen schon sind, dabei ist noch gar nichts passiert. Sie rutscht unruhig auf dem Stuhl hin und her, hat dabei ihre süßen Beine eng übereinander geschlagen und weiß vor lauter Verlegenheit gar nicht, wo sie ihre Hände zuerst hinhalten und ihre Augen zuerst hinsehen sollen. Mein Gott, ist das niedlich. Ob sie schon feucht ist?

Oh, Allmächtiger … wie gerne würde ich meine Finger in ihre kleine, enge Grotte graben, sie dehnen und sie dabei beobachten. Himmel, ich brauche Abhilfe! So wird das hier nichts. Ich muss mir dringend einen runterholen, sonst kann ich für nichts mehr garantieren.

Ich halte ihr Handy noch in meiner Hand und wähle damit meine eigene Nummer, für einen kurzen Ausweg. Es klingelt dicht neben mir. Ich weiß genau, wer es ist.

Kurzerhand entschuldige ich mich bei ihr und verschwinde samt Praxistelefon und mit ihrem Handy auf die Patiententoilette.

Ich weiß nicht, wann ich das letzte Mal so schnell gekommen bin, ich glaube, ich muss vierzehn gewesen sein. Das Wissen, dass sie gleich nebenan sitzt und halbnackt auf mich wartet, lässt meinen kleinen großen Freund schnell weiter anschwellen. Ich reibe ihn nur kurz, denke dabei an ihre blauen, weit aufgerissenen Augen, die Angst in ihrem Blick, ihre Schüchternheit, ihre Scham … Oh Gott! Das langt schon, um abzuspritzen.

Ich muss leise sein und stöhne nur kurz und tief, schlage sacht gegen die Fliesenwand. Tat das gut!

So erleichtert habe ich mich schon eine Ewigkeit nicht mehr gefühlt. Ich wasche noch schnell meine Hände, lösche die Praxisnummer aus ihrem Handy und gehe mit einem breiten Grinsen in den Behandlungsraum zurück, wo sie immer noch ganz zusammengekauert sitzt.

»Tut mir leid, das war ein Notfall. Eine ältere Patientin, die sich vermutlich etwas gebrochen hat. Ich habe sie an das Krankenhaus verwiesen. Aber nun wieder zu dir. Du hast mir immer noch nicht erklärt, weshalb du noch nicht beim Frauenarzt warst.«

Sie beißt sich auf ihre Unterlippe und sieht zu Boden. Eigentlich hat sie nun genug Zeit gehabt, sich eine passende Antwort zurechtzulegen. Da bin ich ja mal gespannt, was jetzt gleich kommt.

»Äh, ähm … Ich brauchte bisher noch keinen.«

Ach, ist das niedlich. »Was brauchtest du noch nicht?«

»Äh … Naja … Vermutlich haben Sie Recht, und ich sollte wirklich mal zum Gynäkologen gehen«, versucht sie meiner Frage auszuweichen, aber so leicht mache ich es ihr bestimmt nicht.

»Redest du gerade von Verhütung, Mia? Meintest du, die brauchst du noch nicht?«

Scheiße … ihr Blick! So gehemmt und scheu. Sie sieht mich tatsächlich an und nickt auch noch. Jackpot!

Ich glaube, mein Schwanz zuckt schon wieder. Nur gut, dass ich gerade im Bad war. Wenn ich überlege, was ich alles mit ihr anstellen werde … Himmel! In der Kleinen habe ich mein persönliches Eldorado gefunden.

»Du hattest wohl noch keinen Freund?«, frage ich sie jetzt ganz unverblümt.

»Doch, schon, aber …«, beginnt sie, und nun wird es interessant, denn ich werde nicht erlauben, dass sie irgendjemand anrührt. Sie gehört mir! Einzig und alleine mir! Nur weiß sie das leider noch nicht.

»Was? Schon? Drück dich bitte genauer aus! Du hattest doch gewiss mal Sex, oder? Ich meine, du bist neunzehn Jahre alt.«

Ich habe nicht für möglich gehalten, dass ihre Wangen noch stärker erröten können. Aber sie können. Meine Kleine leuchtet wie ein Glühwürmchen. Sogar ihre winzigen Ohren werden ganz rot, und ansehen kann sie mich auch nicht mehr.

Ich glaube, das beantwortet meine Frage zur Genüge.

»Nun gut, Mia, dann will ich dich jetzt nicht länger mit Fragen drangsalieren, sondern widme mich lieber deinen Wirbeln, die schleunigst wieder dahin sollten, wo sie hingehören«, sage ich ihr und weiß, dass sie in ihren schlimmsten Träumen nicht ahnt, was ich gleich mit ihr vorhabe.

Ich nehme ihre Kleidung mit und führe sie halb nackt in meinen anderen Behandlungsraum, eher ein Gymnastikzimmer, wo einige wunderbare Spielgeräte stehen, deren Funktionen man auch umdisponieren kann. Die Kleine fördert meine Kreativität, wie ich gerade feststelle.

Eigentlich könnte ich ihre Wirbelchen mit Leichtigkeit einrenken, aber das muss ich ihr ja nicht verraten. Ich werde in ihrem Fall auf eine Uralttechnik zurückgreifen, das Aushängen, das im Grunde sehr praktisch, schmerzarm und hilfreich ist. Aber darum geht es mir nicht, obwohl ich diese Form der Therapie gerne bei meinen korpulenten Patienten nutze, weil es eine Erleichterung für sie wie für mich ist. In Mias Fall werde ich sie für andere Zwecke nutzen. Ich kann es gar nicht erwarten, sie hängen zu sehen.

Im Grunde verwende ich immer die Sprossenwand, aber ich will sie festbinden. Deshalb schaue ich freudig zu dem großen Haken an meiner Zimmerdecke, den ich gewöhnlich nur für die Schaukeln nutze, wenn es die Therapie verlangt. Diesmal verlange ich danach, und ich greife zu den passenden Seilen, die so praktisch über mir baumeln.

»Streif bitte die Träger deines BHs ab!«, fordere ich

sie vorsorglich auf, sonst bekomme ich diesen nachher nämlich nicht runter und das wäre zu schade.

Sie schaut mich ganz irritiert an. Tut es aber dennoch ohne Widerrede. Brav, mein kleines Mäuschen, genau so will ich das haben.

Während sie eingeschüchtert vor mir steht, positioniere ich erstmal meinen Laptop. Der muss schließlich alles filmen. Ich brauche immerhin ein Druckmittel für mein Engelchen. Nur gut, dass die Kleine viele Jahre in einer Klosterschule lebte, so einen Idioten zum Vater hat, und ihr Schamgefühl größer ist als der Mount Everest.

Ihr Pech, mein Glück.

»Mia, ich werde dir jetzt deine Hände zusammenbinden und dich anschließend an diesen Haken hängen. Schau, da hinten habe ich eine Art Flaschenzug. Damit ziehe ich dich weit nach oben, sodass nur noch deine Fußspitzen den Boden berühren. Man nennt es auch ›Aushängen‹. Diese Methode ist sehr effektiv, um Wirbel einzurenken.«

Ach, herrje … dieser Blick.

Hat sie etwa Angst? Wie süß! Dabei will ich ihr gar nicht wehtun – zumindest nicht diesmal. Ich will sie nur berühren. Und sehen. Ja, ich will alles von ihr sehen!

Zugegeben, mein Herz schlägt in den höchsten Tönen, als ich das Seil um ihr zartes, weißes Fleisch wickele und ihr eingeschüchterter Blick immer wieder hilfesuchend zu mir wandert. Ich schenke ihr nur ein überlegenes Grinsen. Ja, mein kleines Mäuschen, du bist mir soeben in die Falle getappt. Nun ist es soweit, Mia. Endlich!

Ich werde dein Leben auf ewig verändern. Ab heute wird für dich nichts mehr so sein wie es noch gestern war. Ich werde dich formen … Ich werde dich nehmen, wann und wo ich will. Und ich werde dich brechen, bis du mir hörig bist, denke ich mir freudestrahlend und ziehe sie an dem Flaschenzug empor.

Kapitel Drei

Φ Mia Φ

Worauf habe ich mich hier nur eingelassen? Warum bin ich nicht gegangen? Irgendwie kommt mir das alles merkwürdig vor, und ich habe Angst. Sein Grinsen gefällt mir auch nicht. Außerdem hänge ich jetzt fest. Ich kann mich kaum bewegen, so straff hat er das Seil gespannt. Meine Zehen berühren kaum den Boden. Hoffentlich ist alles schnell vorbei! Ich will hier runter, ich will wieder nach Hause. Ich fühle mich schrecklich unwohl.

Jetzt stellt er sich hinter mich, kommt mir ganz nah, sodass ich fröstele. Ich spüre seinen Atem an meinem Ohr, seine Wärme an meinem nackten Rücken.

»Ganz ruhig, Mia. Entspann dich!«, raunt er, und ich fühle, wie er nach dem Verschluss meines BHs greift.

Das darf er doch gar nicht! Er kann mich doch nicht einfach ausziehen.

»Bitte … Stopp!«, flehe ich panisch und frage zaghaft: »Was, was soll das? Was haben Sie vor?«

Noch ehe er antwortet, merke ich, dass er die beiden Häkchen tatsächlich öffnet, und eine zweite Panikwelle überrollt mich.

»Du weißt doch, was ich vorhabe. Ich muss deine Wirbel einrenken.«

»Ja, schon. Aber, aber … Geht das nicht auch so?«

»Wie? So? Was meinst du?«

Kann er sich das nicht denken? Zieht er etwa täglich seine Patienten ungefragt aus? Ist das etwa normal?

»Naja, ich, ich meine … meine, ob es auch so geht? So, wie ich jetzt bin. Reicht das nicht aus? Können Sie bitte meinen BH wieder schließen?«, bringe ich es unter innerem Kampf auf den Punkt.

»Das kann ich leider nicht, Mia. Ich muss doch sehen, was ich tue. Dein Zahnarzt schaut dir doch auch in den Mund, wenn er dich behandelt.«

Ich wäre gerade viel lieber beim Zahnarzt. Jetzt spüre ich auch noch, wie der Stoff des BHs an meinen Brustwarzen reibt. Offenbar zieht er ihn leicht hin und her. Das ist ja noch schlimmer, als ihn einfach abzunehmen, obwohl ich das auf keinen Fall will. Er reizt mit dem Bügel-BH meine empfindlichen Brustwarzen immer mehr. Sie ziehen sich schon zusammen! Ich spüre es ganz deutlich.

Das geht ja gar nicht unter diesen Umständen. Ich will nicht, dass er mich so sieht! Das ist mir so peinlich. Er steht zwar hinter mir und erkennt womöglich nicht viel. Aber er ist groß, sehr groß sogar und kann vermutlich aus seiner Position hervorragend das Wesentliche erblicken.

»Ist es dir etwa unangenehm, dich mir nackt zu zeigen?«, fragt er mich nun allen Ernstes, und ich beiße mir auf die Unterlippe. Ja, zum Teufel! Das ist es! Und wie!

Schön, er ist Arzt und sieht vermutlich täglich nackte Haut, nackte Menschen. Für ihn ist das gewiss nichts Außergewöhnliches. Für mich allerdings schon, deshalb nicke ich nur schweigend.

»Das muss es aber nicht sein, Mia. Alles ist gut, du brauchst dich nicht zu genieren«, flüstert er mir ins Ohr und zieht zeitgleich den BH über meine Brüste.

Ich hänge hilflos an dem Seil und schäme mich in Grund und Boden. Am liebsten würde ich zu weinen beginnen, so unangenehm ist mir diese Situation.

Als wäre das alles nicht schon schlimm genug, kommt er jetzt nach vorne und stellt sich direkt vor mich!

Oh, Gott … nein …

Ich beiße mir fester auf die Unterlippe, starre an die Decke und versuche hartnäckig, meine Tränen wegzublinzeln. Er berührt meine Wange. Streicht ganz sanft über mein Gesicht, während ich jetzt auch noch schluchzen muss.

Ich kann ihn nicht ansehen, unmöglich!

Dafür sieht er mich an. Er geht sogar einen Schritt zurück, um mich noch genauer betrachten zu können. In meinem ganzen Leben habe ich mich nie so hilflos gefühlt wie in diesem Moment. Ich komme mir vor wie eine Fliege im Spinnennetz. Ich kann gar nichts gegen meine beklemmende Lage tun, außer, auszuharren.

»Können Sie bitte anfangen? Mit dem Einrenken?«

Ich will es einfach nur hinter mir haben und wieder losgebunden werden.

»Ganz, wie du wünschst«, sagt er und greift an den Bund meines Slips. Erschrocken blicke ich nach unten zu meinem Bauch. Er steht genau vor mir und streift tatsächlich mein Höschen die Beine hinab!

Es ist nur ein Reflex, aber ich ziehe meine Schenkel an, hänge nur noch an dem Seil, das in meine Handgelenke schneidet und beinahe meine Arme ausreißt. Aber er stoppt!

»Mia, was soll das denn jetzt? Zum einen tust du dir damit selbst sehr weh und wirst diesen Zustand nicht lange ertragen können. Zum anderen brauche ich dich ganz nackt. Es tut mir ja wirklich leid, aber du weißt doch selbst, wo die Wirbelsäule beginnt und wo sie endet. Soll ich dir etwa deine Rückenwirbel blindlings einrenken? Weißt du, wie gefährlich das ist? Ich könnte dich am Rückenmark verletzen, wenn ich den falschen Wirbel erwische. Also entspann dich jetzt bitte und lass mich deinen Slip ausziehen, damit wir beginnen können!«

Bin ich denn noch ganz bei Trost?

Vermutlich hat er sogar Recht, und ich benehme mich hier wie eine Irre. Was muss er nur von mir denken? Ich weiß augenblicklich gar nicht, was mir unangenehmer ist: meine Nacktheit oder mein peinliches Verhalten. Wenn er das meinem Vater erzählt, bin ich geliefert. Der schickt mich sofort zurück ins Kloster.

»Tut, tut mir leid«, flüstere ich weinerlich, während ich mir tatsächlich von ihm den Slip ausziehen lasse.

»Es muss dir nicht leidtun, Mia. Alles ist in bester Ordnung«, lässt er mich wissen und grinst mich an. Mein geblümtes Höschen hält er in seiner Hand. Mein BH liegt auf einem Gymnastikball, gute zwei Meter entfernt. Und ich bin nackt. Splitterfasernackt! Vor den Augen eines fremdes Mannes. Und festgebunden dazu!

Das ist meine persönliche Hölle. Noch nie hat mich ein Mann nackt gesehen, auch keine Frau. Niemand! Selbst beim Duschen dimme ich gewöhnlich das Licht. Ich wage es nur selten, mich selbst im Spiegel zu betrachten, und niemals bewege ich mich irgendwo ganz nackt, noch nicht einmal in meinem eigenen Zimmer. Aber hier hänge ich nun und kann mich nicht bewegen. Er macht auch keine Anstalten, endlich mit dem Einrenken zu beginnen.

Wie lange will er mich denn noch anstarren?

Die Verzweiflung quillt mir aus jeder Pore.

Sein Grinsen sieht so gemein aus!

Er sucht immer wieder meine Augen, aber ich kann ihn nicht ansehen. Ich kann diesen Mann nie wieder ansehen! Dieses Erlebnis wird mich in meinen Albträumen heimsuchen.

»Dein Gesicht ist ganz rot, Mia. Und dein Puls … er rast«, lässt er mich wissen und berührt mich dabei am Hals, um das Pochen meines Pulses zu fühlen, der sich überschlägt.

»Beruhige dich erstmal, ehe wir weitermachen«, flüstert er mir zu, und ich will einfach nur, dass er schnell weiter macht! Aber ich kann nicht mehr antworten.

»Genierst du dich so sehr?«, will er wissen, und ich habe das Gefühl, meine Wangen könnten augenblicklich verbrennen. Ich glühe mehr als Feuer.

»Ich verstehe gar nicht, warum du dich so schämst. Du bist wunderschön! Hat dir das noch keiner gesagt? Oder hat dich etwa noch kein Mann nackt gesehen?«

Meine Tränen … Ich glaube, ich kann sie nicht länger zurückhalten!

Jetzt berührt er mich wieder!

Ich spüre seine Finger, die ganz sacht über meine Schulter abwärts streichen, vorbei an meinen Brüsten, hinunter zu meinem Bauch.

Ich halte die Luft an.

»Bist du etwa erregt?«, fragt er mich, grinst mich noch breiter an und lässt seine Augen gezielt zu meinen Brüsten wandern.

Ich folge seinem Blick … Meine Brustwarzen sind leicht gehärtet. Ich hänge ja hier auch fest, bin angespannt, und warm ist es auch nicht wirklich in diesem Raum.

GOTT! Nein! Nicht!

Sein Daumen … Er berührt mich! Er streicht über meine rechte Brustwarze, sodass sie sich umgehend noch härter zusammenzieht. Dann umkreist er sie und sucht dabei meine Augen … Die Fassungslosigkeit steht mir ins Gesicht geschrieben. Jetzt zwickt er sogar in meinen Nippel, drückt ihn fest, immer fester, zwirbelt ihn zwischen seinen Fingern und beobachtet mich unablässig.

Ich beiße mir so stark auf die Unterlippe, dass ich befürchte, sie könnte gleich zu bluten beginnen.

Ich will keinen Laut von mir geben, obwohl es sehr merkwürdige Gefühle sind. Ich habe so etwas noch nie gespürt. Jetzt berührt er auch noch meine linke Brustwarze und macht dasselbe mit ihr …

Nun mit beiden zeitgleich.

Ich halte das nicht aus!

Ich kann das nicht länger ertragen! Meine Gefühle

spielen verrückt. Was ist das nur?

Meine Augen sind starr an die Decke gerichtet. Die Tränen brennen in meinen Augen. Ich sehe diesen Haken, an dem ich festgebunden bin.

Meine Atmung wird noch intensiver, mein Herz überschlägt sich, und ich kämpfe verbissen gegen mich selbst, um ja nicht zu stöhnen, denn das darf auf gar keinen Fall passieren! Alles in mir zieht sich zusammen. Mein Unterleib krampft, und durch meine Nerven rinnt pure Elektrizität. Was tut er da nur?

»Gefällt dir das, Mia?«, fragt er mich jetzt, und ich schüttele so energisch mit meinem Kopf wie noch nie.

»Lüg mich nicht an! Oder soll ich überprüfen, ob es dir gefällt?«

Überprüfen? Wie will er das denn überprüfen?

»Bitte«, wimmere ich, mehr bringe ich nicht über meine bebenden Lippen.

»Bitte was? Was meinst du, Mia?«

»Ich, ich … ich will das nicht!«

»Was willst du nicht?«

»Bitte! Bitte hören Sie auf damit!«, flehe ich und merke, wie mir eine Träne über die Wange rinnt.

Er hört tatsächlich auf. Aber nur, um meine Träne wegzuwischen. Dann stellt er sich hinter mich, und ich spüre seinen Atem dicht an meinem Ohr.

Stöhnt er etwa?

Seine Hand greift nach vorne, legt sich um meine Taille, klettert weiter hoch. Er berührt wieder meine Brust, greift sie, umschließt sie und streichelt sie, während seine andere Hand an meinem Rücken liegt.

»Entspann dich, Mia, ganz ruhig! Ich will nur deine

Wirbel einrenken. Es ist gleich vorbei.«

Oh, ja, bitte! Schnell!

Ich spüre wie es knackt, als er dagegen drückt.

Es tut kein bisschen weh, aber es knackt laut und gleich nochmal, und nochmal. War es das jetzt? Kann ich nun gehen? Ich hoffe es so sehr.

»Und? War das so schlimm?«, flüstert er mir ins Ohr, und ich schüttele mit dem Kopf.

»Na, siehst du. Jetzt will ich aber wissen, ob du mich angelogen hast«, raunt er, und seine Hand wandert tiefer.

»Bitte … Was meinen Sie? Wann habe ich denn gelogen?«, frage ich mit zittriger Stimme und befürchte Schlimmes. Das kann er doch unmöglich meinen! Das darf er doch gar nicht tun, denke ich, als seine Hand meine Scham berührt.

»Ich vermute die ganze Zeit, dass ich dich errege, Mia, und dass du von meiner Therapie sehr angetan bist, was aber gar nicht sein dürfte. Und wenn du mir nicht die Wahrheit sagst, dann muss ich mich selbst davon überzeugen. Ich werde jetzt nachfühlen, ob du lügst. Entspann dich bitte!«

Kapitel Vier

Φ Duken Φ

Ich weiß nicht, wer von uns beiden aufgeregter ist. Sie oder ich? Ihr kleines Herz springt ihr beinahe aus der Brust, als meine Finger durch ihre Spalte gleiten. Aber mein Herz schlägt dabei nicht weniger. Und wie feucht sie ist! Mein Baby läuft aus … Ihr süßer warmer Nektar legt sich um meine Finger, und ich muss meine Zunge im Zaum halten. Am liebsten würde ich auf die Knie sinken, um sie auszulecken, aber das darf ich nicht tun.

Heute nicht. Morgen schon!

Während ich mit ihren Schamlippen spiele, fühle ich mit meiner anderen Hand ihren Puls am Hals. Ich glaube, ich muss aufpassen, damit meinem Engelchen nichts passiert, denn aktuell bewegt sich Mia in einem ungesunden Bereich. Dennoch kann ich es nicht lassen, sie weiter mit meinen Worten zu quälen.

»Ich befürchte, du hast mich belogen«, sage ich und zeige ihr meine benässten Finger, die nur so triefen, obwohl ich noch gar nicht in ihr war.

Ich rieche daran. Göttlich!

Ich muss mich zurückhalten, um ihren Saft nicht zu kosten. Nur gut, dass ich hinter ihr stehe. Die reinste Unschuld klebt an meinen Händen, und ihr Duft benebelt meine Sinne.

Sie schnieft, und eine weitere Träne kullert über ihre rote Wange. Am liebsten würde ich sie ihr wegküssen, aber auch das geht nicht. Noch nicht! Sie wird allerdings noch oft weinen. Dafür werde ich schon sorgen. Jetzt möchte ich sie aber stöhnen hören, denn das hat sie bisher gut unterdrückt, obwohl ich sehe, wie viel Kraft es sie kostet. Ich wische erneut ihre Tränen sanft weg und widme mich nochmal ihren wunderschönen, spitzen Brüsten. Die beiden sind herzallerliebst und werden wohl meine neuen Lieblingsspielzeuge werden. Diesmal gehe ich aber nicht so sanft mit ihnen um, sondern fordere ihre Nippel richtig.

»Bitte! Bitte nicht …«, wispert sie erneut, und ich bekomme nicht genug davon. Mein Schwanz ist schon wieder steif. Er pocht, als hätte er ein eigenes Herz.

»Was ist denn, Mia? Gefällt dir das etwa immer noch nicht?

»Nein«, sagt sie gequält, und ich glaube dabei ein Stöhnen vernommen zu haben.

»Lüg mich nicht an, sonst massiere ich die beiden noch stärker. Ich spüre doch, dass es dir gefällt. Und wenn du jetzt ganz brav bist und dir nicht länger auf die Lippe beißt, sondern mir offen deine Empfindungen zeigst und mir deine Gefühle offenbarst, lass ich dich auch gehen. Also bist du jetzt ehrlich und sagst mir, dass es dir gefällt?«

Nun bin ich aber mal gespannt, was meine Kleine antwortet, und ob sie überhaupt etwas sagen kann, denn ich verstärke den Druck auf ihre festen Nippel, bis sie nur noch winselt.

Hat sie gerade genickt?

»Mia? Willst du mir etwas sagen? Gefällt dir das?«

Sie nickt! Sie nickt wirklich!

»Darf ich, darf ich jetzt gehen?«, fragt sie ganz leise, und ich nutze diesen Moment, um ihre Brustwarzen so richtig zu drangsalieren, bis sie laut stöhnt.

Na endlich!

Ich zwirbele sie weiter durch meine Finger, reibe meinen Schwanz dabei an ihrem nackten Po, und sie stöhnt nochmal für mich, und wie!

»So machst du das gut«, raune ich ihr tief ins Ohr und muss aufpassen, nicht selbst zu stöhnen, wobei ich die Vibrationen in meiner Stimme nicht mehr unterdrücken kann. Auch meine Atmung klingt sehr erregt. Ist sie ja auch.

Ich drehe ihre Nippel immer weiter, ziehe sie, so lang es geht, höre, wie sie wimmert, winselt und sich in dem Seil windet. Oh, ich würde jetzt so gerne meine Finger in sie stoßen, aber das ist nicht Teil meines Plans. Damit muss ich noch bis morgen warten. Jetzt will ich sie nur erregt in meinen Seilen haben, und bestens positioniert vor der Kamera, die jede Sekunde festhält.

»Sehr gut, Mia, das machst du ganz wunderbar«, versuche ich sie anzuspornen, weil das Filmmaterial meine Eintrittskarte in ihre kleine enge Pussy ist.

Ich halte sie fest an mich gedrückt, während ich ihre Brüste weiter streichle, knete und massiere. Meine Nase vergrabe ich in ihrem langen, blonden Haar und sauge dabei ihren betörenden Duft ein. Sie riecht so süß, wie sie ist, und windet sich köstlich gegen meinen Körper, um mir zu entkommen. Aber wir wissen beide, dass sie gar keine Chance hat und ihr Kampf sinnlos ist.

Ich kann nicht anders, ich muss nochmal in ihre Spalte fassen … Ganz langsam tanzen meine Finger über ihre seidige Haut, hinab zu ihrer glatten Vulva. Ich bin ehrlich überrascht, dass sie so blank rasiert ist. Das hätte ich von einer Klosterschülerin nicht erwartet. Ich hatte mich schon darauf eingestellt, es selbst tun zu müssen, aber wenn sie mir die Arbeit abnimmt, kann ich mich um das Wesentliche kümmern.

Ich spiele mit ihren Schamlippen, ziehe daran, massiere sie. Als ich ihre empfindliche Perle ganz sacht zu necken beginne und gleichsam ihre Brust stimuliere, ist es fast um sie geschehen.

Wie mein kleines Engelchen stöhnt! Richtig laut stöhnt und gleichzeitig weint … Jetzt läuft bei ihr nicht nur eine Träne, nein. Es fließen gleich mehrere, und ich genieße es wie nichts zuvor. Ja, Prinzessin, weine du nur! Weine und mach mich glücklich!

Ich merke, dass sie völlig fertig ist.

Vor Scham, vor Angst, wegen ihren eigenen Gefühlen und dieser ganzen Situation, die sie komplett überfordert. Ich denke, sie hat keine Ahnung, was ich hier eigentlich tue und worum es mir geht. Wie bringe ich meiner kleinen Unschuld nur bei, dass ich alles gefilmt habe und sie im Grunde nur damit erpressen will?

Ich weiß es noch nicht, ich weiß nur eines: Ich muss nochmal ins Badezimmer, so wird das nämlich nichts. Nur die Götter ahnen, wie gerne ich jetzt meinen Prügel in sie rammen würde. Aber auch das hebe ich mir für Morgen auf und kann es gar nicht erwarten.

Während ich mir auf der Toilette nochmal einen runterhole, sehe ich sie in Gedanken vor mir hängen. Nur gut, dass die Kamera jeden Moment festhält. Ich werde mir nachher ganz genau anschauen, was sie gerade tut, während ich hier sitze und meinen Schwanz reibe. Morgen wird sie ihn mir reiben, worauf ich mich jetzt schon freue.

Ich muss zugeben, dass mein Plan riskant ist.

Wenn es ganz dumm läuft, könnte sie mich anzeigen, obwohl ich ihr das nicht zutraue. Ich spiele quasi Russisches Roulette und habe alles auf eine Zahl gesetzt. Ja, ich könnte verlieren. Meinen Ruf, meinen Job, meine Freiheit, einfach alles. Aber sie ist diesen hohen Einsatz wert.

Außerdem kenne ich ihren Vater, besser, als mir lieb ist. Ein Idiot durch und durch. Professor Dr. Dr. Lind ist der überheblichste Narzisst, der mir je begegnet ist. Niemals wird sie sich ihm anvertrauen und eine Mutter hat sie nie gehabt, auch keine Geschwister. Fast tut sie mir leid, aber auch nur fast.

Zu wem soll sie gehen und sich ausweinen? Es gibt niemanden in ihrem Leben. Eventuell zu den Nonnen, die sie großgezogen haben? Aber dafür schämt sich die Kleine garantiert zu sehr. Hoffe ich jedenfalls. Außerdem werde ich es geschickt angehen. Ich muss ihr ja nicht gleich sagen, was ich alles mit ihr vorhabe.

Ich zeige es ihr nach und nach, bis sie viel zu tief drin steckt und ihr keiner mehr glauben wird.

Dieses Wissen lässt mich strahlend (und befriedigt) zurück in den Gymnastikraum gehen, wo sie noch immer an dem Seil hängt. Und wie sie dabei zittert. Erneut greife ich nach ihrem Handy, stelle mich gezielt vor sie und schieße einige Fotos, was ihr nicht verborgen bleibt.

Dieser Blick!

Einzig ihr Blick ist schon das reinste Aphrodisiakum für mich. Den Hormoncocktail, den sie in mir auslöst, könnte ich glatt als Viagra verkaufen. Ich fühle mich wieder wie vierzehn.

Allmählich kapiert sie wohl, was hier vor sich geht.

Aber ich schicke erstmal seelenruhig die Fotos auf mein Handy. Geile Wallpaper! Einzigartig. Wunderschön.

Ihre wässrigen Augen starren mich fragend und verständnislos an. Gleich, mein Engelchen, gleich erkläre ich dir alles. Ich lasse es mir aber nicht nehmen, ihr vorher wieder ins Höschen zu helfen, während sie noch immer am Seil festhängt. Und auch den BH lege ich ihr an und schließe ihn sogar.

Ich spüre, wie erleichtert sie zusammensackt, als die beiden Stofffetzen ihre Blöße bedecken. Aber nur ich weiß, dass ich schon morgen ihre heißen Kurven wiedersehen werde. Da ich gut befriedigt bin, fällt es mir gar nicht so schwer, sie endlich zu erlösen und vom Haken zu lassen. Völlig erschöpft fällt sie in meine Arme.

Sie ist kalt. Meines Erachtens zu kühl, deshalb hole ich ihr eine Decke und wickle sie darin ein. Sie schenkt mir sogar einen dankbaren Blick, obwohl ihr Mund verschlossen bleibt. Nun muss ich sie allerdings aufklären und ordere sie an den Laptop.

Sind das geile Aufnahmen! Ich spule nur schnell zurück und nochmal kurz vor. Fantastische Qualität!

Ihre blauen Augen sind weit aufgerissen, ihre süßen Lippen öffnen sich auch ganz dezent, als sie mein Filmchen sieht.

»Tja, Mia, wie fange ich an? Deinem Rücken wird es demnächst besser gehen. Ich vermute, die Tabletten brauchst du ab morgen nicht mehr. Aber da ist noch eine andere Sache. Ich habe unsere kleine Behandlung nicht grundlos gefilmt. Und auch die Fotos auf deinem und meinem Handy machen Sinn, wie du gleich merken wirst. Ich möchte nämlich, dass du morgen nochmal zu mir kommst und bis Sonntag bleibst!«

Verständnislos blickt sie mich an. »Aber warum?«

Ich kann meinem Grinsen keinen Einhalt gebieten.

»Warum? Ich denke, das ahnst du, und damit liegst du ganz richtig. Ich rufe deinen Vater nachher an und sage ihm, dass du eine Therapie brauchst und deshalb über das Wochenende in eine Privatklinik gehen wirst, was natürlich nicht der Fall ist. Du wirst die Zeit bei mir verbringen. Bist du allerdings morgen Nachmittag nicht pünktlich um sechzehn Uhr hier, rufe ich deinen Vater erneut an und erzähle ihm, was heute passiert ist, aus meiner Sicht! Und nicht nur das. Ich werde ihm auch das nette Video von dir zukommen lassen, aber nicht nur ihm, Mia. Ich habe gestern nicht grundlos nach deinem Studienfach gefragt. Wenn du unser kleines Spiel nicht auf der Leinwand in deinem Hörsaal sehen willst – wohlbemerkt du und Hunderte andere! – dann rate ich dir, morgen pünktlich zu sein.

Und die tollen Fotos auf deinem Handy habe ich inzwischen auch auf meinem, ebenso wie deine ganzen Kontakte, die ich mir via Bluetooth zugesendet habe. Ich kenne die Leute zwar nicht, aber du gewiss schon, und sie werden dich kennenlernen, wie sie dich garantiert noch nie gesehen haben. So richtig schön nackt und erregt dazu.«

Weint sie etwa? Ach, herrje! Das wollte ich jetzt gar nicht. »Mia, du musst morgen nur zu mir kommen, dann wird niemand diese Aufnahmen je sehen.«

»Was, was haben Sie mit mir vor?«, wimmert sie und schluchzt dabei.

»Es passiert dir nichts Schlimmes. Keine Angst. Tu nur, was ich dir sage, und alles ist gut.«

»Werden Sie mich wieder da aufhängen?«, will sie jetzt wissen und zeigt auf den Haken. Ich schüttle meinen Kopf. Nein, ich will sie nicht wieder aufhängen. Morgen will ich sie in meinem Bett haben. »Nein, Mia, du kommst nicht an den Haken, das verspreche ich dir.«

»Werden Sie mir wehtun?«, flüstert sie ganz leise und wagt es nicht, mich anzusehen.

Ich kann für nichts garantieren, obwohl ich ihr nicht gezielt Schmerzen zufügen will. Ein bisschen quälen will ich sie allerdings schon. »Es passiert nichts, was du nicht ertragen würdest, Mia. Glaub mir, die Verbreitung von dem Video würde dir mehr zusetzen als die Stunden, die ich mit dir verlange.« Und davon bin ich wirklich überzeugt.

»Werden Sie den Film danach löschen?«, fragt sie mich hoffnungsvoll, und ich muss mein Grinsen stark unterdrücken.

»Wenn du alles tust, was ich von dir verlange, ganz brav bist und mir meine Wünsche erfüllst, dann ja, dann werde ich die Aufnahme löschen«, antworte ich überzeugend. Ich werde das Video natürlich niemals löschen, es ist mir heiliger als der Heilige Gral selbst. Nichtsdestotrotz werde ich das Filmchen nach dem Wochenende wirklich nicht mehr als Druckmittel einsetzen. Ich habe dann nämlich eine neue und viel wichtigere Aufnahme in der Hand, die mir meine Freiheit garantiert.

Nickt mein Engelchen jetzt tatsächlich? Ist das süß!

Ich weiß ja selbst, dass sie gar keine andere Wahl hat. Sie muss es tun, sie ist mir hilflos ausgeliefert, und ich ergötze mich an ihrer beklemmenden Lage.

Allerdings kommt mir da so ein komischer Gedanke, denn ich sehe ihre Furcht, ihre Hemmung und das hoffnungslose Gefühl, das sich ihren ganzen Körper zu eigen macht. Ich will ja nicht, dass sich die Kleine etwas antut.

»Übrigens, Mia, rate ich dir, nicht auf dumme Gedanken zu kommen! Solltest du einen anderen Ausweg suchen und dir womöglich etwas antun, um dieser Schmach, die es in deinen Augen sein muss, zu entkommen, würde ich die Aufnahmen überall verbreiten, sogar deiner Oma würde ich den Film zuspielen! Außerdem bist du doch ein gut erzogenes und christliches Mädchen. Du weißt, dass du in die Hölle kommen würdest, wenn du etwas Unüberlegtes tun solltest«, setze ich nochmal nach, denn augenblicklich gefällt sie mir gar nicht. Am liebsten würde ich sie gleich hier behalten.

Ich weiß nicht, was über mich kommt.

Ich kann es nicht kontrollieren und schließe sie in meine Arme, wiege sie sanft an meiner Brust, streiche über ihr goldenes Haar.

»Psst, es ist alles gut, Mia, hab keine Angst vor Morgen! Ich werde dir nicht sehr wehtun, ich verspreche es dir«, flüstere ich in ihr kleines Ohr.

Kapitel Fünf

Φ Mia Φ

Ich hatte in meinem ganzen Leben noch nie so große Angst. Der Weg zu ihm ist die Hölle für mich. Seit gestern habe ich nicht mehr geschlafen, die ganze Nacht lag ich wach und habe überlegt, was ich tun soll. Meinem Vater kann ich unmöglich erzählen, was vorgefallen ist. Er würde mich ins tiefste Kloster in Tibet jagen, wo ich auf ewig leben müsste. Mir fällt einfach niemand ein. Lena vielleicht? Die würde mir wieder vorhalten, dass ich mir etwas einbilde. Sie hält mich für zu prüde und im Umgang mit Männern für leicht gestört. Sie würde mir im schlimmsten Fall noch nicht einmal glauben. Außerdem ist er ein angesehener Arzt. Wer bin ich schon im Vergleich zu ihm? Niemand würde mir glauben! Ich habe ja solche Angst und weiß einfach nicht weiter.

Er darf diesen Film auf keinem Fall jemandem zeigen! Immer wieder sehe ich mich auf diesen Aufnahmen. Wie ich dort an dem Seil hänge … Meine nackten spitzen Brüste, meine entblößte Vagina, einfach alles ist darauf zu erkennen! Man sieht, wie er mich berührt hat, hört, wie ich auch noch gestöhnt habe. Oh, lieber Gott, das ist mir so unsagbar peinlich, ich wollte das wirklich nicht! Aber ich konnte es nicht unterdrücken, es ging einfach nicht! Diese Gefühle in mir waren so stark, so neu und ungewohnt. Es war so schlimm und doch irgendwie auch anders … ich finde gar keine Worte dafür. Ach, hätte er es doch nur nicht gefilmt!

Die Fotos auf meinem Handy habe ich gestern noch auf dem Nachhauseweg gelöscht. Das Wissen, dass dieselben noch immer auf seinem Smartphone sind, quält mich stündlich. Wenn ich nur wüsste, was er von mir erwartet. Er kann doch unmöglich Sex mit mir wollen! Er weiß doch, wie unerfahren ich bin, zumindest muss er es gemerkt haben.

Ich gebe es nur ungern zu, aber er ist ein verdammt schöner Mann. Er ist perfekt, zumindest optisch. Er kann doch jede Frau haben! Was will er dann von mir?

Ich kann ihm nichts bieten … gar nichts!

Sollte ich ihm das besser nochmal sagen? Dass ich, dass ich … sexuell noch nicht so … so weit bin, wie er wahrscheinlich hofft? Ich werde ihn nur enttäuschen und wer weiß, was er dann mit mir macht. Ich überlege schon die ganze Zeit, ob ich vielleicht etwas Falsches gesagt oder getan habe. Ihm etwas suggeriert habe, was er verkehrt verstanden hat, aber mir fällt beim besten Willen nichts ein!

Ängstlich gehe ich die Straße entlang. Es ist ein kühler Tag Ende April, und der nordische Wind peitscht mir ins Gesicht. Ich ziehe meine Jacke dichter zusammen und kämpfe mich vorwärts, obwohl ich viel lieber wegrennen würde. Ich bin mit der S-Bahn gekommen. Um mit dem Auto zu fahren, war ich nicht in der Lage, und ich wollte keinen

Unfall riskieren, so aufgeregt wie ich bin.

Seine Praxis liegt an der Alster mit einem traumhaften Blick auf die Binnenalster. Bevor ich mich seinem Haus weiter nähere, bleibe ich noch einmal am Ufer stehen und schaue auf das Wasser und darüber hinweg. Es herrscht geschäftiges Treiben. Viele Menschen sind unterwegs.

Von hier aus kann ich sogar die Menschenmassen auf dem Jungfernstieg sehen. Wie sorglos sie spazieren gehen, einkaufen, Gespräche führen und dabei lachen. Alles scheint ganz normal zu sein, während ich auf dem Weg in die Hölle bin und meine Angst einen neuen Höhepunkt erreicht.

Ich sehe glückliche Pärchen an mir vorüberlaufen, sie küssen und freuen sich, und ich sterbe beinahe vor lauter Furcht. Ich will nicht zu ihm! Ich will da nicht wieder hingehen. Aber ich muss! Ich bin gezwungen, sonst verbreitet er das Video, und das würde mein Leben vollends zerstören. Oh, bitte lieber Gott, warum kann mir niemand helfen? Ich habe solche Angst!

Zitternd stehe ich vor seiner Praxis, die circa fünfzehn Minuten vom Haus meines Vaters entfernt liegt, den er gestern Abend noch angerufen hat. Da ich ja angeblich in eine Rehaklinik gehe, habe ich auch meine graue Sporttasche dabei.

Ach, wenn es nur schon morgen wäre! Was will er denn so lange mit mir anstellen? Ob er mir sehr wehtut? Ob er unnormale Dinge mag? Was will er denn sonst?

Ein ganzer Tag inklusive einer Nacht ... das ist verdammt lang. Gestern waren es nur zwei Stunden, und die haben so viel in mir zerstört, mich ängstlich und hilflos werden lassen. Ich werde mich gewiss ewig vor Ärzten fürchten. Und jetzt erwarten mich mindestens vierundzwanzig Stunden bei ihm.

Ich muss an diesen Haken denken … Ich will da nie wieder hängen! Ich wäre lieber tot, als das erleben zu müssen, was gleich auf mich zukommt.

Furchterfüllt setze ich mich auf die kleine braune Bank, die neben einem Ahornbaum vor seiner Praxis steht. Fünf Minuten bleiben mir noch. Fünf Minuten …

Mein Innerstes fordert mich eindringlich dazu auf, zu verschwinden, einfach wegzulaufen und nichts würde ich lieber tun. Aber ich darf nicht, ich muss zu ihm gehen. Zu dem Mann, der mir solche Angst macht, zu dem Mann, vor dem ich mich so fürchte, zu dem Mann, der Gott weiß was mit mir machen wird …

Was er gestern mit mir angestellt hat, das war … war grausam! Es tat nicht weh, kein einziges Mal, aber es war furchtbar. Auch jetzt kriecht mir dieses schreckliche Gefühl der Hilflosigkeit und des Ausgeliefertseins wieder die Kehle empor, als ich die fünf Stufen zu seiner Praxis hochgehe und zaghaft die Klinke der Tür drücke. Sie ist geöffnet. An einem Samstagnachmittag …

Ich weiß nicht, wann ich mich das letzte Mal so langsam bewegt habe. Ich schleiche förmlich hinein und mein Herzschlag foltert mich dabei.

Als Erstes schlägt mir ein Geruch entgegen. Es riecht hier nach Harz und Räucherwerk, und auch Weihrauch und Salbei kann ich erahnen. Es ist mir gestern schon aufgefallen, dass überall Duftschalen und nebelnde Zimmerbrunnen stehen, deren Flüssigkeit mit aromatischen Ölen getränkt ist.

Es duftet nicht unangenehm oder widerlich, aber für mich ist es das dennoch. Ich verbinde mit diesem Geruch meine gestrigen Erfahrungen und die Panik überrollt mich.

»Mia, wie schön dich wiederzusehen!«

Erschrocken weiche ich einen Schritt zurück.

Wie ein Gespenst ist er aus dem Gymnastikraum gekommen. Seine große Erscheinung und seine dominante Ausstrahlung machen mich kleiner, als ich bin und lassen mich noch mehr zittern.

Er trägt eine ausgewaschene blaue Jeans und ein schlichtes graues Shirt. Dennoch umgibt ihn eine Aura, die seiner düsteren Erscheinung ein Leuchten verleiht.

Er strahlt. Mir hingegen ist nach Weinen zumute.

»Ich wusste, dass du kommen wirst. Lass uns nach oben gehen!«, sagt er und nimmt mir die Tasche ab.

Ich komme mir vor wie in einem Albtraum, in dem ich gefangen bin. Ich will so gerne ausbrechen und muss ihm doch folgen …

Seine Wohnung befindet sich genau über der Praxis, die Treppe dazu liegt hinter einer Tür, auf der ›Privat‹ steht. Er fordert mich auf, voranzugehen und bleibt dicht hinter mir. Einerseits bin ich froh, nicht wieder in diesen Gymnastikraum gehen zu müssen, andererseits ängstigt mich die Vorstellung, stundenlang in seiner Wohnung zu sein, mit ihm. Völlig alleine mit ihm.

Niemand weiß, wo ich bin. Niemand! Er kann alles

mit mir tun. Alles! Und ich kann von keiner Seite Hilfe erwarten. Ich sterbe beinahe vor Furcht, als ich seine Wohnung betrete. Nervös sehe ich mich um …

Die Einrichtung überrascht mich nicht. Sie ist wie er. Schlicht und schön zugleich. Er hat Stil, keine Frage. Hinter einem kleinen Flur liegt eine offene große Wohnküche, auf die ich nur einen kurzen Blick erhasche, denn er führt mich umgehend nach rechts in sein Schlafzimmer. Das Bett sticht mir sofort ins Auge.

Es bildet das Zentrum des Zimmers. Es ist ein King Size Bett, in welchem bequem drei Personen Platz finden. Es ist aus schwarzem Leder mit einem edlen Kopfteil, das bestickte Verzierungen aufweist, die aber keineswegs verspielt sind, sondern feudal wirken, wie der Rest der Einrichtung auch.

Gleich nebenan befindet sich offenbar ein begehbarer Kleiderschrank, und die Tür rechts vom Bett führt in ein Badezimmer. Ich komme nicht dazu, mich genauer umzusehen, denn seine Stimme erregt meine Aufmerksamkeit. »Zieh dich aus!«, fordert er, und ich weiß, dass er nicht meine Jacke meint.

»Warum?«, wispere ich heiser.

»Ich denke, das weißt du, Mia.«

Also doch … Was erwartet er nur von mir? Ich kann das doch alles nicht! Ich bin total unerfahren! Und ich will es auch noch nicht, ich bin noch nicht soweit. Und erst recht will ich es nicht, auf diese Art und Weise. Nicht gezwungenermaßen …

Alles in mir zieht sich zusammen, die Angst schnürt meine Kehle zu, und ich schaffe es nicht, mich zu entkleiden, wie er es von mir verlangt.

Stattdessen versuche ich ein Gespräch in Gang zu bringen. »Sie, Sie werden keinen Spaß mit mir haben. Überhaupt keinen! Gewiss nicht, denn ich bin … bin noch sehr unerfahren.«

»Das macht mir überhaupt nichts. Zieh dich jetzt einfach aus! Ich will dich nackt sehen, Mia. Du kennst unseren Deal. Wenn du nicht hörst, bekommt Daddy umgehend ein nettes Filmchen auf sein Handy. Seine Nummer habe ich schon ganz oben eingespeichert«, droht er mir und zeigt auf sein schwarzes Smartphone, das gleich neben dem Bett auf dem Beistelltisch liegt.

Ich könnte schon wieder weinen, wie ich es die ganze Nacht getan habe, aber ich verkneife es mir und krieche aus meiner Jacke, den Schuhen und der Jeans. Erst dann lege ich meinen legeren weißen Pullover ab, den ich extra gewählt habe, weil er lang ist und mir über den Po reicht, was mir jetzt aber auch nicht hilft. Nun trage ich nur noch meine schneeweiße Unterwäsche und die schwarzen Strümpfe, aus denen ich schnell schlüpfe.

Er schaut mich an. Da ist ein Glitzern in seinem silbernen Blick. Seine Augen sprühen geradezu Funken, und ich drehe mich verlegen zur Seite.

Wie kann er mich nur *so* ansehen? Ich bin eine ganz normale junge Frau, nichts Besonderes. Er tut gerade so, als wäre ich die erste Frau, die er jemals gesehen hat. Unter seinen Blicken bekomme ich eine Gänsehaut. Ich fröstele sichtbar und spüre, dass sogar meine Brustwarzen fest werden.

Bitte nicht! Alles, nur das nicht, sonst denkt er wieder, ich sei erregt, was aber gar nicht der Fall ist.

Ich habe einfach nur Angst, und mir ist kalt. Mein Blick wandert sehnsüchtig zu dem Bett, auf dem so schöne weiche Kissen und diese große dunkle Bettdecke liegen.

Ja, seine Bettwäsche ist ebenfalls schwarz, mattschwarz und seidig mit glänzenden Ornamenten.

Das Bett sieht weich und bequem aus und ist bestimmt auch warm. Eigentlich ist es in seinem Schlafzimmer nicht kühl, dennoch rinnt mir die Kälte in jede Pore.

»Zieh dich vollständig aus, Mia! Ich will dich nackt. Splitterfasernackt!«

Warum nur? Er kennt doch meinen Körper, sogar besser als ich, so lange hat er mich gestern angestarrt. Eigentlich müsste es mir viel leichter fallen, meinen BH abzulegen, aber das tut es nicht. Es kostet mich große Überwindung, die schmalen Träger abzustreifen, nach hinten zu greifen und die Häkchen zu öffnen. Schnell werfe ich ihn auf das Bett und kreuze meine Arme vor meiner Brust. Ich kann ihn nicht ansehen, spüre aber seine diabolischen Blicke auf meiner blanken Haut, die mich vom ersten Moment an in Angst und Schrecken versetzt haben.

»Alles, Mia! Ich will, dass du alles ausziehst, oder soll ich nachhelfen?«

Es geht wieder los. Ich spüre es. Er wird so anders … Da ist etwas Gefährliches in seinen Augen. Es trifft mich, verletzt mich und macht mir noch größere Angst, als ich eh schon habe.

»Zieh dein Höschen aus! Jetzt!«, sagt er in einem Ton, der keine andere Option zulässt.

Ich beuge mich ganz weit nach vorne, sodass er

meine Brüste nicht sieht. Dann erst greife ich zum Rand meines Slips und streife ihn die Beine hinab. Ich weiß, es macht keinen Sinn, mich vor seinen Blicken zu schützen, ich komme damit sowieso nicht weit. Ich bin noch keine zehn Minuten hier und schon wieder komplett nackt.

Was er vierundzwanzig Stunden lang mit mir anstellen will, darüber möchte ich gar nicht nachdenken. Und dennoch bringe ich es nicht über mich, mich selbstbewusst hinzustellen. Wieder bedecken meine Arme meine Brüste, ich kann nicht anders! Mein Blick klebt sehnsüchtig an dem Bett, in dem ich mich liebend gerne unter der Decke verstecken möchte.

Er kommt näher, greift nach meinen überkreuzten Handgelenken und presst meine Arme an die Seiten meines Körpers. Ich spüre die Röte in meinem Gesicht, die sich rasant ausbreitet. Ich weiß, dass er meinen Körper kennt, und dennoch ist es mir mehr als unangenehm, dass er mich splitterfasernackt sieht.

»Mia, es ist gibt keinen Grund für deine Schamgefühle mir gegenüber. Ich weiß inzwischen, wie du aussiehst. Also hör jetzt mit dem Versteckspielen auf und zeig dich mir richtig, ansonsten muss ich dir wehtun und das willst du doch sicher nicht, oder?«, fragt er und berührt mich, während mein Puls in die Luft schnellt, als ich seine Worte verinnerliche.

Seine Finger streichen über mein Dekolleté, wandern tiefer, kreisen um meine Brüste, bis ich noch mehr fröstele und meine Brustwarzen wieder beginnen, sich zusammenzuziehen. Während mein

Herz vor Aufregung und Angst rast, kollabiere ich beinahe, weil es in meinem Kopf drunter und drüber geht.

Hat er mir eben gedroht? Mit Gewalt?

Wenn ich nicht höre, wird er mir wehtun?

Ich komme nicht dazu, weiter darüber nachzudenken, denn seine Finger spielen unnachgiebig mit meinen Brüsten. Vor allem widmet er sich jetzt meinen Nippeln, was bei mir für einen Ausnahmezustand sorgt.

Er fitzt sie, dreht sie durch seine Finger, bis ich eine Schnappatmung kriege. Lüstern beobachtet er mich dabei und verstärkt seinen Druck auch noch.

Er zwirbelt sie, zupft an ihnen … Ich kann das nicht aushalten! Das ist unerträglich, quälend und doch schön. Aber ich will gar nicht, dass es schön ist!

Diese Gefühle in mir sind so falsch.

Meine Fußsohlen beginnen zu brennen. Ich gehe auf die Zehenspitzen, wippe dabei auf und ab und versuche meiner hastigen Atmung, Einhalt zu gebieten. Aber mit jedem weiteren Druck auf meine Knospen, muss ich wieder auf die Zehenspitzen gehen. Ich schnappe nach Sauerstoff, beiße mir auf die Lippe und blinzele nach oben, um ihn ja nicht ansehen zu müssen, obwohl seine Augen auf mir kleben. Verdammt, was ist das nur?

Es war gestern schon so unerträglich. Nicht, dass es wehtut, nein, viel lieber hätte ich sogar Schmerzen!

Es ist, es ist … so merkwürdig.

Irgendwie scheint es eine Verbindung zwischen meinen Brustwarzen und meiner Vagina zu geben. Was sind das nur für Nerven, die beide Bereiche verknüpfen? Wenn er meine Nippel zwirbelt, ist es, als würde er mich gleichzeitig viel tiefer berühren. Alles in mir kribbelt, als würde er mir Strom zuführen, und ich kann dabei nicht still stehen bleiben. Am liebsten würde ich laut schreien und meine Vagina an etwas reiben.

In mir pocht es so stark …

Er soll damit aufhören! Ich will auch nicht wieder stöhnen wie gestern. Aber ich kann gleich nicht mehr! Jetzt wünsche ich mir das Seil herbei, um etwas zu haben, an dem ich mich festhalten kann.

Was ist das nur für ein glühend heißer und klopfender Punkt zwischen meinen Beinen? Er brennt und pocht tief in mir. Und jede Berührung meiner Nippel, schürt das Feuer weiter. Ich kann jetzt wirklich nicht mehr! Ich kann einfach nicht mehr … »Bitte, bitte hören Sie auf damit!«, wispere ich mit letzter Kraft.

Ich kann es kaum glauben, aber er hört tatsächlich auf. Erleichtert sacke ich auf meine Fußsohlen und atme ganz tief aus, um meinen Herzschlag zu beruhigen. Wie nach einem langen Sprint stehe ich vor ihm und kämpfe mit mir, um meinen Körper wieder unter Kontrolle zu bekommen.

»Küss mich!«, verlangt er plötzlich, und ich glaube, nicht richtig zu hören. *Ich* soll *ihn* küssen?

Ich habe schon zwei Jungs geküsst, aber in ganz anderen Situationen, und nackt war ich dabei auch nicht! Verwirrt schaue ich in seine tiefliegenden, smaragdgrünen Augen. Er meint gewiss keinen Kuss auf die Wange.

»Wenn du es nicht tust, weißt du was passiert! Egal

was ich heute und morgen von dir verlangen werde … ich lege dir nahe, nicht darüber nachzudenken, sondern es einfach zu tun! Das ist leichter für uns beide, glaube mir. Ansonsten muss ich mir womöglich noch Bestrafungen für dich ausdenken, und jetzt küss mich!«

Das ist überdeutlich. Ich weiß zwar nicht, was für Bestrafungen er meint, aber meine Angst davor lässt mich nachgeben und führt mich immer weiter über meine eigenen Grenzen hinaus.

Dr. Moore ist groß, einen ganzen Kopf größer als ich, daher muss ich auf die Zehenspitzen gehen, um seinen Lippen nahe zu kommen. Zudem muss ich mich an seinen breiten Schultern abstützen, um nicht zu riskieren,

dass ich nach vorne kippe. Als ich ihn berühre, merke ich, wie stark er ist. Und er riecht gut. Verdammt gut! Ich blicke verloren zwischen seinen geschwungenen vollen Lippen und seinen schelmischen Augen hin und her und weiß, dass es kein Zurück gibt.

Ganz zaghaft drücke ich ihm deshalb einen Kuss auf den Mund, der als der kürzeste Kuss in die Geschichte eingehen könnte.

»Was war denn das? War das gerade ein Windhauch oder deine Lippen? Ich denke, das kannst du besser.«

Ja, vermutlich. Wenigstens ein kleines bisschen.

Also gehe ich nochmal auf die Zehenspitzen, halte mich wieder an seinen kräftigen Schultern fest und küsse ihn diesmal etwas länger, eine gute Sekunde lang, dafür aber noch zarter. Wieder schüttelt er mit dem Kopf. »Auch nicht gut«, lässt er mich wissen.

Mist! Ich hole tief Luft und strecke mich ein drittes

Mal. Meine Hände berühren ihn ganz zittrig, während ich meine Augen schließe und seinen Lippen immer näher komme, bis ich seine Wärme auf meinem Mund spüre.

Ich küsse ihn tatsächlich, und nicht nur für eine Sekunde … Seine Lippen sind so weich und angenehm. Jetzt beginnen sie sich zu bewegen, und ich weiß nicht, ob ich aufhören soll. Als ich mich gerade von ihm lösen will, spüre ich seine Hände, die an meinen Rücken fassen und mich enger an ihn ziehen. Gleichzeitig wandert seine rechte Hand an meinen Hinterkopf, hält mich dort fest, damit ich nicht von ihm weichen kann, während er seine Zunge mit ins Spiel bringt. Umgehend erhöht mein Herz seine Schläge. Es pocht so laut, dass man es hören kann und auch mein Puls rast, als Dr. Moore meine Lippen ganz sanft leckt, feucht über sie streicht, und ehe ich mich versehe, öffne ich meinen Mund und lasse ihn in mich eindringen …

Ja, ich habe schon Jungs geküsst, aber nichts ist vergleichbar mit seinem Kuss. Seine Lippen sind so sanft, seine Zunge ist gar zärtlich, und er schmeckt gut, richtig gut. Er verwöhnt mich mit seiner Zunge wie kein anderer zuvor. Er weckt Gefühle in mir, die ich noch gar nicht kenne, und ich spüre viel zu spät, dass ich bereits mitmache und seinen Mund ebenfalls erforsche.

Was passiert hier gerade? Wie kann ich nur?

Aber es ist schön und tut mir augenblicklich richtig gut. Ich verliere sogar kurzzeitig meine Angst vor ihm, vergesse, wo ich bin und was auf mich zukommen wird. Selbst meine Nacktheit ist für einen

Moment nicht mehr präsent. Er krault meinen Rücken, streicht über mein Haar, und seine Zunge spielt so liebevoll in mir, dass ich erschüttert bin, als er aufhört, und ich der Realität gegenüberstehe.

»Das war doch schon mal gut, Mia. Jetzt leg dich auf mein Bett. Schön auf den Rücken legen. Deine Hände lässt du an der Seite und spreiz deine Beine!«, erteilt er mir genaue Anweisungen, und ich folge in Panik schweigsam seinen Wünschen. Ich kann mir denken, was folgt. Aber habe ich eine andere Wahl?

Während ich mich auf das Bett lege, spricht er weiter.

»Ich möchte jetzt mit dir spielen und dir Dinge zeigen, die gewiss noch keiner bei dir getan hat. Also bleib schön brav liegen!«

Meine Körperfunktionen sind völlig außer Kontrolle, noch bevor er anfängt, mich zu berühren. Alles an mir schlottert. Ich habe riesige Angst! Ich kann sogar das Adrenalin in meinem Mund schmecken, und mein Herzschlag tötet mich gleich.

Meine Nerven zucken verräterisch, als er sich neben mich setzt, mich ansieht und seine Finger über meinen Bauch streicheln. Furchterfüllt starre ich ihn an, während ich zittere wie ein Nackter im Eis.

»Ganz ruhig, Mia. Entspann dich! Ich tue dir nicht weh. Zumindest nicht jetzt«, lässt er mich wissen.

Eventuell will er mich mit diesen Worten beruhigen, löst aber das Gegenteil in mir aus.

Er tut mir jetzt nicht weh. Aber vielleicht später?

Oh Gott!

Ich wage es nicht, nach dem Sinn seiner Worte zu fragen. Ich bringe sowieso keine Silbe über meine bebenden Lippen. Ich liege nur ängstlich da und spüre seine Fingerkuppen, die ganz sanft über meine nackte Haut fahren. Sie schlängeln sich hinab zu meiner Vulva, die er nur umkreist, aber nicht berührt.

Wieder fröstele ich und meine Angst wird immer präsenter, dabei dachte ich, dass man sich gar nicht mehr fürchten kann, als ich es schon seit gestern tue.

Er sieht mich an. Ganz gezielt blickt er in meine Augen. Dann beugt er sich näher zu mir und beginnt meine Brüste zu küssen …

Oh Gott! Was ist das nur?

Er saugt meine rechte Brustwarze in seinen Mund, hält mich dabei an den Armen fest und leckt sie weiter, umkreist meinen Nippel mit seiner Zungenspitze und beißt ganz vorsichtig hinein. Sofort kralle ich mich in das Bettlaken und ziehe meine Beine an.

Nur nichts sagen, Mia! Sei leise!, ermahne ich mich, als sich seine Finger von meinen Armen lösen und zu meiner linken Brust wandern, um gleichzeitig mit meinem dortigen Nippel zu spielen. Oh, ich halte das nicht aus!

Mein Körper wölbt sich ihm entgegen, mein Becken beginnt sich unkontrolliert zu bewegen. Alles in mir prickelt, als hätte ich Schmetterlinge in meinem Bauch, dabei will ich das doch gar nicht!

Ich beginne meinen Kopf zu schütteln.

Es ist eher ein Reflex, und ich versuche mein Glück nochmal. »Bitte nicht. Bitte hör auf!«, flüstere ich heiser, und er stoppt wieder. Die Erleichterung lässt mich im ersten Moment tief in die Matratze sinken, und ich hole hastig Luft.

»Weshalb soll ich aufhören, Mia? Wir wissen doch beide, dass es dir gefällt.«

Ich kann ihm nicht antworten. Ich weiß gar nicht, was ich erwidern soll, denn es darf mir nicht gefallen! Das geht doch nicht!

Er sieht mich noch eine Weile fragend an. Als er bemerkt, dass ich nichts sagen kann, wandern seine Lippen wieder tiefer, diesmal allerdings viel zu tief … An eine verbotene Stelle, wo er mich gar nicht küssen dürfte!

Ich wimmere, als er meine Beine spreizt und sich dazwischen legt. Ich weiß, was er vorhat, und würde am liebsten aufspringen und weglaufen. Aber das darf ich nicht! Ich muss da jetzt durch und hätte niemals erwartet, dass es sich so gut anfühlt.

Seine Finger tasten mich sanft ab und öffnen meine Schamlippen. Dann berührt mich tatsächlich sein Mund an diesem verbotenen Punkt, und eine Hitzewelle erfasst mich, wie ich sie noch nie gespürt habe.

In mir erwacht eine Lust und sie ist so unerwartet und stark, dass ich mich vor mir selbst erschrecke. Und das, in dieser Situation … Er zwingt mich, und ich finde es auch noch schön. Wie kann ich nur?

Was seine erfahrene Zunge mit mir macht, ist nicht himmlisch, das muss teuflisch sein! Woher kommen nur diese angenehmen Gefühle? Sie fluten mich, rinnen durch jeden kleinen Nerv, betäuben mein Hirn, sodass ich keinen klaren Gedanken mehr fassen kann, und jetzt stöhne ich auch noch … Ich stöhne immer mehr.

Vergib mir, lieber Gott, ich kann nicht anders!

Kapitel Sechs

Φ Duken Φ

Sie schmeckt so gut. Ihr unschuldiger Saft ist das Köstlichste, was meine Zunge je benetzt hat. Hungrig liege ich zwischen ihren Beinen, die sie ganz bereitwillig für mich geöffnet hat. Ich sauge ihren Duft tief in mich ein und lutsche mich durch ihre kleine feuchte Spalte. Ihre süßen inneren Schamlippen kräuseln sich, als ich sie sanft beiße. Immer wieder dringe ich zu ihrer Lustperle vor, aber nie berühre ich sie direkt, sondern umkreise sie nur mit meiner Zungenspitze. Aber selbst das sorgt bei ihr schon für einen Ausnahmezustand. Sie wimmert und zittert unter mir. Ihre kleinen Zehen sind angespannt und in die Matratze gestemmt. Ihre zarten Hände umfassen das Laken, sodass ihre Knöchel deutlich hervorstechen.

Ja, halt dich nur fest, mein Engelchen, halt dich schön fest!, denke ich mir und dringe nun direkt zu ihrer Klitoris vor. Sie stöhnt so schön laut, als ich ihre Perle komplett umschließe und sie in mich sauge. Die reinste Unschuld in meinem Mund … Ich werde ganz high.

Meine Zunge spielt mit ihrer sensibelsten Stelle, stupst sie immer wieder an, neckt sie, bis meine

Kleine nicht mehr stillhalten kann. Gut so, Baby! So gefällst du mir! Stöhne und schrei!

Ich kann nicht mehr, ich will endlich in sie eindringen. Aber wenn, dann zuerst mit meinem Finger, der schon danach giert, sie zu erforschen. Deshalb löse ich mich von ihr, denn ich will sie währenddessen ansehen. Mein Puls rast ebenso wie ihrer, als ich mich wieder hinsetze, sie auffordere, meinem Blick standzuhalten, während die Finger meiner rechten Hand zwischen ihren Schenkeln verschwinden. Erst spiele ich noch ein bisschen mit ihren Schamlippen. Sie kann mich dabei kaum ansehen. Aber sie muss es tun, ich bestehe darauf!

Dann nehme ich meinen Mittelfinger und gleite zaghaft zu ihrem Eingang vor. Ganz sacht fahre ich immer tiefer.

Wie feucht sie ist! Sie läuft nur so aus. Jetzt kann sie nicht mehr behaupten, dass es ihr nicht gefällt. Ich necke sie und dringe ganz langsam in sie ein.

Ihre Pupillen weiten sich, sie sieht mich ängstlich an und reißt ihre blauen Augen auf.

»Schön locker lassen, Mia!«, gebe ich ihr Anweisungen und streichle mit der anderen Hand ihren Schenkel.

Allmächtiger, ist sie eng!

Da war noch keiner drin, noch nicht einmal ein Tampon, so wie sich das anfühlt. Ihre Scheidenwände umschließen meinen Finger, und ich beginne, sie zu penetrieren. Nur ganz leicht, mehr verträgt mein Engelchen noch nicht. Meine andere Hand lass ich von ihrem Schenkel zu ihrer Scham gleiten und massiere nun gleichzeitig ihre Klitoris.

Göttlich, wie sie sich windet und stöhnt!

»Gefällt dir das, Mia?«, will ich wissen, aber ich befürchte, sie hört mich gar nicht, so sehr überfordern sie diese Empfindungen.

So wenig Druck, und doch so viel für sie.

Mein Daumen spielt mit ihrer Perle, während der Mittelfinger meiner anderen Hand ihren wundersamsten inneren Punkt stimuliert. Eigentlich könnte ich noch einen zweiten Finger in sie schieben, um sie ein bisschen mehr zu dehnen und sie damit auf unsere Vereinigung vorzubereiten. Aber das werde ich nicht tun!

Zum einen will ich sie nicht mit meinen Fingern entjungfern und zum anderen möchte ich dieses einzigartige Gefühl nicht meinem besten Freund stehlen. Mein Schwanz soll sie entjungfern, er soll sie dehnen und zur Frau machen. Ich giere danach, ihr dabei in die Augen zu sehen …

Heute wird der beste Tag meines bisherigen Lebens!

Bis es soweit ist, verwöhne ich sie noch ein bisschen. Ich spüre schon nach kurzer Zeit, dass sich bei ihr ein Orgasmus anbahnt und frage mich, ob sie es sich gelegentlich selbst besorgt.

So, wie ich sie bisher einschätze, und so eng wie sie ist, denke ich, dass es eher nicht der Fall sein wird, aber ich will es genau wissen, deshalb stoppe ich.

Ihr Herz rast, ihr ganzer Körper bebt, sie bäumt sich auf und ringt nach Luft. »Mia? Hattest du eigentlich schon mal einen Orgasmus?«

Sie kann mich nicht ansehen, aber sie schüttelt ihren hochroten Kopf.

Bezaubernd! Also darf ich der Erste sein, der ihr einen schenkt. Ich fühle mich wie König Artus persönlich. Ich ziehe zwar kein Schwert aus einem Stein, aber ich werde mein Schwert gleich in sie stecken, sie damit zeichnen, sodass sie auf ewig Mein ist.

Ich kann es kaum noch erwarten. Allerdings befürchte ich, dass sie beim Akt selbst nicht kommen wird, und ich werde vermutlich zu abgelenkt sein, um mich auf ihre Bedürfnisse zu konzentrieren. Also nutze ich die Gunst der Stunde und stimuliere sie jetzt noch ein bisschen. Mein Finger steckt ja noch in ihr. Auch meine Lippen senke ich wieder auf ihre Scham, öffne sie, um direkt an ihre Perle zu gelangen, die ich genüsslich lutsche, während mein Finger sie weiter penetriert.

Wie sie jammert und schluchzt. Und stöhnt!

Ja, Mia, komm … komm für mich!

Ich spüre das Pulsieren in ihrem Unterleib. Mein Finger ist hautnah dran. Auch meine Zunge fühlt das leichte Zucken, fühlt, wie sich ihre Schamlippen verändern, anschwellen, sich alles in ihrer Pussy zusammenzieht, und dann ist es soweit. Sie kommt tatsächlich!

Ich habe nie ein liebreizenderes Jammern gehört als ihres. Wie entzückend sie schreit, während die Nervenenden in ihrer Perle so verräterisch in meinem Mund explodieren. Ja, genau, das ist es, Baby. Darum dreht sich alles hier auf der Erde. Es geht nur um Sex und Geld!

Sie sieht fertig und irritiert zugleich aus. Immer wieder schüttelt sie ihre blonde Mähne, als wolle sie gar nicht glauben, was gerade passiert ist.

Sie hickst und sehe ich da etwa eine Träne?

Ach herrje … Ein Orgasmus bringt sie zum Weinen? Was gleich kommt, ist vermutlich viel schlimmer für sie, aber länger kann ich meinen Schwanz nicht mehr im Zaum halten. Er bringt mich eh schon um den Verstand und presst gegen meine Hose, will freigelassen werden und endlich in sie fahren.

Was soll's, ich habe jetzt lange genug gewartet. Sie ist feucht und geil und bereit. Der Spaß kann beginnen …

Bevor ich anfange, hole ich aber noch ein anderes Laken. Vermutlich wird sie bluten, und ich habe keine Lust, das Bett später neu zu beziehen.

»Was … was haben Sie vor?«, will sie wissen und wirft einen ängstlichen Blick auf das weiße Leinentuch, das ich ausbreite. Dass sie mich immer noch siezt, obwohl ich sie bereits ausgeleckt habe, finde ich rührend, obwohl sie vorhin schon mal ganz kurz beim du war.

»Leg dich darauf und bleib schön liegen, Mia!«, befehle ich ihr und fange an, mich auszuziehen. Ich schätze, sie weiß, was gleich folgen wird.

Ihr Blick wird noch ängstlicher, als mein Shirt fällt. Während ich meine Hose öffne, wendet sie sich ganz ab und rollt sich auf der Seite zusammen. Eigentlich schade, aber sie wird mein bestes Stück noch oft genug zu Gesicht bekommen. Ich vermute sogar, dass sie noch nie einen nackten Mann in der Realität gesehen hat. Jetzt hätte sie die beste Chance dazu, und was für ein Prachtexemplar auf sie wartet! Mein

Großer steht wie eine Eins und zuckt bei ihrem Anblick ganz freudig.

Ich überlege kurz, ob ich sie festbinden soll. Seile habe ich genügend da, und ich habe keine Lust auf einen Kampf, falls ihr das erste Mal nicht zusagen sollte. Wenn ihre Arme außer Gefecht wären, könnte ich mich besser auf den Akt selbst konzentrieren, aber ich entschließe mich dazu, es erst einmal auf die altbekannte Art und Weise zu probieren. Bisher haben es schließlich alle Frauen überlebt, und im Grunde ist sie mit ihren neunzehn Jahren schon überfällig. Eigentlich kann sie froh sein, dass ich es tue. Und wenn sie nicht hört, muss ich halt wieder ein bisschen drohen. Das ist bisher sehr effektiv. Also begebe ich mich ohne Fesseln zu ihr ins Bett, wobei sie sich immer weiter zusammenrollt. Wie ein kleiner Igel liegt sie nun neben mir und tut so, als wäre ich gar nicht da.

»Mia, sei ein braves Mädchen! Leg dich auf den Rücken, spreiz deine Beine und entspann dich wieder!«

»Tut es sehr weh?«, fragt sie ganz leise, und das Zittern in ihrer Stimme entgeht mir nicht, als sie sich vorsichtig umdreht. Ich lege mich über sie, greife nach ihrem Gesicht, sodass sie mich ansehen muss. Dann lasse ich sie meine Erektion spüren, reibe meinen harten Schwanz an ihren Schenkeln, um sie wissen zu lassen, was auf sie zukommt.

»Ich bin keine Frau und kann dir keine präzise Auskunft darüber geben, aber ich will ehrlich sein. Ich vermute, dass es schon ein bisschen wehtun wird. Aber gewiss nichts, was du nicht aushältst, schließlich tun es alle. Und wenn du brav bist, dann bin ich es auch zu dir.«

»Ich habe das noch nie gemacht«, wispert sie jetzt und starrt mich ängstlich mit ihren unschuldigen, großen Augen an.

»Das ist mir bewusst, und ich finde das außerordentlich erfreulich«, muss ich ehrlich zugeben und presse meinen harten Schwanz zwischen ihre Schenkel, direkt an ihre Scham, schiebe ihn hoch und runter und imitiere damit den Geschlechtsakt, was ich selbst sehr reizvoll finde.

Sie hingegen sackt immer mehr in sich zusammen. Ihre Arme sind angewinkelt, sie hält sie schützend vor ihre Brüste, aber diesmal nicht, um diese zu verdecken, sondern aus Furcht und Verzweiflung.

Ich weiß besser, als mir lieb ist, wie sie sich gerade fühlt und wie angespannt sie sein muss, nur leider wird ihr das nicht helfen, im Gegenteil. Daher greife ich nach ihren Armen und presse sie an die Seite. Dann küsse ich sie auf den Hals, ihre Schulter und lasse meine Zunge zu ihrem Dekolleté wandern, bis sich bei ihr eine Gänsehaut bildet.

»Du musst dich jetzt entspannen, Mia! Dann tut es auch nicht so sehr weh«, raune ich und greife unter meinen Bauch, zu meinem Schwanz, um ihn gezielt an ihre Pforte zu führen. Als ich meine Eichel an ihre heiße Öffnung presse, winselt sie nur noch: »Bitte, tu‘s nicht!«

Als würde ich jetzt aufhören. Niemals! Dazu bin ich nicht imstande. Ich finde aber auch keine Worte, um sie weiter zu beruhigen oder ihr die Angst zu nehmen, und schüttle nur meinen Kopf, damit sie

Bescheid weiß und sich keine Hoffnung mehr macht. Dann dringe ich in sie ein, nur ein winzig kleines Stück, aber es sorgt bereits dafür, dass sie nach Luft schnappt.

Sie ist feucht, sehr feucht sogar, dennoch ist sie so eng, dass sich selbst bei mir Schweißperlen auf der Stirn bilden. Mein Herz rast, als ich weiter in ihr vordringe.

»Es tut weh«, lässt sie mich wissen.

Ich kenne ihre Schmerzgrenze und weiß, wie gering die ist. Selbst gestern beim Lösen des Triggerpunktes hat sie ungeahnt gelitten, deshalb halte ich mich noch zurück, was im Grunde gar nicht meine Absicht gewesen ist.

»Entspann dich und lass locker! Das hilft dir und mir«, sage ich abermals und presse mich noch ein Stückchen tiefer in sie. Ihre Pupille weiten sich, werden immer größer und dunkler.

Ich spüre, wie sich ihr Jungfernhäutchen dehnt, es sich nach hinten zieht. Jetzt kann ich sogar fühlen, wie es nachgibt, offenbar einreißt und mich weiter lässt. Sie hingegen verkrampft sich immer mehr, winselt und fleht mich abermals an, aufzuhören.

»Hab keine Angst, Mia. Es ist gleich vorbei«, stöhne ich ihr entgegen, denn auch ich habe zu kämpfen. So hatte ich mir das nicht vorgestellt. Sie ist so eng und heiß. Ich will gerne richtig in sie fahren, sie vögeln, bis sie laut schreit, denn das ist der eigentliche Plan gewesen. Ich wollte ihre Schreie haben, mich daran laben, wie sonst auch. Aber ich kann nicht!

Stattdessen liege ich hier und arbeite mich

Millimeter für Millimeter vorwärts, um ihr so wenig Schmerzen wie möglich zuzufügen. Absurd!

Ich schüttle meinen Kopf und schiebe meinen Schwanz mit Nachdruck tiefer. Nun reißt ihr Jungfernhäutchen mit einem lauten Schrei, den sie nicht unterdrücken kann. Ich atme erleichtert aus und ihr Fleisch gibt immer mehr nach, lässt mich tief hinein wandern, während sie unter mir zu zittern beginnt.

Dann bemerke ich die Tränen, die aus ihren Augenwinkeln rinnen.

Ihr Weinen wird immer stärker. Bittere Tränen fließen nun über ihr schönes Gesicht. Eigentlich liebe ich Tränen, eigentlich machen sie mich an … Eigentlich!

Aber plötzlich ist alles anders.

Ich will nicht, dass sie weint! Ich will nicht, dass sie leidet! Ich möchte, dass es ihr gefällt!

Sie sucht sogar flehend den Blickkontakt zu mir, sieht mich gezielt an, während ihre zarten Hände an meine Schultern fassen, um sich festzuhalten. »Ich zerreiße«, wimmert sie, und ich gebe ihr einen Kuss auf die Nasenspitze und wische ihre Tränen weg.

»Nein, Mia, du zerreißt nicht. Du machst das ganz toll!

Der Schmerz wird gleich vergehen. Ich sorge dafür, dass es dir gefällt«, verspreche ich ihr, und verstehe mich selbst nicht mehr. Ich würde mich jetzt so gerne in ihr bewegen, aber ich wage es nicht. Stattdessen verharre ich und überlege, was ihr gefallen könnte.

Verdammt, was ist nur mit mir los?

Ich sollte es ihr einfach besorgen, sie gewöhnt sich

schon dran, das tut schließlich jede Frau. Außerdem liebe ich es doch, Frauen über ihre Grenzen zu bringen. Ihre Schreie führen mich zu meinen Orgasmen. Jetzt stecke ich in ihr, in der heißesten Grotte, in der ich je war, und ihre Tränen lassen mich erstarren.

Ich kann nicht anders, ich muss sie beruhigen und will ihr auf keinem Fall noch mehr wehtun. Auf meine Ellenbogen gestützt, beginne ich, sie zu streicheln.

Ganz sanft und vorsichtig wische ich abermals ihre Tränen weg. Ich erinnere mich, dass ihr unser Kuss gefiel, also schließe ich ihr Gesicht in meine Hände und küsse sie erneut. Zuerst ihre Stirn, dann ihre Schläfen links und rechts, ihre kleine Nase, ihre Wangen und das Kinn.

Ich schmecke ihre salzigen Tränen und lasse keinen Millimeter aus, ehe ich zu ihren süßen Lippen vordringe. Umgehend erwidert sie meinen Kuss. Wie ein kleiner Fisch saugt sie sich an mir fest und fordert mehr.

Das soll sie haben!

Eigentlich bin ich nicht der Küsser. Wenn ich ganz ehrlich bin, habe ich heute das erste Mal seit Jahren eine Frau geküsst. So nah wie sie habe ich seit Ewigkeiten niemanden mehr an mich herangelassen, aber Mia braucht das jetzt und ich ehrlich gesagt auch. Es tut uns beiden gut, und ich merke, wie ihre Anspannung allmählich abfällt.

Immer leidenschaftlicher gibt sie sich mir hin. Immer weiter öffnet sie ihren Mund. Immer tiefer lässt sie mich in sich eindringen, und immer gieriger erwidert sie mein Zungenspiel. Als unsere Münder innig vereint sind und unsere Herzen im gleichen Takt schlagen, beginne ich mich ganz vorsichtig in ihr zu bewegen.

Kapitel Sieben

Φ Mia Φ

Das ist es also? Davon schwärmen alle Menschen? So funktioniert Sex? Es ist für mich total verwirrend. Ich weiß nicht, ob ich es richtig oder falsch finden soll. Auf jeden Fall tut es weh, zumindest beim ersten Mal und ob ich das je schön finden werde, kann ich mir gerade nicht vorstellen. Es fühlt sich an, als würden meine Scheidenwände einreißen. Er liegt dicht über mir, stützt sich ab, damit sein Gewicht mich nicht erdrückt. Ich spüre seinen Herzschlag, höre, wie laut es zwischen uns pocht und schmecke seine Küsse, die mir so gut tun. Obwohl er tief in mir steckt und mich so sehr ausfüllt, dass mir beinahe schlecht wird, bin ich ihm dankbar, weil er innehält und mir die Möglichkeit gibt, mich an seine Härte tief in mir zu gewöhnen. Sein heißer Atem schlägt mir entgegen und ich sauge immer fester an ihm, kralle mich in seine imposanten Schultern. Es tut so gut, wenn seine Zunge in mich eindringt, mich leckt und liebkost. Er macht das so schön und seine Küsse führen mich weg, aus dieser beängstigenden Realität, die ich gar nicht wahrhaben will.

Ich weiß, dass er viel rücksichtsloser sein könnte, und ich weiß auch, dass er besonders vorsichtig macht

… und ich bin sogar dankbar dafür, obwohl er mich im Grunde dazu zwingt. Das ist alles so merkwürdig, dass ich gleichzeitig lachen und weinen möchte.

Ich weiß gar nicht wohin, mit all meinen Empfindungen. Immer stärker klammere ich mich an ihn, immer gieriger küsse ich ihn, und jetzt fängt er auch noch an, sich in mir zu bewegen!

Dadurch macht er alles noch schlimmer!

Jetzt tut es wieder weh … Erneut spüre ich ein paar Tränen, die aus meinen Augenwinkeln rinnen. Ich weine nicht wegen der Schmerzen, die sind zu ertragen, aber die ganze Situation ist so schrecklich. So hatte ich mir mein erstes Mal nicht vorgestellt. Ich wollte es mit jemandem erleben, den ich liebe. Jemanden, den ich will … aber ich wollte nie dazu gezwungen werden, obwohl ich mich gerade nicht vergewaltigt fühle, denn dafür ist er zu sanft und zu liebevoll, was mich so sehr verwirrt.

Wenn ich ganz ehrlich bin, befürchte ich, dass es mit jedem anderen genauso wehgetan hätte, also versuche ich, so gut ich kann, zu entspannen und mich auf seinen leichten Rhythmus einzustellen. Es ist so unwirklich diese große Härte in mir zu spüren, die sich raus und rein schiebt und mir den Atem nimmt. Meine Finger haben sich inzwischen in seine Oberarme gegraben. Gewiss tue ich ihm weh, so sehr halte ich mich an ihm fest. Aber ihn scheint es nicht zu stören, er stöhnt und ächzt mir entgegen, dass ich ganz wundervoll wäre. »Du machst das ganz toll«, raunt er abermals und bedeckt mich wieder mit Küssen, die ich nur zu gerne annehme und dann passiert etwas ganz Sonderbares …

Der leichte Schmerz in mir verändert sich allmählich.

Das Brennen verwandelt sich in Hitze, es kribbelt in mir, alles wird scheinbar besser durchblutet und ganz neue Nerven erwachen. Ich spüre nun so unglaublich viel! In mir entwickelt sich ein Eigenleben, das aber gar nicht wehtut, sondern mich dazu veranlasst, mitzumachen.

Ich bemerke viel zu spät, dass ich seinen Stößen bereits entgegenkomme, sie abfange, und gut tut es mir auch noch! Er merkt das natürlich und grinst mich an. Sein Grinsen verunsichert mich wieder, dabei ging es mir gerade besser …

Jetzt schiebt er auch noch seine Hand zwischen uns. Seine Finger wandern tiefer, genau an meine Scham, und streicheln dort meinen Kitzler.

Oh, Gott … was ist das nur?

Weshalb fühlt sich das so gut an?

Seine Stöße, die nun kräftiger werden, verstärken den Druck seiner Finger, und sie reiben an meiner Klitoris auf und ab, auf und ab, was dazu führt, dass plötzlich Lustgefühle geweckt werden, die jeglichen Schmerz in mir komplett versiegen lassen.

Alles in mir krabbelt und prickelt. Ich beginne zu stöhnen und kralle mich noch fester in seine Oberarme.

Ich weiß gar nicht mehr, gegen was ich überhaupt ankämpfen soll … In erster Linie kämpfe ich jetzt gegen mich selbst, gegen diese starken Gefühle, denn mir darf das doch nicht gefallen!

Aber Dr. Moore kennt sich aus. Er ist gut, zu gut. Er weiß genau, was er tut, und ich werde wieder schwach. Ich spüre, wie ich abdrifte, wie mein Kopf ganz leer wird und die Empfindungen in meinem Unterleib die Oberhand gewinnen.

Es ist gerade so, als löse sich mein Verstand auf.

Alles wird taub, meine Gedanken schweben weg wie Seifenblasen. Ich spüre nur noch die Stelle zwischen meinen Beinen, an der es kribbelt und prickelt, als würde mir jemand Strom zuführen.

Immer lauter höre ich mich stöhnen, immer williger biete ich ihm meinen bebenden Leib an, immer stärker nehme ich seine Stöße entgegen … und dann passiert es schon wieder. Ein weiterer Orgasmus durchflutet mich und raubt mir meine Sinne!

Wieso? Ich verstehe die Welt nicht mehr!

Das darf doch gar nicht passieren. Was stimmt denn nicht mit mir? Ein Mix aus Scham und Unverständnis breitet sich in mir aus, während ich bemerke, wie laut er jetzt stöhnt, noch zwei Mal tief in mich fährt, um ebenfalls zu explodieren. Dann rollt er sich neben mich und zieht mich in seine Arme.

Ich kann ihn nicht ansehen, ich schäme mich viel zu sehr. Stattdessen kuschle ich mich an seinen warmen Körper, um Halt zu finden, um Trost zu finden, denn ich weiß nicht, was in der vergangenen Stunde geschehen ist.

So hatte ich mir das nicht vorgestellt.

Ich bin verwirrt und enttäuscht, in erster Linie über mich selbst. Und ich weiß nicht, ob ich mir je werde vergeben können. Während ich noch darüber nachdenke, folge ich seinem Blick und sehe das Blut auf dem Laken und zwischen meinen Beinen.

Das war es jetzt also?

Das war meine Entjungferung! Mein allererstes Mal.

Mit einem wildfremden Mann.

Ein Arzt, den ich kaum kenne.

Er schaut mich an … Dieses Glitzern in seinem Blick macht mir Angst. Wie gierig er jetzt das Blut anstarrt, und wie sein Herz dabei rast.

War es das? Wollte er meine Unschuld?

Nun hat er sie. Sie klebt in seinem Bett!

»Komm, Mia, lass uns duschen gehen«, sagte er plötzlich, steht auf und reicht mir seine Hand.

In meinem Hirn ist alles wie vernebelt. Ich realisiere gar nicht, dass ich aufstehe und mich von ihm wie in Trance ins Badezimmer führen lasse. Auch, dass er mich unter die Dusche stellt, mir folgt und uns beide abbraust, bekomme ich nur am Rande mit.

Es ist fast so, als hätte meine Seele meinen Körper verlassen, weil sie einfach nicht ertragen kann, was hier mit mir geschieht. Würde ich es schrecklich finden, könnte ich es verstehen. Aber die Tatsache, dass er mich zwanghaft in die Freuden der Liebe einführt, ich auch noch angetan davon bin und in seinen Armen Orgasmen erlebe, die ich noch nie zuvor hatte, lässt etwas in mir brechen, sodass ich das Vertrauen in mich selbst verliere.

Willenlos stehe ich unter der Dusche, und das warme Wasser mischt sich mit meinen Tränen, während ich mich ergeben von ihm waschen lasse. Auch, als er mich abtrocknet, anschließend zurück ins Bett trägt – weil ich nicht mehr laufen kann – das beschmutzte Laken entfernt und mich wie ein

Kleinkind zudeckt, gebe ich keinen Laut von mir. Ich harre nur aus und warte …

Worauf, das weiß ich nicht. Vielleicht darauf, dass der Tag vorüber geht. Vielleicht darauf, dass sich alles als ein Albtraum entpuppt und ich gleich zu Hause aufwache.

Zu glauben, dass ich wirklich hier bin, in der Wohnung eines angesehenen Arztes, der mich zu sexuellen Handlungen nötigt, die mir auch noch gefallen, ist so grotesk, dass mein Kopf streikt und ich keinen klaren Gedanken mehr fassen kann.

Ich bemerke nur noch, dass er in seine Jeans schlüpft und den Raum verlässt. Ich bin ihm dankbar, dass er geht und mich alleine lässt. Ich brauche die Ruhe, ich muss mir über so Vieles klar werden, aber ich schaffe es nicht, weil mich mein Verstand verlassen hat.

Ich bemerke nur, dass er offenbar in der Küche zugange ist. Nach einer Weile duftet es nach etwas Italienischem …

Ich liege auf der Seite und kann mich kaum rühren. Meine Vagina fühlt sich ganz merkwürdig an.

Mir ist es so, als würde er noch in mir stecken. All das ist so sonderbar, dass mir die Worte fehlen. Wenn ich überlege, was er alles mit mir gemacht hat …

Oh Gott! Meine Wangen verfärben sich schon wieder. Ich habe wirklich zwei Höhepunkte erlebt, zwei echte Orgasmen gehabt … Ich habe schon oft davon gehört, hätte mir aber in meinen kühnsten Träumen nicht vorstellen können, wie überwältigend dieses Gefühl ist. Ich war gar nicht mehr Herr meiner Sinne. Es war wie ein Rausch, ein betörender, wunderbarer Rausch, der alles Weltliche mit sich nimmt und nur Gefühle bestehen lässt. Ja, Orgasmen haben etwas Göttliches …

»Mia? Komm bitte zum Essen!«, ruft er plötzlich und entreißt mich mit seinen Worten meiner wirren Gedankenwelt.

Ich setze mich hin, was ziemlich unangenehm ist.

Die Bewegung macht mich auf mein inneres Wundsein aufmerksam. Langsam klettere ich aus dem Bett und suche nach meiner Kleidung, die auf der Kommode liegt.

Ich schlüpfe in meinen Slip und greife gerade zum BH, als er ins Schlafzimmer lugt. »Du brauchst dich nicht anzuziehen, wir wollen nur etwas essen.«

Ich verstehe nicht recht. Ich will ja mit ihm essen, aber doch nicht nackt! Verunsichert greife ich zum Pullover, bis er näher kommt und ihn mir aus der Hand nimmt.

»Ich will dich so, wie du bist! Außerdem musst du lernen, deine Schamgefühle in den Griff zu bekommen. Den Slip kannst du von mir aus anlassen, aber der Rest bleibt hier liegen. Und jetzt komm, sonst wird die Lasagne kalt.«

Ich nahm an, ich könnte mich gar nicht schlimmer schämen. Aber als ich mit ihm an dem schicken Tisch in der offenen Wohnküche sitze, laufe ich wieder rot an.

Hier ist alles pikfein. Die Farben harmonieren in einem Schwarz-Weiß. Die hochpolierte Schrankwand ist reinweiß, ebenso die Wände und die rechteckigen, großen Fliesen, die ganz dunkel ausgefugt sind. Das Ledersofa hingegen ist pechschwarz wie die Stühle, auf denen wir sitzen. Der Tisch ist wieder passend in einem glänzenden Weiß gehalten, ebenso die moderne Küche mit der Kochinsel. Das Einzige, was so gar nicht in diesen Raum passt, bin ich! Abgesehen von dem Rotton in meinem Gesicht, fühle ich mich ganz furchtbar ohne Kleidung.

Er sitzt auch mit nacktem Oberkörper am Tisch, mit einem sehr schönen Oberkörper sogar, aber er ist auch ein Mann. Da ist das nicht so schlimm. Ich weiß gar nicht, wie ich essen soll. Ständig fällt mein Blick auf meine spitzen Brüste. Das irritiert mich ungemein, und ich bekomme kaum einen Bissen hinunter, obwohl die Lasagne vorzüglich schmeckt.

»Es tut mir leid, dass sie dich in diesem Klosterinternat so verdorben haben. Du brauchst ja beinahe eine Therapie, um dich selbst anzunehmen. Anstatt euch Selbstliebe und Akzeptanz zu lehren, wird dort offenbar alles Körperliche verteufelt«, sagt er und setzt nach. »Du bist eine wunderschöne, junge Frau, Mia, und brauchst dich weiß Gott vor gar nichts zu schämen. Nicht vor mir und erst recht nicht vor dir selbst! Aber ich glaube, bis du das verinnerlicht haben wirst, ist es noch ein langer Weg.«

Ich verstehe nicht recht.

Ich sage allerdings auch nichts dazu, sondern esse schweigend meine Lasagne. Zum Nachtisch gibt es Vanilleeis mit heißen Himbeeren und Schokoladensoße. Ich bin schon von dem Rotwein leicht beschwipst, obwohl ich nur ein halbes Glas getrunken habe. Mein erster Alkohol seit sechs Jahren, der meine Wangen zusätzlich leuchten lässt.

Das Eis ist lecker. Im Grunde ist hier alles sehr

schön. Die Wohnung, das Essen, Dr. Moore selbst … wenn nur die ganze Situation eine andere wäre. Ich weiß gar nicht, wie ich ihn ansprechen soll. Dr. Moore oder Duken?

Vorhin habe ich ihn aus Versehen geduzt, was mir unangebracht erscheint. Aber bei all dem, was er mit mir getan hat, fühle ich mich auch bei dem höflichen *Sie* sehr unwohl. Das passt irgendwie nicht mehr.

Was will er außerdem noch von mir? Er hat doch jetzt mit mir geschlafen. Ob er mich gehen lässt?

Verstohlen schaue ich auf die schwarze Uhr mit den unterschiedlich langen Zeigern, die über dem schicken weißen Kamin hängt, der in eine kleine Stellwand eingelassen ist. Die Ziffern zeigen mir erst neunzehn Uhr an. Himmel … so früh!

Was wird noch alles geschehen? Ich wage es nicht, danach zu fragen. Ich fürchte mich vor der Antwort …

Nach dem Essen erledigen wir gemeinsam den Abwasch. Wäre ich nicht halb nackt, würde es mir sogar Spaß machen, und ich könnte mich freier bewegen. Aber so gleicht jede Bewegung einem Spießrutenlauf, und ich befürchte, mich nie an meine Nacktheit zu gewöhnen.

Während ich noch rätsle, wie es weitergehen wird, führt er mich schon wieder ins Schlafzimmer. Ob wir jetzt schlafen gehen? Aber es ist noch gar nicht spät. Draußen ist es immer noch hell.

Schweigend und sanft drückt er auf meine Schultern, sodass ich mich auf das Bett setzen muss. Dann greift er an meinen weißen Slip und streift ihn mir die Beine hinab. Damit komme ich meinen

Befürchtungen näher.

Aber er hat doch schon mit mir geschlafen! Das kann er jetzt unmöglich ein zweites Mal wollen.

Ich bin immer noch ganz wund!

Ängstlich suche ich seine Augen, suche eine Antwort auf meine Frage, die ich nicht zu stellen wage.

Er kniet vor mir nieder. »Ich möchte, dass du dich jetzt selbst streichelst, dich selbst verwöhnst!«

Was? Was soll ich tun?

Aber, aber das geht doch nicht! Und schon gar nicht, wenn er dabei ist! Ich habe es bisher nur selten gewagt, mich an gewissen Stellen zu berühren und mich immer zurückgehalten, weil mir gesagt wurde, dass es eine Sünde sei. Wie kann ich das dann vor ihm tun?

Furchterfüllt sehe ich ihn an und frage mich, was schlimmer ist. Nochmal mit ihm zu schlafen oder das …

Da greift er auch schon nach meiner rechten Hand und führt sie über meine Brüste, über meinen Bauch, tiefer bis zu meiner Scham. Ich sitze auf der Bettkante, er ist direkt vor mir und spreizt meine Beine. Dann zieht er mich noch ein Stück weiter nach vorne, ganz dicht an den Rand. Er führt meine Finger tiefer, öffnet meine Schamlippen, sodass ich mich selbst berühre.

»Streichle dich, Mia! Spiel mit dir! Fühl, wie schön das ist«, erteilt er mir Anweisungen, und ich habe die größten Probleme, seinen Worten Folge zu leisten.

Nur mein Blick auf sein Smartphone, das griffbereit neben uns liegt, lässt mich meine Scheu überwinden.

Die Angst davor, dass er dieses Video verbreiten könnte, ist noch größer als meine Vorbehalte gegenüber seiner Aufforderung, mich selbst zu streicheln.

Ich beiße mir unbewusst auf die Unterlippe, als mein Zeigefinger meine Klitoris findet. Ich weiß ja, wie empfindlich diese Stelle ist, empfindlich und göttlich zugleich. Sie sorgt für Empfindungen, die unbeschreiblich sind, deshalb habe ich es nie gewagt, es richtig zu tun.

Wärme durchzieht mich, als ich mich an dieser besonderen Stelle ganz leicht massiere.

Dr. Moore kniet weiter dicht vor mir und sieht mir dabei eindringlich in die Augen. Er greift nochmal nach meiner Hand, nutzt meinen Zeigefinger, um ihn kreisend und wesentlich stärker über meinen Kitzler zu führen. Rhythmisch, intensiv und mit so viel Nachdruck, dass ich schwer atmen muss.

»Gut so, Mia. Es ist dein Körper. Du darfst das tun!«, erklärt er mir, während ich mich wie die größte Sünderin auf Erden fühle. Aber es ist schön, wirklich schön.

Ich kann mich sogar dabei entspannen. Ein sanftes Prickeln breitet sich in mir aus. Da greift er erneut zu meiner Hand, entfernt sie von dieser schönen Stelle und führt sie noch tiefer. Ich spüre die Nässe zwischen meinen Beinen, spüre, wie er gezielt nach meinem Mittelfinger greift und diesen in mich selbst schiebt.

Ich halte die Luft an …

Ich bin heiß. In mir ist es richtig heiß. Heiß, feucht, weich und doch auch eng. Es fühlt sich gut an, irgendwie flutschig. Interessiert erkunde ich mein Innerstes, während er mich beobachtet, und ich ihm schwankend immer näher komme. Ich stöhne ihm leise in sein Ohr und schiebe meinen Finger raus und rein, wie er es verlangt.

»Komm näher und halte dich dabei an mir fest!«, flüstert er, und auch das tue ich. Mit meiner freien linken Hand greife ich in seinen Nacken und lege meinen Kopf auf seine Schulter. Ich spüre seinen Atem dicht an mir. Er ist mir so unglaublich nah. Sein dunkles Haar streichelt meine Wange, während mein Finger weiter in mir gräbt.

»Sehr gut, Mia. So ist es schön«, höre ich ihn sagen. »Nimm deinen Daumen dazu, streichle gleichzeitig deine empfindliche Perle«, sagt er und zeigt mir, wie es geht.

Es ist fantastisch. Es tut so gut!

Nun beginnt er mich auch noch zu küssen. Erst am Hals, und ich stöhne. Seine Zunge wandert tiefer, er leckt über meine Haut, hinab bis zu meiner linken Brust. Dort hält er inne und beginnt an meiner Brustwarze zu saugen.

Ganz sanft umschließen mich seine Lippen, und er saugt meinen Nippel in seinen Mund, leckt an ihm, beißt ihn ganz sacht. Meine Atmung wird heißer und rauer. Ungeahnte Gefühle durchströmen mich, während seine linke Hand zu meiner rechten Brust wandert und diese zu streicheln beginnt. Beidseitig spielt er mit meinen Brüsten, knetet sie, leckt sie, verwöhnt sie.

Als wäre das nicht schon genug, wandern die Finger seiner rechten Hand tiefer, um mich gezielter zu führen. Seine Finger über meinen, lehrt er mich die Selbstliebe. Meine freie Hand vergrabe ich dicht in seinem Haar, ziehe ihn näher an mich. Ich brauche Halt!

Ich brauche ihn, den Mann, der mich dazu zwingt, solche Dinge zu tun!

Es ist schön und doch so unwirklich. Es dürfte gar nicht real sein, so verboten erscheint es mir.

Er verschafft mir Empfindungen, von denen ich nie gedacht hätte, dass es sie gibt. Ich spüre, wie sich eine Welle in mir aufbaut. So hat es vorhin auch begonnen. Jetzt ist dieses Gefühl wieder da. Es ist atemberaubend und wird immer intensiver.

Ich drücke mich noch stärker an ihn, stöhne dabei unaufhörlich, genieße seinen Mund auf meiner Haut, sogar seine Zähne, die ganz leicht an meinem Nippel knabbern, tun mir gut. Ich gebe mich seinen Berührungen hin, um Befriedigung zu erfahren, und ich muss auch gar nicht lange warten.

Es passiert so schnell und überrollt mich wie ein Tsunami. Mein Herz pocht laut, ich kann kaum Luft holen und bemerke, dass ich keuche. Ich stöhne immer lauter und kralle mich an ihn. Meine Nägel greifen viel zu fest in seine Haut, aber ich kann nicht anders.

Ich komme dem Abgrund der Erlösung stetig näher. Mein ganzer Körper spannt sich an. Ich werde von so einer intensiven Lustwelle mitgerissen, dass ich sogar mehrfach laut schreien muss. Ich kann fühlen, wie meine Muskeln pulsieren, meine Nerven elektrisiert sind und meine Klitoris unter meinen eigenen Berührungen explodiert …

Es ist so unbeschreiblich intensiv, erlöst mich und lässt mich für einen Augenblick das Paradies kosten. Für einen kleinen Moment bin ich völlig leer und von jeder Angst, von jedem negativen Gefühl befreit, bis sich meine Sinne wieder erholt haben, sich mein Gedankenfluss normalisiert hat und ich verstört in die Realität zurück falle … Und wieder verstehe ich mich selbst nicht mehr.

Wieso tue ich das?

Weil er mich erpresst? Ja, schon. Aber muss ich so offensichtlich zeigen, dass es mir gefällt? Warum gefällt es mir überhaupt? Ich schüttle verständnislos meinen Kopf und bin von mir selbst angewidert.

Er kniet noch vor mir und zieht mich dichter an sich. Seine Hände liegen jetzt an meinem Rücken, knapp über meinem Po, und er sucht meine Augen.

»Alles okay, Mia? Du darfst das tun, du brauchst das sogar«, redet er mir ein, und ich frage mich, ob es wirklich so ist oder ob er mir nur die Zweifel nehmen will.

Jetzt beginnt er wieder, mich zu küssen, innig und intensiv. Meine Hand liegt noch an seiner Schulter. Mit meiner anderen Hand, den feuchten Fingern greife ich hinter seinen Kopf, an seinen Nacken.

Erneut lasse ich mich auf seinen Kuss ein. Nicht, weil ich muss, sondern weil ich will! Er küsst so gut, so unbeschreiblich schön. Seine Lippen führen mich weit weg an einen Ort, wo nur Gefühle herrschen, die meine Sinne berauschen und genau da will hin. Dort kann ich vergessen, dort schaltet sich mein Verstand aus.

Er leckt mich, knabbert an mir, saugt mich zu sich.

Während seine Lippen voller Sanftmut die meinen liebkosen, dringt seine Zunge tiefer in mich ein und imitiert den Sexualakt, indem sie raus und rein fährt.

Viel zu spät bemerke ich, was er mir damit sagen will. Ich spüre es erst, als er mich sanft nach hinten auf das Bett drückt und über mich kommt.

Ich weiß, was er vorhat. Ich sehe es in seinem Blick und wage nicht, zu widersprechen. Dennoch habe ich Angst, dass es wieder wehtut. Das bleibt auch ihm nicht verborgen.

»Es wird von Mal zu Mal besser«, flüstert er, und ich spüre wie er seine Jeans öffnet und fühle sein hartes Glied, das sich umgehend an meine Scham schmiegt.

Reflexartig verschließe ich meine Beine, denn ich will das nicht schon wieder!

Da greift er fester zu und presst meine Schenkel auseinander. »Sei brav, Mia! Sonst muss ich dir wehtun, und das will ich nicht«, droht er, und meine Angst vor seiner Ansage macht mich willig. Folgsam öffne ich meine Schenkel, gewähre seiner Hand Zugang, obwohl ich das wirklich nicht schon wieder will. Wir haben doch vorhin erst miteinander geschlafen. Das ist mir zu viel!

In mir fühlt sich alles noch dick und geschwollen an. Aber ihm scheint das egal zu sein. Seine Hände streicheln mich, werden fordernder. Er küsst mich überall am Körper, und seine Küsse fühlen sich gut an. Allerdings wäre es beruhigender, wenn seine Männlichkeit nicht so penetrant an meinem Eingang liegen würde.

Jetzt greift er danach und dringt ein Stück in mich

ein. Zischend halte ich die Luft an. Es ist mir immer noch unangenehm. Sein Glied muss riesig sein.

Es brennt wieder, und er dehnt mich erneut.

Diesmal ist es noch schmerzhafter, weil ich wahrscheinlich wund bin. Auch wenn ich von meinem Orgasmus noch sehr feucht sein muss, kommt es mir vor, als würde er mich aufreißen. Nur gut, dass er langsam macht, so kann ich mich nach und nach an die Fülle gewöhnen, die mich wieder einnimmt.

Ich versuche, ruhig zu atmen, und rede mir permanent ein, dass morgen alles vorbei ist. Dann wird er mich gehen lassen und dieses schlimme Video löschen. Dann ist alles vorüber und das ist es wert, dieses bedrängende Gefühl in mir zu ertragen.

Meine Scheide fühlt sich gerade furchtbar an. Als würde jemand etwas in mich stopfen, was da gar nicht hinein gehört.

»Mia, du verkrampfst! Das hilft dir nicht und mir auch nicht! Lass dich gehen. Entspann dich! Ich will dich richtig vögeln, ich brauch das jetzt!«, sagt er plötzlich sehr direkt, sodass ich erschrecke. Da bemerke ich wieder seinen teuflischen Blick. Aus seinen smaragdgrünen Augen schlägt mir ein unbändiges Verlangen entgegen, das so stark ist, dass es mir große Angst macht. Ich befürchte, ich weiß, was gleich folgen wird. Diesmal ist er garantiert nicht sanft und zärtlich mit mir. Die Gier in ihm ist zu groß, und mein Herz rast vor lauter Furcht.

»Na, komm, mach mit, Engelchen! Dann ist es leichter für dich«, setzt er nach und beginnt, sich stetig in mir zu bewegen. Er wird immer schneller, dringt immer tiefer in mich ein und hält meinen Blick gefangen. Er will offenbar sehen, wie ich mich dabei fühle …

Mir kommt es vor, als wolle er mich zeichnen, mich brandmarken, durch seine Stöße, die stetig tiefer in mich dringen und noch intensiver werden, sodass ich nach Luft schnappen muss.

Immer wieder fährt er in mich und beobachtet mich unablässig. Ich halte die Luft an, kralle mich an ihm fest, stemme meine Fußsohlen in die Matratze, um seine Bewegungen abzufedern. Er ist so dicht über mir, er ist überall. Auf mir, in mir … Ich spüre ihn, rieche ihn, kann ihn noch immer schmecken und allmählich entlockt er mir mit seinem Rhythmus prickelnde Empfindungen.

Durch die stete Reibung fängt meine Vagina zu pulsieren an und der leichte Schmerz wird gedämmt, oder aber die schönen Gefühle vernichten ihn. Er merkt das natürlich sofort und besorgt es mir nun noch heftiger.

Was sind das nur für teuflische Gefühle? Sie machen mich schier wahnsinnig. Ich stöhne und keuche schon wieder, aber gleichsam steigt meine Furcht! Er nimmt mit seinen Stößen nicht nur meinen Körper in Besitz, sondern auch meine Seele.

Ich schnappe nach Luft und kann nicht mehr klar denken. Was tut er nur mit mir?

Es ist so stark, so heftig … zu heftig für mich!

Ich fühle mich benutzt, so richtig benutzt … Es hat so etwas Besitzergreifendes, als würde ich ihm gehören, als könne er alles mit mir machen und ich müsse es ertragen. Ich liege hilflos unter ihm, bin eingepfercht, kann mich kaum rühren, während er unablässig in mich fährt.

Als ich einen Punkt erreiche, an dem die Verzweiflung mich beinahe auffrisst, weil ich es zu schlimm finde, wird er abrupt langsamer …

Seine Empathie scheint sehr groß zu sein, denn er spürt genau, wann es definitiv zu viel für mich ist. Seine Stöße sind plötzlich wieder ganz sanft, und ich sinke erschöpft in das weiche Kopfkissen. Mein Herz rast, und eine Träne tropft seitlich in das Kissen.

Da hält er ganz inne, stützt sich auf den Ellenbogen ab und kommt mir ganz nahe. Seine Finger fahren über das Rinnsal meiner Träne, und dann küsst er sie mir weg.

»Hey … So schlimm, Engelchen? Dann mache ich jetzt langsamer. Aber weh tut dir nichts, oder?«, erkundigt er sich und es klingt sogar fürsorglich.

Ich kann ihm nicht antworten, schüttele aber mit dem Kopf und schniefe meine letzte Träne weg.

Seine Lippen liebkosen derweil mein Gesicht, wandern tiefer, meinen Hals hinab, bis hin zu meinen Brüsten, denen er sanfte Küsse schenkt.

Er beobachtet mich die ganze Zeit akribisch, schaut immer wieder nach oben und sieht, wie ich mich entspanne und seine Zungenspiele genieße …

Mir entgeht sein hämisches Grinsen nicht, aber das ist mir egal. Ich bin froh, dass er wieder zärtlich zu mir ist, auch wenn er noch tief in mir steckt und es noch lange nicht vorbei ist. Als er sich nach einer Weile wieder zu bewegen beginnt, ist es berauschend. Als hätte meine Vagina nur darauf gewartet.

Umgehend mache ich mit und gebe mich seinen

Stößen hin. Aber er ist gemein, verdammt gemein! Er merkt, dass es mir gefällt, greift nun nach meinem Bein und presst es weit nach oben, sodass er noch tiefer in mich fahren kann.

Mir wird schwarz vor Augen. Ich kralle mich in das Bettlaken und muss laut stöhnen. Ob vor Schmerz oder angesichts der neuartigen Gefühle, weiß ich gar nicht. Diesmal zeigt er keine Gnade, sondern erhebt sich ein Stück, geht in die Hocke und stößt so oft und intensiv in mich, dass mir schwindelig wird. Meine Vagina umringt ihn, kämpft gegen den Eindringling.

Alles in mir glüht und ist heiß, und ich sehe bunte Sternchen vor meinem inneren Auge. Nun hebt er auch noch mein zweites Bein an, legt meine beiden Beine über seine Schultern, greift nach meinem Becken und besorgt es mir so intensiv, dass es Himmel und Hölle zugleich ist.

Ich bin berauscht, richtig high und kann nicht mit all den Emotionen umgehen, die über mich hereinbrechen. Als ich am Abgrund stehe, nimmt er wieder seine Hand zu Hilfe und zeigt mir die Funktion der weiblichen Klitoris. Es genügen ein sanftes Kreisen und ein steter Druck, um dem leichten Schmerz Einhalt zu gebieten und ihn in pure Lust zu verwandeln. Plötzlich können seine Stöße gar nicht tief genug sein. Ich komme ihnen von Mal zu Mal mehr entgegen, und wir sehen uns intensiv in die Augen, während er mich in neue Sphären schickt.

Ich erlebe unter ihm, wie sich schon wieder ein Orgasmus anbahnt. Irgendwie schafft er es, sich auf mich einzustellen und wir erleben sogar gemeinsam diesen Höhepunkt, sodass unsere Stimmen den Raum erhellen.

Anschließend legt er sich neben mich und atmet hastig aus und ein. Nicht nur ich bin fix und fertig, er ist es offenbar auch.

»Das war doch richtig gut. Dafür, dass es erst dein zweites Mal war, hast du ordentlich mitgemacht«, sagt er plötzlich.

Ich schweige.

»Nun sag schon! War es so schlimm?«, hakt er nach und dreht sich auf die Seite, um mich ansehen zu können. Ich greife flugs nach der Bettdecke und krieche darunter, ehe ich ihm antworte. »Es, es ist ein sehr komisches Gefühl«, flüstere ich, denn was soll ich auch sagen? Ich wollte es schließlich nicht! Er zwingt mich ja dazu, oder hat er das vergessen?

»Ein komisches Gefühl? Nun gut. Mal schauen, wie du es morgen findest«, antwortet er ganz nebenbei, und ich hoffe, mich verhört zu haben.

Morgen nochmal?

Er hat mich eben wund gestochen. Richtig wund!

Ich muss doch erstmal wieder heilen! Alles in mir glüht und pocht. Meine arme Vagina braucht Ruhe und Erholung.

Während ich darüber nachdenke, steht er auf und geht nach nebenan ins Badezimmer. Ich höre das Wasser rauschen und denke mir nichts dabei, schließlich haben wir vorhin erst geduscht.

Zehn Minuten später steht er wieder neben dem Bett, wirft die Bettdecke beiseite und reicht mir seine Hand.

»Komm!«

Was hat er jetzt wieder vor?

Verunsichert lass ich mich in das schöne Badezimmer führen, das ich vorhin kaum wahrgenommen habe. Die Wände sind aus schwarzem, edlem Schiefer. In die weiße Decke sind überall kleine Leuchten eingelassen, die ihr stimmungsvolles Licht in den Raum werfen. Es gibt einen abgetrennten WC-Bereich, zu dem unter anderem ein Bidet und ein Urinal gehören, alles in einem einheitlichen, glänzenden Weiß. Wie auch die Spiegelfront mit den zwei großen Designerwaschbecken und dem lackierten, farblich passendem Unterschrank.

Wozu braucht er zwei Waschbecken?

Nun ja, der Raum ist sehr groß und atemberaubend schön. In dem ausschweifenden Badebereich befindet sich nicht nur eine hochmoderne Duschwand, die es mehreren Menschen gleichzeitig ermöglicht, zu duschen. Davor steht zudem eine schwarze Wanne, die mit herrlich duftendem Schaum gefüllt ist und an deren Seite ein echter Holzsteg entlang zur Dusche führt, den ich vorhin gegangen bin, aber gar nicht zur Kenntnis genommen habe. Er führt über intern beleuchtete schwarze Fliesen, in denen rote Rosenblätter zu schwimmen scheinen.

Eine traumhaft schöne, optische Täuschung.

Schnell wird mir klar, dass er mit mir baden möchte. Eine weitere Premiere in meinem bisherigen Leben. Ein gemeinsames Bad. So rabiat und fordernd er in manchen Situationen ist, so romantisch scheint er dennoch zu sein.

Gleich neben dieser beeindruckenden großen Badewanne, die auf filigranen goldfarbenen Füßen steht, erkenne ich einen kleinen Schrank, wieder passend in Schwarz lackiert. (Alles ist bei ihm in Schwarz-Weiß gehalten. Offenbar jedes Zimmer!) Auf dem Schrank stehen nicht nur unzählige brennende Kerzen, sondern auch eine Flasche gekühlten Champagners, Gläser und Erdbeeren, die köstlich in einer Kristallschüssel leuchten.

All das verwirrt mich. Mir widerfahren hier so tolle Momente, gepaart mit den schlimmsten Dingen, die niemand erleben möchte. Mal ist es wunderschön, so wie jetzt, als er hinter mir sitzt, mich sanft streichelt, liebevoll wäscht und sogar mit den Erdbeeren füttert.

Der Schaum hüllt uns ein, er duftet so verführerisch, und ich lehne mich ergeben an seinen starken Oberkörper, weil mir die Nähe zu ihm so guttut.

Und dann gibt es diese fürchterlichen Momente, in denen er sich nimmt, was er will, ganz gleich, wie ich es finde oder wie stark ich dabei leide.

Was soll ich nur von all dem halten?

Ich kuschle gerade mit dem Mann, der morgen wieder mit mir schlafen wird, um es nett auszudrücken. Der mich morgen wieder zum Sex nötigen wird, wenn ich ganz ehrlich bin. Ich habe solche Angst davor und suche dennoch Trost bei der Person, die für meine Furcht verantwortlich ist.

Wie kann ich mir jemals wieder selbst in die Augen schauen?

Kapitel Acht

Φ Duken Φ

Eigentlich hatte ich vor, nach dem Bad schlafen zu gehen. Aber das Wort eigentlich gibt es bei mir seit Mia nicht mehr. Sie bringt meine ganzen Pläne zu Fall. Wenn ich denke, dass ich mich nicht unter Kontrolle habe, stoppen mich ihre Tränen. Und wenn ich denke, ich sei am Ziel, fordert sie mich erneut, so wie jetzt. Das Baden mit ihr war traumhaft schön. So etwas wollte ich schon immer einmal tun, denn für gewöhnlich meide ich intime Nähe zu Frauen. Naja, zumindest besinnliche Nähe. Es wird auch eine Premiere für mich sein, sie heute Abend in meinem Bett liegen zu haben, denn bisher habe ich mit noch keinem anderen Wesen meine Nächte geteilt. Wenn ich es mir ganz recht überlege, ist sie sogar die allererste Frau in diesem Bett, denn auch mein Schlafzimmer ist für andere Personen tabu, tags wie nachts.

So nah wie sie, habe ich noch keine Menschenseele an mich herangelassen.

Gerade stehen wir nackt im leicht abgedunkelten Schlafzimmer und blicken von der Fensterfront hinüber auf die Binnenalster. Die Läden sind alle geschlossen, das geschäftige Treiben ist endlich vorüber. Es ist still geworden unter den Dächern von Hamburg.

Vereinzelt laufen noch Menschen am Ufer entlang.

Ich sehe zwei Jogger, die eine Runde drehen, und ein altes Pärchen, das seinen kleinen Hund ausführt. Die Straßenlaternen leuchten orangefarben und ihr Licht tanzt schimmernd über das Wasser.

Es ist gleich dreiundzwanzig Uhr. Ich stehe hinter Mia und habe meine Arme um sie gelegt. Sie kuschelt sich mit ihrem Rücken dicht an mich, und ich schlängle meine Arme noch fester um sie, gebe ihr einen Kuss auf's Haar.

Sie ist so klein und doch leicht fraulich.

Ich liebe ihre süßen Kurven. Ich liebe ihre samtweiche Haut. Ich liebe ihre großen Augen. Ich liebe ihren unschuldigen Duft …

Ich glaube, ich liebe zu viel an ihr, zu sehr, wobei allein das Wort ›Liebe‹ gar nicht in meinen Sprachgebrauch fällt, zumindest nicht bis gestern. Ich darf sie eigentlich gar nicht lieben, ich will sie nur besitzen.

Sie gehört mir, mehr nicht!

Ihr weicher Po drückt sich gegen meine Schenkel, und ich spüre meinen Schwanz, der durch die Reibung ihres Rückens schon wieder zu wachsen beginnt.

Im Grunde wollte ich sie heute Nacht verschonen, zwei Mal reichen für's erste Mal. Außerdem konnte ich mich vorhin kaum zurückhalten. Ihr verängstigter Blick, als ich ihr Bein weit hochgedrückt habe und so tief in sie gefahren bin, dass mein Bester sämtlichen Innereien ›Hallo‹ sagen konnte, war schon atemberaubend.

Wie willig sie sich hat ficken lassen, obwohl zuerst die pure Angst aus ihr geflossen ist.

Ich erinnere mich an ihren Blick, die Mischung aus Furcht, Verunsicherung und Hilflosigkeit, und dennoch ließ sie es geschehen, war sogar ganz brav, still und folgsam. Hat sogar noch mitgemacht. Dafür musste ich sie natürlich belohnen …

Und wie süß sie immer kommt.

Ich habe nie etwas Liebreizenderes gehört als ihre entzückenden Schreie beim Höhepunkt.

Die Erinnerung daran zieht frohlockend durch meinen Körper. Ich schließe meine Augen, und wieder machen mir meine Gefühle einen Strich durch die Rechnung, denn ich will sie nochmal!

Und zwar jetzt!

Ich will sie so sehr, dass es plötzlich wie ein Vulkan aus mir herausbricht. Ich spüre, dass es ernst ist und ich mich nicht mehr lange unter Kontrolle haben werde.

In mir brodelt es immer stärker, die Hitze lodert durch meine Eingeweide. Ich sauge ihren Duft tief ein, spüre, wie zerbrechlich sie an mir lehnt. Ihre Schwäche macht mich rasend. Ich will sie! Ich will es ihr besorgen. Ich will sie mit Haut und Haaren. Ich will tief in sie fahren, wieder und wieder. Ich will sie zittern spüren und schreien hören.

Meine Hände graben sich bei dem Gedanken daran tiefer in ihre Oberarme. Sie dreht sich erschrocken zu mir um. Ich kann die Lust in meinen Augen nicht länger unterdrücken. Erst recht nicht, als ich ihre süßen, spitzen Brüste sehe und die Furcht in ihren

Pupillen, die sich gerade verräterisch weiten.

Ja, ihr unschuldiger und verängstigter Blick schürt mein Verlangen um ein Hundertfaches.

Mein Schwanz steht wie eine Eins, und ich weiß, dass sie diesmal leiden wird. Aber auch das ist mir plötzlich egal. Ich muss sie haben! Jetzt! Sofort!

Es sind mehr Reflexe als überlegte Taten, die mich dazu veranlassen, sie zum Bett zu schieben. Ich drücke sie mit den Armen voran auf die Matratze und befehle ihr, auf alle Viere zu gehen.

Furchterfüllt dreht sie sich zu mir um. Ich sehe in ihren Augen deutlich das flehende ›Warum?‹, aber ich kann ihr keine Antwort darauf geben. Ich greife nur in ihren Nacken und drücke ihren Kopf auf die Matratze.

Ich will sie ficken, einfach nur richtig ficken, wie ich es vom ersten Moment an wollte. Und ich will ihr dabei nicht in die Augen sehen, sonst werde ich nur wieder schwach. Ich stehe stramm vor dem Bett und ziehe ihren heißen Po zu mir heran, sodass sie bestens positioniert vor mir kniet.

»Sei ein braves Mädchen, Mia! Du musst jetzt ganz still sein und es ertragen, sonst machst du alles nur noch schlimmer!«, warne ich sie, denn ich kenne meine Dämonen. Wird sie wimmern und sich dabei wehren, werde ich nur noch geiler und brutaler. Dem will ich vorbeugen, denn ich weiß, dass meine Selbstkontrolle im Moment eliminiert ist. Mit rasendem Herzen greife ich zwischen ihre Spalte, die sie mir so schön entgegenstreckt. Wunderbar!

»Schön feucht und zugänglich, gut so«, wispere ich ihr keuchend ins Ohr, als ich zwei meiner Finger in sie stecke, um sie auf den Fick vorzubereiten.

Ich grabe in ihr, krümme meine Finger, dehne sie fix. Ihr bezauberndes Jammern schürt mein Verlangen.

Ich kann nicht mehr länger warten!

Ich will sie so sehr und fahre mit einem einzigen gezielten Stoß so tief in sie, bis es nicht weiter geht. Ihr lauter Schrei lässt mich die Englein singen hören, und ich stöhne laut auf, wie ein wild gewordener Bär.

Meine sonst so einfühlsamen Hände halten sie fest, machen sie unbeweglich unter mir. Meine linke Hand in ihrem Nacken drückt sie fest auf die Matratze, während meine rechte unter ihrem Bauch fährt und sie hart dirigiert. Ich beginne sie zu vögeln, wie ich es, glaube ich, noch nie getan habe.

Ich bin wie von Sinnen, in einem Wahn und ich weiß, dass das Tier in mir erwacht ist.

Immer und immer wieder fahre ich in sie … bis sogar mein großes Bett zu wackeln beginnt. Mia krallt sich in das Laken. Ich spüre ihre Anspannung, spüre, wie sie sich gegen die Stöße zu Wehr setzt, sie abzufangen versucht.

Sie keucht und winselt unter mir.

»Bitte, bitte … nicht!«, höre ich sie sagen.

Das sind im Moment die falschen Worte!

Verdammt, ich will ihr nicht noch mehr wehtun.

Sie soll still sein und es einfach nur aushalten! Das musste ich früher auch und habe es ertragen, und ich war noch viel jünger als sie.

Ich kämpfe … Im Augenblick gegen mich selbst, während ich sie weiter hart ficke. Ich bin im Rausch des siebten Himmels. Nie zuvor bin ich so geil gewesen wie in diesem Moment. Alles in mir pulsiert. Mein Schwanz entwickelt ein Eigenleben. Ich bin so high, als hätte ich mir die härtesten Drogen reingezogen, und dennoch tritt wieder mein Gewissen zu Tage, das ich lange Zeit für tot geglaubt habe. Es mahnt mich, sanfter zu sein, sie mitzunehmen und nicht so rücksichtslos zu agieren.

Daher wandert meine Hand, die unter ihrem Bauch liegt, zu ihrem Kitzler, um ihn zu streicheln, zu umkreisen, diese kleine Perle zu necken, sodass sie sich entspannen kann und ihre Lust geweckt wird.

Meine andere Hand, die sie grob im Nacken hält, löst sich und tastet unter sie, fährt zu ihren Brüsten, um diese abwechselnd zu kneten, zu streicheln und mit ihren Nippeln zu spielen, während ich ein bisschen langsamer werde.

Ich spüre, dass Mias Körper umgehend weicher wird. Ihre Hände lassen das Laken los, und sie verkrampft nicht mehr, sondern sie streckt mir sogar ihren Po entgegen.

Ich sehe ihren Rücken, wie niedlich er durchgestreckt ist. Ihre Wirbelsäule zeichnet sich ab, führt bis zum Becken, das so wundervoll und ausladend geschwungen ist und ihren herrlichen, runden kleinen Arsch, den ich kurz kneten muss, ehe meine Hand zurück zu ihren Brüsten greift, während meine Lippen nach ihrer warmen Haut suchen, diese im Nacken küssen und wir nun gleichzeitig stöhnen, als ich sie weiter vögele.

Nun hat sie keine Probleme mehr damit, dass ich sie etwas härter rannehme. Sie ist sogar dabei und macht schön mit. Bei den Göttern, ich danke ihnen dafür und könnte mein Engelchen glatt umarmen. Sie scheint ein echtes Naturtalent zu sein und nicht nur das. Ich spüre, wie sie binnen kürzester Zeit schon wieder ein Orgasmus überrollt, den sie nicht für sich behalten kann.

Dadurch wird sie noch williger, und ich kann sie stechen, so sehr und so hart ich will. Sie lässt plötzlich alles ganz brav über sich ergehen.

Ich stehe dadurch über mir. Ich fliege, bin voll unter Strom. Ja, ich schwebe, rase hinauf zum Himmel und erlebe einen Höhepunkt, für den erst noch ein Name erfunden werden muss. Die Intensität strömt in jede Faser meiner Nerven, und ich brülle so tief und laut wie ein Löwe, als ich meine Ladung in sie spritze. Viel zu spät bemerke ich, dass auch sie erneut gekommen sein muss, denn unsere Schreie erhellen das Zimmer wie Choräle.

Halleluja, war das geil!

Es dauert eine Weile, bis ich wieder Herr meiner Sinne bin und einigermaßen klar denken kann.

Mia kauert vor mir auf dem Bett. Sie sieht fertig aus.

Ihr Leib bebt, und sie ringt nach Luft.

Hoffentlich war das jetzt nicht zu viel für sie, denn im Grunde wollte ich ihr nie einen irreparablen Schaden zufügen, weder seelisch noch körperlich. Gut, ich wollte sie ficken und schreien hören, seit ich sie das erste Mal in meiner Praxis gesehen habe, sie auch ein bisschen quälen, aber alles im normalen Rahmen.

Der Fick von eben war alles andere als normal. Er war episch! Für mich! Für sie garantiert auch. Ich berühre sie sacht am Rücken, und sie zuckt zusammen.

»Mia, ist alles in Ordnung? War es sehr schlimm für dich? Geht es dir soweit gut?«, will ich ehrlich wissen und ringe selbst nach Sauerstoff.

Anstelle einer Antwort, dreht sie sich um und schlingt plötzlich ihre Arme um meinen Hals.

Sie schluchzt und weint bitterlich an meinem Ohr, was mich verwirrt. Ich drücke sie leicht von mir, um ihr in die Augen sehen zu können.

»Tut dir etwas weh? Habe ich dich verletzt?«, frage ich ernsthaft besorgt, aber sie schüttelt nur ihren Kopf und sucht wieder meine Nähe, die ich ihr diesmal gerne schenke. Ich halte sie ganz fest an meiner Brust, streichle ihr über den Rücken und versuche sie zu trösten, so gut ich kann. Dabei wird mir bewusst, dass sie keine Frau aus den Clubs ist, die ich gewöhnlich bezahle, um mich an ihren Schreien zu laben. Das hier ist ernst. Ich halte ihr Leben in meinen Händen und bekomme ein ganz schlechtes Gewissen, denn ich weiß genau, was ich ihr antue und wie sie sich damit fühlen muss.

Dass sie dennoch meine Nähe sucht, sich gar von mir trösten lässt, zeigt mir ihre Verzweiflung und Furcht. Sie scheint so verängstigt zu sein, dass ihr sogar die Streicheleinheiten ihres Peinigers guttun, wodurch mich mein Gewissen noch mehr plagt.

Nie zuvor war ich einem Menschen so verbunden, wie ihr in diesem Augenblick, sowohl körperlich als auch seelisch. Ich halte ihren bebenden, kleinen Leib ganz fest und fühle mich für sie verantwortlich.

Meine Hände streicheln fortwährend beruhigend

über ihre Haut. Mein Mund liegt auf ihrer Wange, nah an ihrem Ohr, und ich wiege sie sanft hin und her, liebkose sie unaufhörlich und ganz zärtlich, bis ihre Tränen nachlassen und sich in ein Hicksen verwandeln.

Es fällt mir schwer, es mir einzugestehen, aber die momentane Situation löst etwas tief in mir aus. Etwas ganz Neues, das die Kälte in mir zum Schmelzen bringt. Ich kann es nicht verstehen, aber es fühlt sich heilsam an.

Ich habe es schon immer genossen, Frauen zum Schreien zu bringen. Sie zu quälen, sie zu erniedrigen, ihnen Schmerzen zuzufügen und sie leiden zu sehen, war das Größte für mich, dafür habe ich viel Geld ausgegeben. Ich habe mich an ihren Qualen gelabt und konnte so meine Vergangenheit besser ertragen lernen.

In all den Jahren war das freiwillige Leiden meiner Gespielinnen meine Erfüllung gewesen. Aber nie habe ich Befriedigung erfahren, indem ich jemandem Trost spendete. Das war mir immer zuwider. Es wäre genau das Gegenteil von dem gewesen, auf das ich im Grunde so abfahre, das mir hilft, mein Schicksal zu bewältigen.

Bei Mia ist alles anders. Ich halte sie im Arm, küsse und streichle ihre Furcht und ihre Ängste weg und bin erleichtert, weil sie es zulässt und glücklich darüber, dass sie trotz allem meine Nähe sucht.

Als ich ihren Mund berühre, erwidert sie meinen Kuss umgehend. Ihre Lippen sind dick und geschwollen, dennoch giert sie nach meiner Zunge. Sie leckt mich und saugt an mir, dringt in mich ein und kann nicht genug bekommen. Wir küssen uns so leidenschaftlich, wie ich es selbst noch nie erlebt habe. Unsere Münder und unsere Zungen vereinen sich auf eine Art und Weise, die auch unsere Seelen zueinander führt, während sie sich weiterhin an mich klammert.

Was passiert hier gerade? Was tut sie mit mir?

Meine Gedanken spielen verrückt, und mein Herz fühlt sich ganz merkwürdig an.

Ich muss aufpassen, dass ich die Kontrolle wahre und kuschle mich mit ihr ins Bett. Erschöpft liegt sie in meinen Armen und stöhnt bei jeder Bewegung. Ich weiß, dass ihr Stöhnen Folgen des harten Ficks sind.

Plötzlich möchte ich wissen, wie schlimm es ist, ob sie meine kräftigen Stöße gut verkraftet hat. Ganz vorsichtig wandert meine Hand zwischen ihre Schenkel.

»Bitte, bitte nicht schon wieder!«, haucht sie und sieht mich ganz erschrocken an.

»Ganz ruhig, Mia! Ich will nur fühlen, ob alles okay ist.«

Ich weiß nicht, ob sie mir glaubt, aber sie lässt mich gewähren. Ganz vorsichtig taste ich ihre Vulva ab. Äußerlich ist alles in Ordnung. Aber als ich an ihre Öffnung komme, bemerke ich schon das Desaster.

Ihr Innerstes ist dick und geschwollen, und sie glüht. Ich fahre ganz vorsichtig mit meinem Finger hinein, und sie scheint es noch nicht einmal zu spüren, so taub muss alles sein. Mist! Ich hätte mich mehr zusammenreißen müssen. Ich bin aber auch ein Idiot! Wie konnte ich nur?

Nun schlägt plötzlich mein Ärzteherz ganz laut und

verlangt danach, sie zu heilen.

»Mia? Ich gehe nur mal kurz nach unten in die Praxis, um ein paar Dinge zu holen. Ich bin gleich wieder da«, lasse ich sie wissen und gebe ihr einen Kuss auf die Stirn.

Ich schlüpfe in meine Jeans und beeile mich. Ich weiß genau, was ich brauche und stehe zehn Minuten später wieder im Schlafzimmer. Vorsichtig schlage ich die Bettdecke beiseite, um Zugang zu finden.

»Spreiz deine Beine! Du bist etwas geschwollen. Das ist zwar nichts Schlimmes, und dein Körper bekommt das auch alleine geregelt, allerdings kann ich ihm dabei behilflich sein. Ich habe hier eine Salbe für dich. Sie wirkt beruhigend und abschwellend. Sie enthält Kamille, Hamamelis, Ringelblume, aber auch Kortison. Ich habe sie eben zusammengerührt«, lass ich sie wissen und setze einen Applikator auf die selbst gefüllte Tube, um möglichst tief damit in sie eindringen zu können. Mein Engelchen lässt es geschehen. Sie bewegt sich noch nicht einmal, als ich das runde Stäbchen in sie einführe, um die Creme tief in ihr verteilen zu können.

Anschließend gehe ich ins Badezimmer und tränke ein Tuch mit einer Arnikamischung. Es ist lauwarm, und ich lege es zwischen ihre Beine, direkt auf ihre Scham. Ich kann sehen, wie erleichtert sie zusammensackt, weil es ihr offenbar gut tut. Ich schiebe ihr noch ein Handtuch unter den Po, damit sie nicht feucht liegt und ziehe dann eine Spritze auf. Mia ist fix und fertig, und ich will, dass sie zur Ruhe kommt und keine Albträume hat.

Ein kleines Schlafmittel kann wahre Wunder

bewirken. Außerdem kann ich ihr gleichzeitig ein Schmerzmittel damit verabreichen. Sie sagt nichts, als ich ihren Arm abbinde, um eine Vene zu finden. Ich spritze sie intravenös und kann fast zeitgleich sehen, wie die Injektion zu wirken beginnt. In einem Moment sieht sie mich noch an, im anderen sind ihre süßen Augen bereits zugefallen.

Erleichtert setze ich mich neben sie und beobachte noch lange, wie friedlich sie schläft. Ich streichle ihre Schultern, küsse ihre Wange und wechsle auch nochmal das getränkte Tuch zwischen ihren Beinen, ehe ich mich an sie kuschle und mit ihr in meinen Armen einschlafe. Ich hätte nie gedacht, wie schön das sein kann.

Mia scheint wahrlich fertig zu sein, denn sie bemerkt nicht, dass ich gegen neun Uhr aufstehe. Sie bemerkt ebenso wenig, dass ich duschen gehe und auch nicht, dass ich Frühstück für uns zubereite. Sie schläft wie ein Engel, was nicht auf die Injektion zurückzuführen ist. So lange hält die Wirkung der Medikamente nämlich nicht an.

Ich bin froh, dass sie Ruhe gefunden hat. Das ist ein gutes Zeichen, denke ich mir, während ich mit einem großen, prall gefüllten Tablett ins Schlafzimmer schleiche und es unterhalb des Bettes platziere.

Ich vermute, dass der Kaffeegeruch sie weckt, denn plötzlich blinzelt sie mir entgegen.

Kapitel Neun

Φ Mia Φ

»Guten Morgen«, höre ich ihn sagen und muss mich erstmal sammeln. Ich weiß im ersten Moment gar nicht, wo ich bin, bis meine Gedanken erwachen und alles Erlebte zurückkommt. Unbewusst fasse ich mir an den Bauch, der ein wenig schmerzt. Aber nur ganz leicht, wobei er mir viel mehr wehtun müsste, nach all dem, was gestern vorgefallen ist. Ich erinnere mich an meine ganzen Orgasmen, an den wilden Sex, der mich ängstigte und gleichzeitig in neue Sphären führte. Nach unserem letzten Mal war ich richtig erledigt und verstört. Es war aber auch schlimm gewesen. Zeitweise hatte ich große Angst und glaubte, es nicht länger ertragen zu können. Ich hätte mir nie träumen lassen, wie animalisch Dr. Moore werden kann …

Er war wie ein wildes Tier, und ich hatte zeitweise richtig Panik, von den chaotischen Empfindungen in mir ganz zu schweigen. Ich war danach so erschüttert, fühlte mich verwirrt und schutzlos, sodass es sogar eine Erleichterung war, mich von ihm trösten zu lassen. Seine Nähe und seine Zärtlichkeit taten mir so gut.

Ob das normal ist?

Zudem wundere ich mich über meinen Zustand.

Ich fühle mich gut erholt, bin ausgeschlafen und bis auf das merkwürdige Gefühl in meiner Scheide, das ich kaum beschreiben kann, tun mir nur vereinzelte Muskeln weh. Ich habe offenbar einen ordentlichen Muskelkater in meinen Armen und Beinen, aber ansonsten hat mein Körper alles gut weggesteckt. Offenbar waren die Creme und die Medizin von Dr. Moore von Nutzen.

»Wie fühlst du dich heute Morgen, Mia?«, will er wissen, und ich sehe, dass er uns Kaffee einschenkt. Erst jetzt fällt mir das große, weiße Tablett auf, das auf silbernen Füßen am Bettrand steht und mit Croissants, frischen Brötchen, Butter, dreierlei Marmeladesorten sowie Honig und Aufschnitt randgefüllt ist. »Milch und Zucker?«, hakt er noch nach.

Ich schüttle leicht den Kopf. »Nur Milch, danke«, entgegne ich und weiß nicht, wie ich ihm meinen Zustand beschreiben soll. Ich weiß aktuell überhaupt nicht, wie ich mich ihm gegenüber verhalten soll. Ich bin noch total verwirrt!

Genauso überrascht bin ich von seiner Fürsorge.

Erst filmt er mich heimlich und nackt während einer Behandlung, dann nötigt er mich zum Sex, vögelt mich mehrfach so sehr, dass ich beinahe ohnmächtig werde, und dann kümmert er sich um mich und erkundigt sich ständig, wie es mir geht.

Ich kann das alles nicht nachvollziehen! Dieser Wechsel zwischen Zwang und Güte verunsichert mich total. Als würden zwei Herzen in seiner Brust schlagen, und ich weiß einfach nicht, was als nächstes geschieht.

Dass er gestern spät abends so grob und ungehalten über mich herfallen würde, hätte ich nie erwartet. Und ebenfalls unerwartet war seine liebevolle Art danach.

»Mia, wie geht es dir? Wie fühlst du dich?«, setzt er jetzt nochmal nach, weil ich seine Frage bisher nicht beantwortet habe. Was soll ich ihm auch sagen? Was will er von mir hören? Dass ich mich gut fühle? Das kann ich nicht sagen. Ich bin schließlich nicht freiwillig bei ihm, ich will nichts von alledem!

Alles, was er tut und verlangt, ist nicht rechtens. Er ist Arzt, und er zwingt mich dazu! Ich frage mich gerade, ob er das öfter mit seinen Patientinnen macht. Seine Position bietet ihm viele Möglichkeiten. Wie viele Frauen mögen wohl schon in diesem Bett gelegen haben?

Ich will es, ehrlich gesagt, gar nicht wissen. Ich will nur, dass die Zeit vergeht, er dieses Video löscht und ich nach Hause gehen kann. Dann werde ich versuchen, alles zu vergessen, alles! Bis dahin spiele ich noch brav mit, denn lange dauert es ja nicht mehr. Das Schlimmste habe ich bestimmt schon überstanden, deshalb antworte ich ihm: »Ich bin okay.«

Er nickt zustimmend, und wir frühstücken zusammen, ehe ich anschließend ins Badezimmer gehe, um mich frisch zu machen. Er lässt mich dabei sogar alleine.

Ich dusche ausgiebig und bemerke, dass ich mich tatsächlich an meine Nacktheit gewöhnt habe. Es ist hell im Badezimmer, und ich schließe nicht, wie gewöhnlich, die Jalousien. Ich akzeptiere meinen nackten Körper und genieße die warmen Strahlen der Dusche, die meine Haut verwöhnen. Als ich eine Stunde später in ein Handtuch gehüllt zurück ins Schlafzimmer komme, sehe ich ihn auf dem Bett sitzen.

Er trägt wieder nur seine Jeans, mehr nicht. Er ist sogar barfuß und das Tablett ist weggeräumt.

Ich wage es nicht, mir dies einzugestehen, aber er sieht gut aus. Er ist ein wunderschöner Mann, klug dazu, und doch tut er solche verbotenen Dinge.

Ich kann das nicht verstehen!

Er könnte doch jede Frau haben. Die meisten würden sich ihm zu Füßen werfen. Was findet er nur an mir?

Er sieht wie ein Engel aus … Ein gefährlicher Engel, mit einem gemeißelten, stählernen Körper.

Makellos. Traumhaft schön!

Seine hohen Wangenknochen, das dunkle Haar, die tiefliegenden grünen Augen mit dem silbernen Blick, seine imposanten ausdrucksstarken Augenbrauen … alles an ihm ist wunderschön und doch strahlt er etwas Düsteres aus, das mir eine Gänsehaut beschert.

»Nimm das Badetuch ab und leg dich hin, Mia!«, sagt er zu mir, und das ist keine Bitte. Mein Blick wandert zu seinem Smartphone, das immer noch griffbereit auf dem Nachttisch liegt. Leider ist das Display dunkel, und ich kann die Uhrzeit nicht erkennen. Aber innerlich zähle ich die Stunden rückwärts, bis ich gehen darf, während ich das Badetuch ablege und seiner Aufforderung Folge leiste.

Meine Augen starren an die Decke, als ich auf dem

Bett liege, und er jeden Millimeter meines Körpers betrachtet. Ich spüre seine Hände, die wieder nach mir greifen, die mich wieder zu streicheln beginnen. Ganz vorsichtig fahren seine Finger über meine Haut, die Schulter hinab, zu meinem Bauch, zu meiner Scham. Dort stoppt er.

Dr. Moore sieht mich eindringlich an, bevor er meine Beine spreizt und seine Finger wieder an meine Weiblichkeit wandern. Hört er denn nie damit auf?

War das gestern nicht genug?

All das und mehr geht mir durch den Kopf, als ich spüre, wie er meine Schamlippen öffnet, mich sacht stimuliert und dann vorsichtig in mich eindringt.

»Auf einer Skala von eins bis fünf … Wie sehr tut es weh?«, will er wissen, und am liebsten würde ich zehn sagen, allerdings tut es kaum weh. Ich spüre so gut wie gar nichts.

»Ich glaube, da ist alles taub«, sage ich vorsichtig. Das hätte ich mal besser nicht sagen sollen, denn umgehend beginnt sein Finger sich in mir zu bewegen.

»Drei! Oder vier!«, rufe ich, obwohl ich das, was ich gerade fühle, nicht als Schmerz bezeichnen würde. Es ist eine seltsame Mischung aus etwas Angenehmem und etwas Unangenehmem. Aber ich habe Angst, dass er mich fester penetriert, deshalb stufe ich mein Empfinden lieber höher ein, wenn er mich schon mal fragt.

»Deine Scheide fühlt sich gut an, Mia. Die Schwellung ist zurückgegangen. Mag sein, dass du noch etwas Taubheit wahrnimmst, aber alles ist bestens«, klärt er mich auf und zieht seinen Finger heraus.

Die Erleichterung darüber währt nur kurz, denn ich bemerke, dass er aus seiner Jeans schlüpft. Das kann nur einen Grund haben, und mir schießen sofort wieder Tränen in die Augen. Ist es denn nicht bald nachmittags? Kann ich denn nicht bald gehen? Ich will das nicht schon wieder durchmachen, ich kann nicht mehr!

»Hey … nicht weinen! Pssst, komm zu mir. Ich werde diesmal ganz vorsichtig sein«, flüstert er und kriecht zu mir ins Bett. Er legt sich dicht neben mich und zieht mich an seinen nackten Körper.

»Ich mag nicht schon wieder. Das alles überfordert mich. Es ist zu viel. Außerdem habe ich das nie gewollt! Gestern Abend, beim letzten Mal … das, das … die Stöße waren so schlimm, so schlimm! Es hat zu Beginn so weh getan«, quellen Worte aus mir, die ich so nie sagen wollte.

»Ich weiß, und das tut mir auch leid. In der Form wird es nicht wieder passieren. Aber im Grunde ist Sex das Schönste, was unsere Welt zu bieten hat. Es kostet nichts und jeder kann es tun. Was glaubst du, weshalb daraus Leben entsteht? Der liebe Gott hat sich schon etwas dabei gedacht, eine Handlung zu erfinden, die so schön ist, dass sie jeder erleben will. Ich weiß aber auch aus eigener Erfahrung, wie schrecklich selbige sein kann, wenn man sie nicht will. Und ich weiß, wie grob ich gestern zu dir war. Und genau aus diesem Grund möchte ich dir jetzt zeigen, dass es auch anders geht.«

Ich schüttle heftig meinen Kopf, während er mich weiter in seinen Armen hält. »Das hat nichts mit grob sein zu tun. Die beiden Male davor war es auch schon ganz merkwürdig. Ihr Männer findet das vielleicht toll, in euch wird ja auch nichts reingesteckt«, spreche ich offen aus, was ich denke und sehe, dass ich ihn damit zum Lachen bringe. Dabei bemerke ich erst, dass ich ihn soeben wieder geduzt habe, was ich gar nicht will.

»Glaub mir, Engelchen, irgendwann wirst du nicht genug davon bekommen können«, sagt er, und ich schüttele vehement meinen Kopf, als ich seine Lippen auf meinem Körper spüre. Er beginnt mich halsabwärts zu küssen, gerade, als mir wieder nach Weinen zumute ist. Aber seine sanften Lippen fühlen sich gut an, und seine zärtlichen Hände streicheln mich ganz liebevoll.

Ich weiß einfach nicht mehr, was ich noch fühlen soll. Was richtig und was falsch ist …

»Wirst du, ich meine … meine … werden Sie wieder, wieder so stark, so heftig …«, beginne ich, kann es aber nicht aussprechen. Er hält kurz inne und schaut mir in die Augen. »Mia, du kannst mich ruhig Duken nennen! Und, ja, wir werden jetzt nochmal miteinander schlafen. Entspann dich, Süße, ich versuche alles, damit es diesmal schön für dich wird und werde auch ganz vorsichtig sein«, verspricht er mir, als seine Lippen schon wieder meine Haut benetzen. Er setzt seine Zunge mit ein und leckt hinab zu meinem Bauch und wieder empor bis zu meinen Brüsten. Und obwohl sich alles in mir vor Widerwillen zusammenzieht und ich im Grunde keinen Sex mit ihm möchte, entstehen dennoch schöne Empfindungen, als er an meinen Brüsten zu lecken und zu saugen beginnt.

Was ist das nur? Wieso arbeitet mein Körper gegen mich? Gegen meinen Willen?

Zum ersten Mal spüre ich die Trennung zwischen der Seele und dem Fleisch.

Obwohl ich Angst habe und nicht mehr möchte, fühlen sich seine Streicheleinheiten gut an, sie sind so sanft, so zärtlich. Ich vergesse einen Moment lang sogar die Situation, in der ich mich befinde, die ganzen Nötigungen, denen ich ausgesetzt bin und genieße einzig den Augenblick, dieses unbeschreiblich schöne Gefühl, das gerade durch meinen Körper rinnt.

Als seine Hände tiefer wandern, seine Lippen folgen und mein Intimstes zu küssen beginnen, unterwerfe ich mich seiner Zärtlichkeit und schließe meine Augen, um nur zu fühlen, denn es tut gut, obwohl ich weiß, was gleich folgen wird …

Und ich will nicht wieder mit ihm schlafen!

Die Erinnerungen an gestern Abend werden präsent. Ich spüre nochmal, wie unnachgiebig er mich auf das Bett gepresst hat, mich festhielt und so grob in mich fuhr.

Plötzlich gewinnt meine Furcht die Oberhand, was er zu spüren scheint, denn er wird langsamer, stoppt und legt sich auf Augenhöhe zu mir. »Hab keine Angst Mia! Ich werde wirklich vorsichtig sein. Oder weißt du was? Wir machen es jetzt einfach andersrum. Du setzt dich auf mich! Da kannst du selbst den Takt angeben und das tun, was dir gefällt«, sagte er und legt sich auf den Rücken.

Ich weiß im ersten Moment nicht, was ich davon

halten soll und was er überhaupt von mir will.

Verunsichert schaue ich zu ihm und sehe zum ersten Mal sein erigiertes Glied. Meine Güte, wie groß es ist. Kein Wunder, dass mir alles wehtut und ich immer noch leicht geschwollen bin. Dass so etwas Riesiges in meine kleine Öffnung passt, ist mir ein Rätsel. Und jetzt verlangt er auch noch, dass ich mich auf ihn setze und dieses große Ding komplett in mich stecke. Das ist ja noch schlimmer, als wenn er es im Liegen machen würde.

Mein verunsicherter Gesichtsausdruck entgeht ihm nicht. »Nur zu, Mia! Er hat schon ein paar Mal in dir gesteckt. Er und deine kleine Pussy kennen sich gut«, sagt er, als könne er meine Gedanken lesen, was es aber auch nicht leichter macht. Ich bin gerade bewegungsunfähig.

Während ich noch überlege, wie ich das jetzt beginnen soll, greift er schon nach mir und zieht mich mit einem Ruck über sich.

Völlig verunsichert knie ich in erhabener Position über seinem Bauch und spüre sein Glied dicht an meiner Scham. Mein Herz rast, und mein Puls überschlägt sich. Nun greift er auch noch nach meinen Händen und führt sie an seine enorme Männlichkeit. Noch nie habe ich so etwas berührt. Ich weiß gar nicht, was ich tun soll!

»Fass ihn richtig an! Er beißt nicht. Nimm ihn in die Hand und führ ihn selbst ein! Stell dir vor, er wäre ein ziemlich großer Tampon«, sagt er, und es soll wohl spaßig klingen, aber mir ist nicht nach Lachen zumute. Viel lieber würde ich weinen, denn ich habe wieder Angst.

Ganz zaghaft umfasse ich sein Glied und gehe darüber in Stellung. Dukens Finger wandern gleichzeitig an meine Vagina und tasten den Eingang ab …

Ich höre ein schmatzendes Geräusch und bin mir im Klaren darüber, dass ich sehr feucht sein muss.

»Sieh nur, wie bereit du bist und wie sehr dein Körper es will«, höre ich ihn sagen, während sein Finger problemlos raus und rein gleitet. Ich spüre, wie er selbst nach seinem Glied greift und es dicht an meine Pforte führt, sodass meine Schamlippen seine Eichel umschließen. Dann greift er mit der anderen Hand nach meiner Schulter und drückt sie leicht nach unten, damit ich mich senke.

Es fällt mir ungeahnt schwer, seinem leichten Druck nachzugeben. Als seine Eichel beginnt, in mich einzudringen, halte ich die Luft an.

Mit jedem Millimeter, den er tiefer in mich wandert, spüre ich meine inneren Schwellungen deutlicher, und irgendwie ist auch alles gefühlvoller als gestern. Ich komme mir vor, als würde ich mir selbst einen Baseballschläger einführen, während ich wie in Zeitlupe immer tiefer gleite und sich ein leichter Schmerz und ein ganz neuartiges Gefühl vermischen.

Als ich ihn vollständig in mir habe, kann ich es selbst kaum glauben, dass es so einfach ging, obwohl ich mich gleichzeitig wie gepfählt fühle. Ich kann kaum atmen, geschweige mich rühren.

Verunsichert schaue ich in seine Augen und entdecke Lust und Leidenschaft in seinem perfekten Gesicht.

Er nickt mir lüstern zu. »Gut so, Mia. Und jetzt

beweg dich ein bisschen! Hoch und runter, vor und zurück. Reite mich!«, verlangt er, und alles ist so merkwürdig.

Ich komme mir hilflos und gleichzeitig überfordert vor, als ich mich zaghaft auf ihm zu bewegen beginne. Ich weiß gar nicht, ob das so richtig ist und was er überhaupt von mir erwartet …

Er liegt unter mir. Sein Blick versprüht wieder Funken. Seine linke Handfläche fährt zu meiner rechten Pobacke und knetet mein weiches Fleisch. Seine rechte Hand wandert hinauf zu meinen Brüsten. Er drückt sie abwechselnd, massiert sie, streichelt sie, bis meine Nippel ganz fest werden. Seine Berührungen fühlen sich gut an.

Als er meine Nippel immer fester knetet, passiert wieder etwas Seltsames in meinem Unterleib.

Meine Atmung wird schneller, ich beginne zu schwitzen und bewege mich immer rhythmischer, wodurch das leicht schmerzhafte Gefühl in mir versiegt. Oder aber es vermischt sich mit der Lust, die schon wieder in mir entsteht, und von der ich gar nicht weiß, woher sie kommt. Das, was gerade geschieht, ist so surreal, dass mein Verstand es nicht verarbeiten will.

Ich weiß, ich sollte mich vergewaltigt fühlen – und mein Verstand sagt mir das auch ständig – aber dennoch ist es schön auf ihm und es tut mir gut. Mein Körper scheint sich zu entspannen, jeder Schmerz ist vergessen und ich beginne, auf seine sanften Berührungen zu reagieren, mich zu lösen, mich komplett fallen zu lassen.

»Sehr gut, Mia«, kann ich ihn sagen hören, als ich

meine Augen geschlossen habe und meine Bewegungen noch intensiver werden. Seine Finger spielen weiter mit meinen Nippeln, fitzen und zwirbeln sie und steigern das elektrisierende Gefühl in meinem Unterleib, was dazu führt, dass ich stöhnen und keuchen muss, während ich ihn tatsächlich reite.

Was macht er nur mit mir? Wie kann ich nur?

Wie kann ich mir selbst jemals all das vergeben?

Ich verstehe nicht, warum das mit mir geschieht, weshalb ich es zulasse, gar mitmache, es selbst tue!

Das hat doch nichts mehr mit Zwang zu tun!

Oder vielleicht doch? Ich muss es ja machen, sagt mir eine kleine Stimme in meinem Ohr, und ich will einfach nur mein Gewissen abstellen, ich will nicht mehr denken, ich will nur fühlen, denn es gefällt mir wirklich!

Und ich weiß, was gleich passieren wird.

Mein Kopf wird schon wieder ganz leer …

Die Lust ist zu stark, zu unerwartet. Ich spüre nur noch das Pochen, das Brennen in meinem Innersten, das diesmal richtig schön ist, mich rasend und gierig macht.

Mein Herz schlägt schnell, ich bekomme kaum noch Luft. Mein ganzer Körper spannt sich an, und ich kann fühlen, wie meine Muskeln pulsieren, meine Nerven zucken … Als seine Finger auch noch meine Klitoris zu streicheln beginnen, ist alles zu spät. Mit geschlossenen Augen bewege ich mich immer schneller auf ihm und kann mir selbst nicht mehr glauben …

Die Gefühle sind zu mächtig. Ich vergesse, wo ich bin, vergesse, wer er ist und was er mit mir macht. Ich ergebe mich meinen Emotionen, schalte meinen Kopf komplett aus und lasse mich fallen. Fallen, hinein in einen Sog aus Glückseligkeit, der meinen Körper heimsucht, und dann fliege ich mit einem lauten Schrei …

Als ich wieder zu mir komme, verstehe ich die Welt nicht mehr. Ich bin am Boden zerstört und kann meine Tränen nicht länger zurückhalten.

Kapitel Zehn

Φ Duken Φ

Na, sieh mal einer an. Jackpot, der zweite! Ich habe sie soeben schachmatt gesetzt. Sie wird nun zugunfähig sein, denn genau über meinem Bett filmt eine winzig kleine Kamera alles mit, ebenso wie die beiden anderen Kameras, die ich einmal links und einmal an der Wand vor dem Bett positioniert habe. Mit diesen Aufnahmen kann sie mir nichts mehr anhängen. Selbst ihre Tränen, die gerade fließen, ändern nichts an dem geilen Fick, der verdammt freiwillig aussah. Wie stöhnend und gierig sie mich geritten hat, gar auf mir gekommen ist. Das hätte ich ihr niemals zugetraut!

Nun kann mein Engelchen sich nicht mehr wie die Unschuld vom Lande präsentieren. Ich bin so perplex, dass ich meine eigenen Bedürfnisse ganz vergessen und noch nicht abgespritzt habe. Es war aber auch zu schön mit anzusehen. Ihre spitzen, wippenden Brüste, die kreisenden Bewegungen ihres Beckens, das Verlangen in ihrem Gesicht, das sich zuerst mit Entsetzen paarte und dann in pure Lust überging. Ja, meine Kleine, das war richtig geil, obwohl im Grunde ich derjenige bin, der hier den Takt angibt. Ich lehre dich schon noch, was unsere

Körper alles Schönes zu bieten haben, denke ich mir, während ich mich aufsetze und sie mit einem gezielten Griff unter mich führe. Ihre Pupillen weiten sich, und sie schaut mich ängstlich an.

»Alles gut, Mia. Du hast es gleich geschafft«, lasse ich sie wissen, wische ihre Tränen weg und gebe ihr einen Kuss, bevor ich es ihr nochmal besorge und diesmal nicht vorsichtig sein muss. So langsam gewöhnt sie sich offenbar an dieses Gefühl. Sie jammert nicht mehr, weint nicht und lässt sich bereitwillig von mir stechen, bis ich auf meine Kosten komme.

Ihr Herz rast, und ihr Puls überschlägt sich beinahe, als ich von ihr ablasse und mich neben sie lege. Wenn ich es nicht besser wüsste, würde ich meinen, sie war schon wieder ziemlich nah an einem Höhepunkt.

Sei's drum … der Tag ist jung, und bis heute Nachmittag haben wir noch viel Zeit. Das war heute nicht das letzte Mal, dass ich in ihr gesteckt habe. Nachher bekommt sie Nachschub. Nur gut, dass sie es noch nicht weiß, denn augenblicklich sehe ich ihre Erschöpfung. Vielleicht sind es aber auch ihre Gewissensbisse, die sie plagen und schläfrig machen. Tja, mein Engelchen …

Da zwinge ich dich zu sexuellen Handlungen, und dir gefällt es auch noch. Besser kann es doch gar nicht für mich laufen. Für dich eigentlich auch nicht, denn du hast das bitter nötig, denke ich mir und decke sie sanft zu.

»Ruh dich etwas aus und schlaf noch ein bisschen. Ich koche uns derweil etwas«, flüstere ich in ihr kleines Ohr und gebe ihr einen Kuss auf die Wange, ehe ich in die Küche gehe, um ein paar Speisen zu kredenzen.

Ich entscheide mich für Steaks mit einem Kartoffel-Lauch-Auflauf und koche als Nachtisch noch einen Schokopudding, dem ich ein ordentliches Amaretto-Aroma verleihe und mit saftigen Kirschen garniere.

Hatte ich schon erwähnt, dass ich ein ganz passabler Koch bin? Genauso gerne esse ich, aber am allerbesten schmeckt mir Mia, und ich kann es kaum erwarten, sie wieder zu beglücken.

Himmel, ich glaube, ich bin süchtig nach ihr!

Pünktlich zur Mittagszeit wecke ich sie.

Diesmal möchte ich sie splitterfasernackt an meinem Esstisch haben. Ich hingegen habe mich zuvor extra in Schale geworfen, was ihr Schamgefühl neu entfacht und gleichzeitig ihre Unterwürfigkeit symbolisiert.

Während ich ihr in meiner maßgeschneiderten schwarzen Hose und einem schicken weißen Hemd gegenübersitze, kauert sie, wie Gott sie schuf mit hochroten Wangen vor mir und nagt an dem Essen, das vorzüglich schmeckt. Ich ergötze mich schon wieder an ihrem Verhalten, das nicht devoter sein könnte.

Ja, so ein bisschen ärgern muss ich sie ab und zu, das reizt mich ungemein, und für sie ist es nur hilfreich, endlich ihren Körper und ihre Nacktheit zu akzeptieren.

Am liebsten würde ich sie für immer hier behalten, als meine willige, kleine Prinzessin der Lust.

Himmel, wie gerne würde ich ihr eine Fessel um den Hals legen und sie an mein Bett ketten, sodass sie sich nur noch in einem Radius von fünf oder sechs Metern bis ins Badezimmer bewegen könnte. All das geht mir durch den Kopf, während ich sie dabei beobachte, wie vorsichtig sie das Fleisch schneidet und wie zaghaft sie es kaut.

Mir entgehen ihre schönen weißen Zähne und die vollen Lippen nicht. Immer wieder muss ich zu ihrem geschwungenen Mund schauen. Ein echter Kussmund, der es mir angetan hat. Als sie anschließend den Pudding nascht und die Kirschen in verlockender Weise zu sich nimmt, keimt in mir das Verlangen, ihr meinen besten Freund in ihren süßen kleinen Mund zu stecken. Heute erwartet sie also noch ein ganz besonderer Nachtisch …

Ich spüre schon wieder meinen Schwanz zur vollen Länge ausfahren, als ich nur daran denke.

Allmählich wird es unbequem in meiner schicken Hose. Ich warte nur noch, bis sie mit dem Essen fertig ist. Dann drehe ich meinen Stuhl zur Seite, öffne meine Hose (unter der ich natürlich keine Unterwäsche trage) und beordere sie zu mir.

»Ich möchte, dass du mich mit deinem Mund verwöhnst!«, sage ich klar und deutlich, was ich von ihr erwarte.

Ach herrje, dieser Blick! Ängstlich starrt sie von mir auf meinen Schwanz und zurück in meine Augen.

Tja, ich vermute, der Pudding hat ihr besser geschmeckt, aber ganz so übel schmecke ich auch nicht.

»Na, komm, Mia! So viel Zeit bleibt uns heute

leider nicht mehr, und ich will jede Minute mit dir auskosten. Und wo wir einmal beim Kosten sind … Ich nehme an, dass du noch keinen Schwanz gelutscht hast, deshalb werde ich nachsichtig mit dir sein. Aber gib dir Mühe! Und jetzt mache brav deinen Mund auf!«

Und wieder kämpft sie mit ihren Tränchen. Am liebsten würde ich sie wegküssen, aber es macht mich auf einer Seite auch rattenscharf, deshalb genieße ich diesen Anblick noch ein wenig …

Unsicher kniet sie sich vor mich. Ihr runder Po liegt auf ihren nackten Füßen, ihre Hände hat sie fast gebetsartig vor ihre Scham gelegt, und ihre spitzen Brüste lachen mich geradezu an. Ihre großen blauen Augen sind weit aufgerissen, als ihre geschwungenen Lippen sich zaghaft öffnen und die erste Träne über ihre rosafarbene Wange kullert. Ich kann nicht anders … Ich streiche mit meinen Daumen über ihre linke Gesichtshälfte und wische dem Rinnsal der Träne nach.

»Das ist gar nicht schlimm, Mia, du wirst sehen. Nur ein bisschen lutschen und lecken. Stell dir vor, ich wäre ein köstliches Eis«, versuche ich sie anzuspornen und lasse meine Finger in ihren Nacken gleiten, um sie dichter an mich zu ziehen. Mein Griff ist fest und lässt keinen Widerstand zu. Sie muss schließlich spüren, dass es kein Zurück gibt.

Ich genieße es in vollen Zügen, als ich mit meiner anderen Hand meinen steifen Schwanz greife und ihn zwischen ihren unschuldigen Lippen hindurch in sie hinein stecke …

Während ihre blauen Augen immer größer werden

und sich gleichsam ihre Pupillen weiten, muss ich aufpassen, nicht umgehend abzuspritzen, denn ihre Ausstrahlung und die Panik in ihrem Blick setzen mir mächtig zu.

Ist das geil! Sie macht mich so verdammt schwach und heiß zugleich. Mein Herz rast, als ich in ihr bin, aber ich will es nicht übertreiben und stoße nicht zu weit.

Mir reicht es, ihre heiße Mundhöhle zu spüren, das Vibrieren und Zittern ihrer Zunge an meinem Schaft wahrzunehmen. Wie sie innerlich schlottert. Der pure Wahnsinn!

Meine Hand liegt in ihrem Nacken, wandert an ihren Haaransatz. Damit dirigiere ich sie ein Stück zurück, sodass er wieder aus ihr wandert. Dann schiebe ich sie erneut nach vorne und zurück und vor …

Ja, ich ficke mein Engelchen in den Mund, und sie kann es offenbar ebenso wenig glauben, wie ich selbst.

Wie ein braves Hündchen lässt sie sich von mir führen und benutzen. Ihre Lippen formt sie brav zu einem O. Sie starrt mich die ganze Zeit mit weit aufgerissenen Augen dabei an.

Verdammt, ich will noch nicht abspritzen!

Ich will es länger auskosten, also ziehe ich ihn aus ihr und blicke an die weiße Zimmerdecke. Ich stelle mir kurzzeitig eine kalte Dusche vor, bis ich mich wieder einigermaßen unter Kontrolle habe und sie auffordere, ihre Zunge herauszustrecken. Ich klopfe ihr leicht mit meinem Besten dagegen. Umgehend zuckt sie zusammen. »Leck ihn, Mia! Lutsch an ihm!«, verlange ich erneut und erheitere mich an ihren ersten Versuchen, mich oral zu befriedigen.

Sie ist so unglaublich süß und folgsam.

Sie gibt wirklich ihr Bestes, und es fühlt sich grandios an, ihre Zungenspitze wahrzunehmen. Aber es ist wirklich nur ihre Zungenspitze, mehr traut sie sich nicht.

»Leckst du etwa so ein Eis?«, will ich von ihr wissen. Sie unterbricht, sieht mich fragend an und schüttelt dann den Kopf, sodass ihre langen Haare mitschwingen.

»Was magst du lieber, Mia? Joghurt, Nutella, Honig, Marmelade und Apfelmus hätte ich im Angebot.«

Irritiert zuckt sie mit den Schultern. »Äh, ich denke, denke … äh, Nutella.«

»Ich wusste doch gleich, dass du eine ganz Süße bist. Moment«, sage ich, stecke ihn kurz zurück in die Hose und laufe zwei Meter durch die Küche zu meinem Nussnougatglas. Einen Löffel nehme ich auch noch mit. Und ich pinsel ihn sogar selber ein, bis mein bester Freund wie ein schwarzer Lümmel aussieht.

Damit hat sie ganz und gar nicht gerechnet.

»So, Mia. Das leckst du jetzt alles ganz brav ab. Wenn du fertig bist, will ich, dass er wie frisch geduscht aussieht. Verstanden?«

Ängstlich schaut sie von meinen Augen zurück zu meinem Schokoschwanz, von dem ich glatt ein Foto machen muss. Nur gut, dass mein Smartphone griffbereit neben mir liegt, denn alleine habe ich sie nicht im Schlafzimmer mit meiner besonderen

Bildergalerie gelassen. Ich knipse zuerst ein paar Fotos von meinem braunen Steifen, aber nicht nur die, sondern gleich auch noch welche von ihr, in dieser zuckersüßen, gefügigen Position, die sie im Grunde beibehalten könnte.

Wie ein echtes unschuldiges Engelchen kniet sie vor mir und weiß nicht, wovor sie sich mehr fürchten soll. Vor den neuen geilen Bildern oder meinem hübsch beschmierten Schwanz.

Ganz zaghaft beginnt sie mich abzuschlecken.

Sie wird nachher ganz schön satt sein und vorerst keinen Appetit mehr auf Süßkram haben. Davon bin ich überzeugt.

Ach, wie herrlich …

Wie ein Kätzchen leckt sie meine Eichel ringsherum ab. Ganz vorsichtig arbeitet sie sich Stück für Stück voran. Verdammt, tut das gut! Ein geiles Gefühl. Hin und wieder unterbricht sic, um sich die Schokopaste von den eigenen Lippen zu lecken, ehe sie weiter macht und sich tapfer vorarbeitet.

An einem bestimmten Punkt schnappe ich sie mir. Ich kann nicht anders. Ich greife in ihr Genick und stoße ihn in ihren Mund. Ja, so ist‘s gut. Ihre großen Pupillen turnen mich an. Die Schokolade, die sich überall um ihren Mund verteilt, macht Lust darauf, sie gierig zu küssen. Das werde ich nachher noch tun. Aber jetzt ficke ich sie erstmal in den Mund, was ihr nicht ganz so sehr zu gefallen scheint. Als sie zu würgen beginnt, reiße ich mich zusammen und gewähre ihr den Freiraum, den sie braucht, um sich zu sammeln.

Hektisch atmend schaut sie zu mir auf.

Ich greife nach der Küchenrolle, die auf dem Esstisch steht, reiße ein Blatt ab und wische die Reste des Nutellas von ihrem Mund und dann von meinem Steifen, denn ich will sie! Jetzt! Hier! Sofort!

In der Küche … Von hinten!

Sie kann gar nicht so schnell realisieren, was ich vorhabe, als ich mit einer Armbewegung unsere Teller beiseite schiebe, sie vornüber auf die Tischplatte presse und mich dabei so zusammenreißen muss wie nie zuvor, denn am liebsten würde ich sofort in sie fahren, aber gestern Abend darf sich unter gar keinen Umständen wiederholen.

Zaghaft bin ich nicht gerade, dennoch lasse ich zwei meiner Finger in sie gleiten, um nachzufühlen, wie weit sie ist. Glückseligkeit erfüllt mich …

Mein Engelchen … so schön flutschig und bereit. Irgendwie scheint sie heiß auf mich zu sein. Ob ihr die Kombination aus Nutella und meinem Schwanz besser gefallen hat, als ich angenommen habe? Man könnte es glatt meinen, denn ihr Saft strömt nur so heraus.

»Du bist ein ganz braves Mädchen, Mia«, flüstere ich ihr ins Ohr, ehe ich ihren Oberkörper ganz tief auf die Tischplatte presse und von hinten in sie fahre. Dabei halte ich sie im Nacken fest und versuche möglichst sanft zu sein. Auch stoße ich nicht wie ein Irrer zu, sondern wahre die Kontrolle, so gut es geht.

Ich weiß, dass ihr diese Stellung nicht gefällt. Ich kann sie aktuell auch kein bisschen extra stimulieren, um es für sie erträglicher zu machen, deshalb beeile ich mich. Es braucht keine zwei Minuten, ehe ich meinen Samen in ihre enge kleine Grotte spritze.

Erleichtert ziehe ich mich zurück und lasse mich auf den Stuhl fallen, während sie liegenbleibt, als würde ich sie noch halten.

»Alles, okay?«, erkundige ich mich atemlos und tätschle ihren schönen, runden Po, bis sie sich langsam erhebt und mit dem Kopf nickt. »Ja, ich bin in Ordnung«, lässt sie mich stockend wissen, und ich bekomme nicht genug von ihrem Anblick.

Die reinste Unschuld steht splitternackt vor mir.

Ihr Herzchen schlägt mindestens genauso schnell wie meines, und um ihren Mund sind immer noch ein paar Schokoreste zu sehen.

»Komm zu mir!«, fordere ich und reiche ihr meine Hand. Sie versteht nicht recht und schaut auf meinen Hosenschlitz, der noch offen steht und aus dem ein Stück meines erschlafften Freundes lugt.

»Keine Sorge, ich bin auch nur ein Mensch. So schnell geht es leider nicht. Ich will dich nur küssen, Mia. Komm zu mir und setz dich auf meinen Schoß!«, sage ich nochmal deutlicher.

Schüchtern folgt sie meinen Anweisungen und setzt sich zaghaft auf mich, sodass sich unsere Gesichter ganz nahe kommen. Ich sehe ihr lange und gezielt in die Augen, streiche ihr eine Haarsträhne hinter das Ohr, ehe meine Hände ihre Wangen umschließen und ich sie noch näher zu mir ziehe, bis ich ihren Atem spüren kann.

Ich fahre mit dem Daumen um ihre Schokolippen. Dann lecke ich die Süßigkeit vom meinem Finger, ehe ich mich ein minimales Stück nach vorne beuge, um ihr einen Kuss aufzuhauchen.

Sie hat den schönsten Kussmund, den ich je

gesehen habe, und sie schmeckt wie die köstlichste Götterspeise der Welt. Ich kriege einfach nicht genug von ihr!

Kapitel Elf

Φ Mia Φ

Ich genieße seinen leidenschaftlichen Kuss, obwohl ich noch ganz verwirrt bin. Nutella von einem Penis zu lecken … Gütiger Gott, vergib mir! Ich hätte das nie freiwillig getan, obwohl es eigentlich nicht schlimm war. Mein armes Herz rast noch immer, aber durch seinen Kuss kann ich mich entspannen, gehenlassen und ein bisschen vergessen, während sich unsere Zungen gegenseitig verwöhnen, neckisch lecken und wir das warme Innere des anderen erkunden.

Dukens Zungenspiele führen mich immer weit weg, entziehen mich der Realität, so schön sind sie.

Meine Hände liegen auf seinen breiten Schultern, meinen nackten Körper presse ich an seine schicke Kleidung, während ich seine Lippen berühre und meine Zunge immer wieder in seinen Mund wandert.

Gerade kann ich nicht genug von ihm bekommen, was aber einen besonderen Grund hat. Ich weiß, dass in wenigen Stunden alles vorbei sein wird und ich ihn dann nie wieder küssen werde, küssen muss … küssen kann. Ich weiß nicht, ob ich mich darüber freuen oder traurig sein soll. Seine Küsse werde ich auf jeden Fall vermissen.

Es geht bereits auf vierzehn Uhr zu, und die Stunden, die er mich gezwungen hat, bei ihm zu bleiben, laufen gerade ab. Nachher wird alles vorbei sein, auf ewig. Insofern genieße ich unsere Knutscherei umso mehr.

Zudem breitet sich große Erleichterung in mir aus.

Ich habe es überstanden! Ich habe alles überstanden, worauf ich verdammt stolz bin. Noch Schlimmeres kann er jetzt gar nicht mehr von mir verlangen. Ich habe alles mitgemacht! Wir hatten mehrfach Sex in sämtlichen Facetten, er hat fünf Mal mit mir geschlafen. Jetzt musste ich ihn sogar noch oral befriedigen, ein Thema, das für mich immer tabu gewesen ist. Niemals, in meinem ganzen Leben, hätte ich so etwas freiwillig getan, dabei war es gar nicht schlimm. Hätte es sich nicht so verboten angefühlt, hätte ich es sogar interessant gefunden. Nur das ganze Nutella war ein bisschen viel. Wenn ich daran denke, ergreift die Scham von mir Besitz, und ich lenke meine Gedanken schnell auf das Geschehen.

Ich fühle Duken ganz intensiv, seine Nähe, seine Wärme … Ich greife in seinen Nacken, schmecke ihn und sauge seinen Duft ein, der so männlich und maskulin wirkt, aber gleichzeitig eine frische Meeresbrise in sich trägt.

Nur noch ein paar Stunden, dann darf ich gehen. Dann löscht er dieses Video. Die Gewissheit macht mich euphorisch, weshalb ich mich dem Kuss vollends hingebe. Allerdings ist mir seine Potenz nicht bewusst, denn in den nächsten Stunden schläft er noch zwei Mal mit mir. Meine Orgasmen kann ich an diesem Tag irgendwann nicht mehr zählen.

Nun geht es auf den Abend zu, und ich liege erschöpft im Bett. Am liebsten würde ich sogar hier bleiben und schlafen, so müde bin ich, aber unser Deal dürfte jede Minute vorbei sein.

Als ich mich aufsetze, bemerke ich, dass es nicht ohne Weiteres geht. Mein Unterleib hat mehr gelitten, als ich mir eingestehen will, aber auch das ist mir egal. Es ist vorbei, es ist endlich vorbei!

Allerdings fällt mir sogar das Laufen schwer. Ich krieche eher, was auch Duken bemerkt. Jeder Schritt schmerzt, was zum einen am Muskelkater liegt und zum anderen an meiner geschwollenen Vagina. Ich weiß gar nicht, was mir wo am meisten wehtut.

Wie eine Achtzigjährige versuche ich mich anzukleiden. Alleine das Bein zu heben, als ich in meinen Slip schlüpfen will, fällt mir schon schwer. Er steht in der Ecke und beobachtet mich. Er lässt mich keine Sekunde aus den Augen.

»Ich fahre dich nach Hause, Mia! In diesem Zustand kannst du unmöglich laufen. Und ich will, dass du dich ausruhst, zuerst ein Bad nimmst, dich anschließend vaginal mit der Salbe eincremst und dich dann schlafen legst. Ich werde dir jetzt noch ein Schmerzmittel verabreichen, und morgen gehst du nicht zur Uni! Ich gebe dir eine Krankschreibung mit und will dich zudem pünktlich um sechzehn Uhr wieder in meiner Praxis sehen!«

Ich glaube, mich verhört zu haben. Ängstlich blicke ich ihn an und suche in seinen Augen nach einer Antwort auf meine Frage, die ich nicht zu stellen wage …

Wieso morgen schon wieder?

Verzweiflung breitet sich in mir aus. Ich fasse mir ein Herz, setze mich auf die Bettkante und spreche stockend.

»Ich, ich denke, es ist … äh, es ist vorbei. Du hast gesagt, dass ich heute gehen darf«, erinnere ich ihn.

»Dem ist auch so, Mia. Du kannst heute gehen, aber ich bin Arzt und will mich davon überzeugen, dass es dir gut geht. Deshalb will ich morgen nochmal nach dir sehen und dir eine weitere Spritze geben, denn aktuell gefällst du mir ganz und gar nicht! Du kannst kaum laufen und nicht mehr richtig sitzen, denn deine süße Vagina hat mehr gelitten, als ich eigentlich wollte. Die will ich mir morgen auch nochmal anschauen. Deshalb verlange ich, dass du pünktlich um sechzehn Uhr nach Praxisschluss bei mir bist. Unser Filmchen behalte ich so lange, bis ich dich wiedersehe«, sagt er, und es klingt wie eine Drohung.

Plötzlich hüllt mich ein ungutes Gefühl ein.

Die Vorstellung, dass er mich immer weiter mit diesen Aufnahmen erpressen könnte, wird bedrohlich präsent.

Während der kurzen Fahrt zu meinem Elternhaus, harre ich schweigend neben ihm, und meine Gedanken machen mich völlig fertig. In meinem Kopf rattert es nur so.

Hier sitze ich nun, neben einem Mann, der mich fast dreißig Stunden lang zu Dingen genötigt hat, die ich noch nie zuvor gemacht habe. Ich bin ganz wund, und es tut trotz seiner Spritze sogar weh, wenn er über eine Unebenheit auf der Straße fährt. Ich habe alles schweigend über mich ergehen lassen. Himmel, ich habe sogar mitgemacht! Wenn ich ganz ehrlich bin, fand ich Vieles sogar schön.

Doch was sollte ich auch tun? Wenn ich die Wahl habe zwischen Genießen und Leiden, dann entscheide ich mich für Ersteres. Zudem will ich mir die Realität nicht eingestehen, sie ist schier zu grausam.

Wenn ich mir einrede, dass ich Einiges gut fand, ist es nicht ganz so schlimm für mich wie die Tatsache, erpresst und genötigt worden zu sein.

Er ist verdammt nochmal ein Arzt! Er soll Menschen helfen und ihnen kein Leid zufügen, nicht so eines, wie er es mir angetan hat. Ich bin wegen ein bisschen Rückenschmerzen zu ihm gegangen, und nun fährt er mich wie ein Wrack nach Hause. Ich kann noch nicht einmal mehr ohne Hilfe aus seinem teuren schwarzen BMW aussteigen. Er stützt mich dabei und zieht mich auf die Beine. Er trägt auch meine Tasche und begleitet mich zur Haustür.

Das ist alles so absurd, dass ich meine Gedanken am liebsten weit weg schicken oder mir vorstellen möchte, dass er so etwas wie mein Freund ist. Alles andere kann mein Hirn gar nicht verarbeiten, alles andere passt einfach nicht in das Weltbild, das mir seit Kindheitstagen vorgelebt wurde.

Ich teile die Welt in Schwarz und Weiß, in Gut und Böse. Aber zwischen Duken und mir mixt sich die Dualität. Im Grunde ist es böse, was er tut, schrecklich und ganz furchtbar. Aber genau das will ich mir nicht eingestehen, weil ich vermutlich daran zerbrechen würde. Deshalb nehme ich es hin, versuche es positiv zu sehen, das Gute in all dem zu erkennen, was mir aber von Minute zu Minute schwerer fällt.

Wäre es jetzt vorbei, könnte ich damit leben. Könnte es als eine ganz besondere Erfahrung abtun. Aber die Gewissheit, dass er morgen erneut nach meiner Vagina *schauen will*, lässt mich beinahe zusammenbrechen, als mein Vater die Haustür öffnet.

»Guten Abend, Thoralf, hier bringe ich dir dein bestes Stück. Pass gut auf sie auf! Wir haben die vergangenen Stunden unser Bestes versucht, um ihre Blockaden zu lösen, was dir gewiss an ihrem Gang auffällt. Mia hatte mehrere Nerven eingeklemmt und ebenso einige ausgerenkte Wirbel. Zaubern können wir alle nicht, aber ihrem Rücken geht es inzwischen besser, auch wenn das auf den ersten Blick nicht so aussieht. Durch ganz spezielle Übungen hat sie jetzt zusätzlich Muskelkater, aber das wird schon wieder. Morgen bleibt sie erstmal zu Hause, und bitte sorg dafür, dass sie am Nachmittag pünktlich um sechzehn Uhr in meiner Praxis ist! Ich muss sie mir nochmal ansehen«, sagt er zu meinem Vater, und ich würde mir am liebsten die Ohren zuhalten.

Nochmal ansehen … Spezielle Übungen … erklingt es in mir, und ich muss aufpassen, dass ich nicht zusammenbreche.

Alleine die Tatsache, dass die beiden sich gerade über mich unterhalten, als wäre ich gar nicht anwesend, lässt mich hilflos und verstört die Treppe nach oben in mein Zimmer gehen.

Mein Vater hat Dr. Moore noch auf ein Glas Whisky eingeladen, so viel habe ich mitbekommen.

Ich kann ihre Stimmen sogar noch hören, als ich

weinend auf mein Bett falle. Aber was ich nicht verstehen kann, ist, wie all das nur passieren konnte. Da unten sitzen mein Vater und Dr. Duken Moore bei einem freudigen Plausch…

Alles wirkt so normal, während mein Leben völlig in sich zusammenbricht. Zum ersten Mal komme ich mir wahrhaft missbraucht vor, denn ich habe das ungute Gefühl, dass mein Martyrium noch lange nicht vorbei ist. Dass Duken hier bei uns im Haus ist und so tut, als wäre nichts geschehen, setzt mir aktuell mehr zu als die Stunden mit ihm.

Ich bin die ganze Zeit davon ausgegangen, dass ich nur einen Tag und eine Nacht mit ihm verbringen muss, damit er diese Aufnahmen löscht. Aber plötzlich sieht alles ganz anders aus. Irgendwie dringt er immer tiefer in mein Leben ein. Dass er bei uns Zuhause ist, unten im Wohnzimmer zusammen mit meinem Vater sitzt, und ich sein Parfüm womöglich morgen früh noch dort werde riechen können, lässt mich gerade verzweifeln. Dabei wollte ich doch so gerne vergessen, einfach nur vergessen!

Verdammt, warum bin ich nur zu ihm gegangen? Warum habe ich nicht einfach die Rückenschmerzen ertragen? Wie schön könnte mein Leben jetzt sein?

Eine kleine Fehlentscheidung und die Auswirkungen sind katastrophal, und ich kann es nie wieder rückgängig machen.

Gestern Vormittag war ich noch eine Jungfrau. Niemals hatte mich jemand berührt. Zumindest nicht an gewissen Stellen. Sexualität lag meilenweit entfernt in meiner Zukunft, die ich mir immer rosarot ausgemalt hatte, mit einem netten Mann an meiner

Seite, einem kleinen Häuschen im Grünen und zwei Kindern. Ja, so sollte mein Leben aussehen.

Duken hat mit Lichtgeschwindigkeit alles zunichte gemacht. Meine Wünsche und Träume sind zwar noch dieselben, aber wie kann ich jemals wieder einem Mann angstfrei begegnen? Selbst Arztbesuche werden zukünftig zur Tortur für mich werden.

Wenn ich doch nur alles vergessen könnte!

Wenn ich wenigstens nicht wieder zu ihm müsste! Das ist das Allerschlimmste für mich. Ach, wäre es doch nur schon vorbei! Er braucht mich nicht zu untersuchen, er muss sich nicht mehr um mich kümmern. Ich heile schon wieder, so schlimm ist es doch gar nicht! Ich werde seine Salbe nutzen, dann wird alles wieder gut.

Viel mehr Sorgen mache ich mir um Geschlechtskrankheiten und darüber, dass ich schwanger werden könnte. Natürlich hat er kein einziges Mal ein Kondom verwendet. Einerseits kann ich mir nicht vorstellen, dass ein Arzt so unvorsichtig ist und eine Krankheit riskieren würde, aber was ist mit mir?

Dass er sich bei mir nichts einfangen konnte, war ihm wohl bewusst. Deshalb hat er mich gewiss im Vorfeld nach meinen Aktivitäten ausgefragt. Andererseits muss er sich im Klaren darüber sein, dass ich sehr wohl schwanger werden könnte. Himmel, die Angst davor lässt meine Tränen wieder fließen. Hoffentlich ist nichts passiert! Ich und ein Kind. Mein Vater würde mich töten! Ich muss Duken morgen dringend darauf ansprechen, obwohl sich alles in mir zusammenzieht, wenn ich nur an den morgigen Tag denke.

Leider kommt er schneller als erwartet.

Mein Vater lässt es sich nicht nehmen, mich persönlich zu Dr. Moore zu fahren, und am liebsten würde ich ihn darum bitten, bei der Behandlung dabeizubleiben, solche Angst habe ich vor dem Kommenden.

Was kann er heute wieder fordern? Ob er sich wirklich nur davon überzeugen will, dass ich in Ordnung bin?

Ob er anschließend das Video löschen wird? Ob er sämtliche Fotos vernichten wird? »Oh, bitte lieber Gott, lass ihn das tun! Ich habe doch auch alles gemacht, was er wollte«, flüstere ich ganz leise in mich hinein, als mein Vater vor der Praxis anhält. Umgehend spielen meine Körperfunktionen verrückt. Mein Puls beginnt zu rasen, und mir wird übel. Ich kann nichts dagegen tun, es passiert einfach.

»Mia, jetzt schau nicht so, als würde ich dich zur Schlachtbank führen. Dr. Moore ist einer der besten Ärzte weit und breit. Außerdem brauchst du dringend seine Hilfe, so wie du aussiehst. Du kannst dich glücklich schätzen, dass ich ihn gut kenne und er sich so ausgezeichnet um dich kümmert! Solche Privilegien genießen nicht alle seine Patienten, also reiß dich jetzt zusammen und schau etwas freundlicher!«, weist er mich zurecht, während er einparkt und aussteigt.

Unerwartet begleitet mich mein Vater wirklich in die Praxis, die laut Firmenschild schon geschlossen hat, aber für uns natürlich offen ist.

»Duken, hier bringe ich sie dir, wie abgemacht«,

sagt mein Vater euphorisch, und beide begrüßen sich mit einem festen Handschlag, während ich daneben stehe und immer kleiner werde. Umgehend ist alles wieder präsent und die Räume schüren meine Angst.

Ich komme mir vor, als würde ich von meinem eigenen Vater ausgeliefert werden.

Es fühlt sich ganz schrecklich an!

»Mia, wie geht es dir heute? Ist es etwas besser? Hast du die Salbe genommen?«, fragt mich Dr. Moore mit einem Ton in seiner Stimme, der nach außen hin wie das besorgte Fragen eines Arztes klingt, aber ich erkenne die Nuancen darin, die mir eine Gänsehaut bescheren.

Ich befürchte, er will gar nicht wissen, wie es mir geht. Oder vielleicht doch? Beginne ich langsam durchzudrehen? So hat es nämlich bei unserer ersten und zweiten Begegnung auch begonnen.

Ich schaffe es nicht, ihm zu antworten und werde umgehend von meinem Vater zurechtgewiesen, der mir derb auf die Schulter klopft. »Mia! Der Doktor hat dich etwas gefragt, oder bist du neuerdings taub?«, tadelt er mich.

Ich kann Duken kaum ansehen und starre eingeschüchtert auf den Boden, als ich antworte. »Es, es geht. Ich bin soweit okay. Die Salbe habe ich benutzt.«

»Na, das schaue ich mir gleich mal an. Willst du mitkommen, Thoralf?«, fragt er meinen Vater allen Ernstes, und ich schaue abwechselnd von Duken zu Vater und zurück. Meine Pupillen sind schon wieder angstvoll geweitet, und ich verstehe nicht recht.

Soll mein Vater etwa die ganze Zeit bei der

Untersuchung dabeibleiben? Ich kann mich gut an Dukens Worte erinnern und daran, dass er sich meine Vagina ansehen will. Das ist zum einen recht ungewöhnlich für einen Osteopathen, und zum anderen wird er das gewiss nicht vor meinem Vater tun.

Oder will er sich wirklich nur meinen schmerzenden Gelenken widmen? Im Grunde kann ich doch froh sein, wenn mein Vater dabei ist, da wird wenigstens nichts passieren, rede ich mir ein und folge ihm in das Behandlungszimmer, in dem vergangene Woche alles begonnen hat. Mein Vater nimmt auf dem Stuhl in einer Ecke Platz, und ich sehe mich ängstlich in dem viel zu vertrauten Raum um.

»Würdest du dich bitte freimachen, Mia?«, sagt Duken ganz nebenbei, und ich weiß nicht, wie mir geschieht und was ich tun soll. Irritiert schaue ich zu meinem Vater, der in einer Ecke sitzt, sich gerade eine Zeitschrift gegriffen hat und mir mit einer Handbewegung zu verstehen gibt, dass ich Dr. Moores Anweisungen folgen und mich ausziehen solle. Ich komme mir vor wie vier Jahre alt. Wie ein kleines unmündiges Mädchen …

Mein Herz rast, als ich meinen langen Rock abstreife und aus meinem schlichten weißen Shirt krieche. Die Schuhe ziehe ich ebenfalls aus. Heute trage ich keine Strumpfhose, nur Socken, derer ich mich auch noch entledige, sodass ich jetzt in meiner violettfarbenen Unterwäsche in dem hellen Raum stehe.

Ich habe solche Angst, dass Duken gleich sagen

wird, ich solle alles ausziehen.

Ich kenne meinen Vater, der würde sitzen bleiben.

Nicht, dass er sich für meinen Körper interessiert, er ist zudem in seine Zeitschrift vertieft, dennoch wäre es mir über alle Maßen peinlich, mich komplett nackt hier vor beiden zeigen zu müssen, denn mein Vater hat mich das letzte Mal nackt gesehen, als ich noch in den Windeln lag.

Ich spüre schon wieder die Röte, die sich über mein Gesicht zieht. Die Tränen brennen in meinen Augen, mein Puls rast, mein Herz überschlägt sich beinahe, als ich Hilfe in Dukens Augen suche. Er ist der Einzige, der mir jetzt helfen kann, der diesen Irrsinn stoppen kann.

Der Schelm blitzt mir aus ihm entgegen.

Er sieht mich überlegen und grinsend an.

Was hat er nur vor? Jetzt bin ich ihm wahrlich ausgeliefert und zittere wie Espenlaub, während mein Vater gelangweilt in der Zeitschrift blättert.

Ein falscher Satz und ich würde vor Scham sterben.

Duken hebt verwegen seine linke Augenbraue.

Sein dämonischer Blick wandert gezielt zu meinen Brüsten, dann zu meiner Scham, dann zu meinem Vater, während ich zu dem großen Fenster schaue, aus dem ich liebend gerne türmen würde.

»Nimm bitte auf der Liege Platz! Ich will mich deinen Gliedmaßen widmen und schauen, ob eine Besserung eingetreten ist«, sagte er plötzlich, und umgehend atme ich erleichtert aus. Ich komme mir vor wie bei einer Achterbahnfahrt, mal hoch, mal ganz tief … Vielleicht habe ich aber auch nur zu viel Fantasie und bilde mir Manches ein. Duken scheint es zu belustigen, denn sein Grinsen bleibt konstant, als er zu mir an die Liege tritt.

»Die Arme bitte in den Nacken, Mia!«, fordert er, und ich gehorche wie ein abgerichteter Hund. Dann greift er nach meinen Beinen, winkelt sie an. Zuerst das linke, dann das rechte. Ich spüre den Muskelkater ganz deutlich, aber es tut nicht übermäßig weh.

»Konntest du letzte Nacht gut schlafen?«, will er von mir wissen, während er wieder an meinen Beinen dreht, bis es überall knackt. Ich nicke. »Ja, konnte ich.«

»Gibt es eine Stelle, die dir besonders wehtut?«, hakt er nach, und mein Blick wandert umgehend zu meinem Vater, denn eine Stelle schmerzt wahrlich mehr als alle anderen. Die in meinem Innersten, doch das kann ich jetzt schlecht sagen. Es sind zwar keine typische Schmerzen, aber meine Scheide hat unter all den Berührungen, die sie binnen kürzester Zeit ertragen musste, ganz schön gelitten. Ich fühle mich immer noch geschwollen und wund, obwohl die Salbe gute Arbeit leistet.

Während ich schweigend in Dukens Augen schaue, spüre ich, wie seine rechte Hand zwischen meine Schenkel wandert. Umgehend schnappe ich nach Luft, denn er stoppt nicht! Mit seiner linken Hand winkelt er mein rechtes Bein nach oben und tut so, als würde er eine Übung machen, während seine rechte Hand unter meinen Slip fährt und gezielt in meine Spalte greift.

Grundgütiger, wie kann er nur?

Mein Vater sitzt keine fünf Meter entfernt!

Er liest zwar gerade in einer Zeitschrift, aber er

könnte jeden Moment zu uns schauen. Eingeschüchtert starre ich Duken an, kann jedoch keine Silbe sagen. Auch nicht, als seine Finger tiefer wandern und tatsächlich in mich eindringen! Jetzt beginnt er auch noch, mich rhythmisch zu penetrieren!

»Tut es hier weh?«, fragt er laut und deutlich und stimuliert mich intensiver.

Hektisch schaue ich zu Dad, der interessiert in dem Magazin blättert und nichts mitzubekommen scheint. Duken steht zudem mittig vor mir, sodass nur mein Oberkörper und die Füße sichtbar sind. Dennoch ist es ein schreckliches Gefühl, diese Berührungen zu spüren, während mein Vater gleich daneben sitzt. Und Duken fühlt nicht nur, nein, er macht es richtig!

Er gleitet raus und rein, massiert meinen wundersamen Punkt, drückt ihn und presst ihn bis ich Sternchen sehe.

»Tut das weh, Mia?«, fragt er nochmal, und mir stockt der Atem. Ich bin gar nicht in der Lage, etwas zu erwidern, sondern schüttle nur hektisch mit dem Kopf. Jetzt wandert sein Daumen auch noch unter dem Slip zu meinem Kitzler, den er stetig umkreist, während er mich sanft weiter penetriert.

»Und das? Tut das weh?«, erkundigt er sich in einer Lautstärke, bei der ich mich am liebsten unsichtbar machen würde. Wieder schüttele ich ganz stark meinen Kopf. Ich presse meine Zähne zusammen, versuche keinen Mucks von mir zu geben, was alles andere als leicht ist. Wie kann er nur?

Er stimuliert mich wirklich so stark, dass es in meinem Unterleib zu pulsieren beginnt. Es fühlt sich an, als würde mir jemand Strom zuführen.

Als mein Blick wieder zu Vater fällt, schaut der plötzlich zu uns und wendet sich an Duken, wegen eines Autos, das er wohl in der Zeitschrift entdeckt hat.

Mein Herz setzt beinahe aus, aber Duken hat die Ruhe weg. Er knetet und massiert mich weiterhin mit einer Intensität, die nur zu einem führen kann, wenn er nicht sofort aufhört! Aber er denkt nicht daran, sondern stimuliert mich anhaltend, während er meinem Vater ausgiebig antwortet.

Am liebsten würde ich laut schreien, dass er aufhören soll, aber das geht nicht! Und Vater sieht nicht, was er tut, der ist schon wieder in das Magazin vertieft. Für ihn muss es so aussehen, als würde der Doktor sich nur meinem Bein widmen, wobei er in Wirklichkeit meine Vagina in einen Ausnahmezustand versetzt. Es muss schon viel Erfahrung dazu gehören, eine Frau gegen ihren Willen zum Orgasmus zu bringen, und ich bin kurz davor. Ich habe solche Angst vor einem Höhepunkt, dass mein Herzschlag und das Adrenalin in meinen Adern diesen erst recht anziehen.

Duken merkt das natürlich, dieser gemeine Kerl!

»Ich vermute, wir sind gleich soweit, Thoralf. Es dauert nicht mehr lange, dann schaue ich mir den Wagen mal an. Mia kommt gleich … zu dir. Dann kann sie auch mit schauen. Ihr wunder Punkt fühlt sich heute ganz hervorragend an«, sagte er auch noch, während ich mir beinahe die Nägel abbreche, als ich mich qualvoll an dem Leder der Liege festzuhalten versuche.

Ich spüre, dass es wirklich soweit ist. Ich beiße mir auf die Lippen, sehe ihn flehend an. Schüttle meinen Kopf, bitte ihn schweigend, dass er aufhören soll, aber er hat nur ein Lächeln für mich übrig und verstärkt seine Penetration, bis ich die Kontrolle verliere und sich tatsächlich ein Orgasmus entwickelt!

Oh, Gott! Himmel, bitte nicht!, flehe ich stumm und starre mit Tränen in den Augen an die weiße Decke.

Bitte lass es mich schweigend ertragen!

Bitte lass mich keinen Laut von mir geben …

Bitte, lieber Gott!

Ich weiß zwar inzwischen, wie wundervoll ein Orgasmus sein kann. Was ich aber nicht wusste, ist, wie quälend er sein kann, wenn man ihn lautlos ertragen muss. Mir ist, als würden meine sensibelsten Stellen zerbersten! Es peinigt mich wie nichts zuvor.

Ich würde so gerne schreien, stöhnen oder jammern, aber nichts davon darf ich tun. Stattdessen muss ich es einfach nur schweigend ertragen, und es fühlt sich wie eine Supernova an, als würde mein Kitzler explodieren und alle Sehnen und Nerven ringsum in tausend Stücke zerreißen.

Kapitel Zwölf

Φ Duken Φ

Wie süß sie leidet. Nicht nur, weil ihr Vater daneben sitzt, während mein Engelchen explodiert, nein, sie hat die größten Probleme, still zu sein, denn ich weiß ja, wie gerne sie dabei schreit und laut jammert. Ich muss zugeben, ein bisschen vermisse ich ihr süßes Winseln schon. Aber die Lust und die leichte Folter, die aus ihrem erschütterten Blick sprechen, entschädigen mich. Sie ist so allerliebst. Wie gerne würde ich weiter machen und noch ganz andere Dinge in sie stecken als meine zwei Finger. Mich eventuell an ihrer hintersten Pforte vergehen und sie dabei beobachten, wie sie es einfach nur aushalten muss und nichts dagegen tun kann. Aber das hebe ich mir für ein anderes Mal auf. Für heute hatte ich meine Befriedigung, zumindest auf geistiger Ebene.

»Ganz hervorragend, Mia. Dein Körper funktioniert immer besser«, sage ich nochmal überdeutlich und ziehe meine Finger aus ihr, ehe ich mich interessiert ihrem Vater zuwende, ganz so, als wäre sie ein Kleinkind und hätte kein Mitspracherecht. »Den Wagen kann ich dir nur empfehlen, Thoralf, damit machst du nichts falsch«, lasse ich fachkundig verlauten, während ich in die

Zeitschrift schaue, die mich keineswegs interessiert. »Von mir aus kannst du das Magazin auch mitnehmen, um nochmal zu Hause nachzulesen. Bring es morgen oder übermorgen einfach wieder mit, denn ich möchte Mia künftig täglich bei mir haben, bis sie wieder ganz auf den Beinen ist. Sie soll regelmäßig nach Praxisschluss bei mir vorbeischauen. Ich wähle absichtlich diesen ungewöhnlichen Zeitpunkt, damit ich alle Möglichkeiten ausschöpfen kann, ihr zu helfen, sie ist schließlich deine Tochter. Und sorg dafür, dass sie kommt, Thoralf! Ich nehme mir nicht für umsonst so viel Zeit für ihr Wohlergehen«, mache ich deutlich, und der alte Narr stimmt mir überschwänglich zu.

»Gewiss, Duken, gewiss! Hast du gehört, Mia? Du wirst jeden Tag nach der Uni hier vorbeischauen, damit Dr. Moore nach dir sehen kann. Du kannst dich glücklich schätzen, dass ich ihn so gut kenne.«

Da muss ich mich doch glatt einmischen, um noch ein bisschen mehr Druck auf sie und ihre Willigkeit auszuüben. »Du kannst gerne immer mitkommen, Thoralf, das ist gar kein Problem.«

Ach, herrje … wie sie gerade mit den Tränen ringt. Offenbar hat ihr die kleine Behandlung von heute nicht sonderlich gefallen. Zittrig steht sie vor mir.

Sie trägt noch immer ihre mädchenhafte Unterwäsche. Ihr Blick ist gesenkt, und sie kämpft heftig gegen die Tränen, das sehe ich ganz deutlich.

Als ich sie beobachte, ergreift auch mich wieder ein merkwürdiges Gefühl. Irgendwie tut sie mir leid, aber der Alte stört. Ich würde sie gerne umarmen und ihre Sorgen wegküssen, nur dummerweise geht das gerade nicht.

Was hat sie nur? So schlimm kann es doch gar nicht gewesen sein.

Ich will ihr helfen und greife nach ihrer Kleidung, reiche ihr zuerst das Shirt. »Mach dir keine Gedanken, Mia. Wir bekommen dich schon wieder hin, du wirst sehen«, lasse ich sie wissen, und aus ihren wunderschönen blauen Augen starrt mir die Ungläubigkeit entgegen.

»Was wird aus den *Röntgenaufnahmen*?«, wagt sie es tatsächlich, zu fragen, und ich sehe, wir zwei verstehen uns blind.

»Die Aufnahmen sind in bester Sicherheit, keine Sorge. Patientengeheimnisse dringen bei mir nicht nach außen.« Und das ist wirklich so.

»Mia, wir sehen uns morgen. Nimm heute Abend bitte nochmal die Salbe und sei pünktlich bei mir, damit ich mich nicht sorgen muss«, sage ich zum Abschied, nachdem sie wieder angezogen ist. Sie erwidert gar nichts, sondern folgt schweigend diesem arroganten Schnösel Professor Dr. Dr. Lind in den Wagen, und ich kann es kaum erwarten, sie wiederzusehen.

Allerdings macht mir das Engelchen einen Strich durch die Rechnung, denn sie taucht am folgenden Tag nicht auf. Nicht um sechzehn Uhr, nicht um siebzehn Uhr, nicht um achtzehn Uhr … Allmählich werde ich nervös, denn das ist gar nicht ihre Art. So schätze ich sie nicht ein, und die Sorge, dass ihr etwas zugestoßen sein könnte, macht mich rasend. Ich bin ein Kontrollfreak, und hier läuft gerade etwas aus dem Lot.

Nervös wähle ich die Nummer von ihrem Vater. Während es klingelt, trommele ich mit den Fingerspitzen auf meinen teuren Designerschreibtisch.

»Professor Lind«, meldet er sich.

»Oh, guten Abend , Thoralf. Hier ist Duken. Ist Mia zu Hause? Sie war heute nicht wie verabredet in meiner Praxis«, mache ich ohne Umschweife klar.

»Duken, hallo. Jaja, Mia geht es nicht so gut. Sie hütet schon den ganzen Tag das Bett. Hat sie dich nicht angerufen und abgesagt? Das wollte sie doch tun«, lässt er mich nachdenklich wissen, und etwas in meinem Innersten beginnt zu brodeln. Ohne auf seine Frage einzugehen, hake ich nach. »Hast du mal nach ihr gesehen? Ist sie in ihrem Zimmer? Geht es ihr soweit gut?«

»Das weiß ich leider nicht. Ich bin gerade erst von der Uni gekommen. Ich hatte noch eine Spätvorlesung.«

In mir geht es drunter und drüber. Die Angst davor, dass sie sich etwas angetan haben könnte, macht mich wahnsinnig. Eine Furcht ergreift mich, wie ich sie noch nie gespürt habe, und ich sorge mich ernsthaft, dass ihr Leben in Gefahr sein könnte. Ich überlege kurz, ob ich vielleicht zu weit gegangen bin, bis ich mich wieder nervös zu Wort melde. »Geh bitte umgehend in ihr Zimmer und schau nach, ob sie in Ordnung ist! Ich mache mir wirklich Sorgen, Thoralf. Und sag ihr bitte nicht, dass ich in der Leitung bin oder angerufen habe. Sieh nur nach ihr, ich warte so lange!«, mache ich ohne Umschweife deutlich, was ich wünsche.

Die Fahrt zu den Linds dauert zwar nur knapp fünfzehn Minuten, und mein Herz ist schon auf dem Sprung, dennoch muss ich vorher wissen, ob sie überhaupt zu Hause ist, denn dieses Verhalten passt nicht zu der Mia, die ich kenne.

Aus Minuten werden Stunden. Ich halte den Hörer in der Hand, während mein ganzer Körper vor Aufregung bebt. Warum beeilt sich dieser Trampel nicht?

Mein Herz rast, und meine Atmung macht mir zu schaffen. Verdammt nochmal, Thoralf! Was ist bei euch nur los? Ich bin kurz davor, den Hörer fallen zu lassen und zum Wagen zu sprinten, als es in der Leitung knistert und er sich wieder zu Wort meldet. »Mia liegt im Bett. Wie es aussieht, schläft sie schon. Ich will sie jetzt auch nicht wecken. Dass sie dir nicht abgesagt hat, kann ich gar nicht verstehen. Für gewöhnlich ist sie sehr gewissenhaft, und ich werde morgen ein ernstes Wörtchen mit ihr reden.«

»Welche Beschwerden hat sie denn genau? Worüber klagte sie heute Morgen?«, gebe ich nicht auf.

»Übelkeit und Bauchweh.«

»Habt ihr einen Arzt zu Rate gezogen?«, will ich wissen, aber er verneint, und ich gehe vor Rage beinahe an die Decke. »Herrgott, Thoralf! Damit ist nicht zu spaßen! Warum hast du mich nicht angerufen? Ich hätte doch nach ihr gesehen«, bringe ich zum Ausdruck, denn die Sorge, dass sie etwas geschluckt haben könnte, das ihre Beschwerden ausgelöst hat, treibt mich beinahe in den Wahnsinn.

Sie liegt in ihrem Bett … Ob ich den Alten darauf

hinweisen soll, dass er mal ihren Puls fühlt? Verdammt nochmal, wenn ihr etwas geschieht … Damit könnte ich niemals leben!

»Naja, an einem bisschen Übelkeit ist noch keiner gestorben. Das wird schon wieder«, brummt er in den Hörer, aber das reicht mir nicht. Ich bekomme diese Nacht kein Auge zu, wenn ich mich nicht von ihrer Unversehrtheit überzeugen kann.

»Thoralf, das bringt so nichts. Ich komme schnell nochmal rum und schau sie mir an. In spätestens einer Viertelstunde bin ich bei euch«, lasse ich ihn wissen, ohne eine Antwort abzuwarten. Ob er das jetzt will oder nicht, ist mir völlig gleich.

Ich schnappe meinen schwarzen Arztkoffer, der zum Glück immer für Notfälle parat steht, renne in die Tiefgarage unter meinem Haus, starte den BMW und rase wie ein Irrer durch Hamburg. Die Schaufenster fliegen nur so an mir vorbei. Ich wechsle die Spuren, wie ich es brauche. Ob rechts oder links, ist mir egal. Ich überfahre sogar zwei rote Ampeln. Mit meinem Timing lag ich daneben. Es war definitiv keine Viertelstunde, sondern es waren nur sieben Minuten zwischen dem Telefonat und meiner Vollbremsung, die ich vor der gelben Villa von Thoralf hinlege. Die Bremsspur wird morgen noch sichtbar sein, aber all das ignoriere ich. Ich will nur eines, zu Mia! Koste es, was es wolle. Ich hetze über den Gehweg auf die weiße, zweiflügelige Eingangstüre zu und greife umgehend nach der Klingel, die ich mehrfach betätige.

Es dauert bis der Alte endlich kommt und öffnet.

»Duken!«, sagt er ganz erstaunt, als hätte er mich

seit Jahren nicht gesehen. »Ging das schnell! Bist du geflogen?«, setzt er nach und steht mir im Weg.

»Das kommt dir vermutlich nur so vor. Eine Viertelstunde kann für wahr verfliegen. Äh, ich möchte jetzt gerne zu deiner Tochter. Welches Zimmer ist es?«, will ich wissen, als ich mich ungebeten an ihm vorbeidrücke und schnurstracks zur Treppe gehe.

»Gleich das erste oben rechts«, antwortet er und schaut mir verwirrt hinterher. Aber auch das geht mir am Allerwertesten vorbei, als ich hinauf spurte.

Ich klopfe nicht an, sondern öffne zaghaft die Klinke. Inzwischen ist es kurz nach zwanzig Uhr und Gott sei Dank noch ein bisschen hell, sodass ich den Lichtschalter gut erkennen kann und ihn zusätzlich betätige. Die Tür schließe ich hinter mir, meinen schwarzen Koffer stelle ich ab und begebe mich vorsichtig zu Mia ans Bett.

Sie liegt seitlich und hat sich zugedeckt. Ihr blondes, langes Haar ist zu einem Zopf geflochten.

Vorsichtig nähere ich mich ihr und fühle als erstes ihren Puls. Meine langen Finger tasten nach vorne an ihren Hals, und als ich einen regelmäßigen Pulsschlag fühlen kann, breche ich vor Erleichterung fast zusammen.

Zeitgleich schreckt sie hoch, dreht sich um und starrt mich ängstlich an. Ich muss mich zusammenreißen und die Fassung wahren. Ich frage mich ernsthaft, was in den vergangenen Stunden überhaupt mit mir passiert ist.

Das bin doch gar nicht mehr ich selbst! Seit Jahren habe ich mich nicht mehr so unsicher und ängstlich gefühlt. Ich wäre beinahe vor lauter Sorgen um sie gestorben.

Scheiße! Was ist nur mit mir los?

Auch jetzt würde ich sie am liebsten in die Arme schließen und ihr ins Ohr flüstern, dass ich glücklich bin, weil sie unversehrt ist. Aber natürlich kann ich das nicht tun. Ich muss mich verstellen und tue so, als wäre ich aus rein medizinischen Gründen hier.

»Mia, wie geht es dir? Dein Vater hat mich wissen lassen, dass dir übel ist und du seit heute Morgen im Bett liegst. Wie kommt das? Hast du etwas zu dir genommen, was die Übelkeit ausgelöst haben könnte?«

Ihre schönen blauen Augen sehen mich traurig an. Dann schüttelt sie ihren Kopf und starrt auf die Bettdecke. »Nein, es geht schon wieder«, flüstert sie.

»Ich habe mir Sorgen gemacht«, gebe ich ehrlich zu, und das ist maßlos untertrieben. »Du bist heute nicht bei mir erschienen … Das funktioniert so nicht, Mia. Das kann ich so nicht durchgehen lassen.«

»Oh, du sorgst dich also … das klingt bei dir aber komisch! Oder bist du hier, um mich weiter zu erpressen? Hast du die Fotos und das Video dabei? Willst du es gleich meinem Vater vorspielen oder es mir vorher erneut vor seinen Augen besorgen?«, fragt sie mich plötzlich, und ich erkenne meine Kleine nicht wieder.

Völlig perplex schaue ich sie an.

Solche Worte aus ihrem Mund?

Verwirrt setze ich mich zu ihr auf das Bett und staune. Dieser Schachzug kam unerwartet und weckt den Jagdtrieb in mir. Sie neckt mich damit ungemein, und ich kann kaum mein Lächeln verbergen, aber ich muss ernst bleiben. »Ich habe weder Fotos noch die Aufnahmen dabei. All das ist sicher bei mir verwahrt. Ich bin wirklich nur hier, um nach dir zu sehen«, offenbare ich und zeige demonstrierend auf meinen Arztkoffer, der gleich neben dem Bett steht.

»Ich vertraue dir nicht, kein bisschen! Nicht als Arzt und erst recht nicht als Mensch! Das, was du tust, ist so Unrecht, so krank, so gestört und so falsch! Wie konntest du nur? Ich meine gestern … Das, das … «, stottert sie, und ich bemerke die Tränen, die in ihre Augen schießen.

Also hat sie meine kleine Untersuchung von gestern mehr mitgenommen, als ich gedacht hätte. Dabei war es noch nicht einmal schlimm gewesen. Ich habe sogar vorsichtig gemacht. Gut, ihr Vater saß dabei, dennoch kann ich ihre Reaktion darauf nicht ganz nachvollziehen, denn er hat nichts mitbekommen, absolut nichts!

Wäre sie von unserem gemeinsamen Wochenende schockiert gewesen, hätte ich es noch verstanden. Aber die sanften Streicheleinheiten gestern …

Während ich noch darüber nachdenke, setzt sie einen drauf und überrascht mich immer mehr mit ihrer neuen, kecken Art. Offenbar haben die ganzen Orgasmen ihr Selbstbewusstsein entfacht.

»Wir hatten einen Deal, Duken! Ich habe mich an alles gehalten. Ich habe alles mitgemacht, was du von mir verlangt hast, ALLES! Ich habe dir meine Unschuld überlassen, mich mehrfach von dir, von dir … ach egal. Selbst, als es wehtat, habe ich die Schmerzen ertragen, ich habe alles ausgehalten, was du wolltest. Und das aus einem einzigen Grund! Du hattest mir versprochen, nach diesem gemeinsamen Wochenende die schrecklichen Aufnahmen zu eliminieren. Und jetzt? Wie geht es nun weiter? Ich soll plötzlich täglich zu dir kommen? Und was dann? Meinen Vater willst du auch dabei haben? Stehst du auf so etwas? Verdammt, wie pervers bist du eigentlich?«

»STOPP, Mia! Stopp … Hör bitte auf, so mit mir zu reden! Jetzt mal schön ruhig und sachlich. Nein, ich stehe nicht darauf, wenn dein Vater zuguckt. Ich habe ihn nur als kleines Druckmittel dabei sein lassen und glaub mir, Süße, er hat gar nichts mitbekommen. Und pervers bin ich auch nicht. Ich habe zwar spezielle Vorlieben, die vielleicht nicht der Norm entsprechen, aber deswegen bin ich weder krank, noch gestört und auch nicht pervers. Ich weiß allerdings, was du mir damit sagen willst. Und ich weiß ebenso gut wie du, dass es unmöglich von mir war, dich mit einem solchen Video zu nötigen. Alleine, dich in meiner Praxis während der Behandlung festzubinden, zu entkleiden und zu stimulieren, widerspricht jeder Ethik und allem, was Recht und Ordnung ist. Dessen bin ich mir sehr wohl bewusst. Ich weiß auch, dass ich sträflich gehandelt habe, zum allerersten Mal in meinem Leben und aus einem einzigen Grund … deinetwegen! Ich bin ein Mann, der bekommt, was er will. Und ich will dich, Mia! Von der ersten Minute an, in der ich dich gesehen habe, wollte ich nur dich! Und ich will dich weiterhin! Aus diesem Grund muss ich dich leider nötigen, obwohl es mir natürlich viel lieber wäre, wenn du dich mir freiwillig hingeben würdest«, offenbare ich, und sie starrt mich mit weit aufgerissenem Mund an.

Ich nutze den Moment, um reinen Tisch zu machen und ihr alles zu sagen. »Und weil ich dich so sehr will, muss ich dich auch zukünftig erpressen. Aber nicht mit den Aufnahmen von unserer ersten Behandlung, die dich so schockiert haben. Nein, Mia, ich habe inzwischen viele, viele neue Aufnahmen von dir. Mein Schlafzimmer ist besser mit Kameras ausgerüstet als das Filmstudio in Babelsberg. Ich glaube, ich habe keine der Sekunden, in denen du bei mir warst, nicht bildlich festgehalten. Weißt du noch, wie niedlich du mich geritten hast? Hast du deine ganzen Orgasmen mitgezählt? Falls nicht, kann ich dir die Filmchen zusammenschneiden, sodass du zählen kannst, und ich schwöre dir, wir kommen in einen zweistelligen Bereich. Das muss dir erstmal eine Frau in so kurzer Zeit nachmachen. Wenn du meinst, das du mich verpfeifen willst, nur zu! Dann musst du aber auch damit rechnen, dass ich die neuen wunderbaren Aufnahmen, die ich als einen göttlichen Porno bezeichne, als Beweis für meine Unschuld vorführen würde. Und ich schwöre dir, dass kaum etwas auf den Bildern gezwungen aussieht. Kannst du dich an unseren heißen Zungenaustausch in der Küche erinnern? Als ich in meiner schicken Kleidung auf dem Stuhl saß, während du nackt auf mir gehockt, mich umschlungen und geküsst hast? Ich hatte heute viel Zeit, um mir die Bänder anzusehen, weil du ja nicht erschienen bist. Und die Videos sind grandios! Also, Engelchen, wir machen jetzt Folgendes … Ich halte mich an den Deal, zumindest in einem gewissen Punkt. Ich werde die ersten Aufnahmen von deiner *Behandlung* niemals jemandem zuspielen, niemals, das schwöre ich dir! Dennoch kommst du ab morgen täglich zu mir. Und ja, wir werden vögeln. In sämtlichen Stellungen, immer und überall. Du wirst weiterhin tun, was ich will, ansonsten schneide ich ein neues Filmchen von dir für die Öffentlichkeit zusammen, das selbst den größten Pornoproduzenten anturnen würde. Deal?«

Aus ihren Augen glitzert etwas, das mich an einen Serienmörder erinnert, und ich glaube, wenn sie die Möglichkeit hätte, würde sie mich liebend gerne killen.

»Ich hasse dich! Ich verfluche den Tag, an dem ich dir begegnet bin!«, lässt sie mich wissen, und dann übermannen sie die Tränen. Sie erkennt ihre aussichtlose Situation, und ich weiß eben so gut wie sie, dass sie mir auf ewig ausgeliefert sein wird, zumindest so lange wie ich will. Es sei denn, sie riskiert, dass ich einen heißen Porno von ihr in die Welt schicke. Ob ich es je tun würde, bezweifle ich stark, aber das muss sie natürlich nicht wissen.

Sie sitzt vor mir, hält ihre zarten Finger vor das Gesicht und weint so herzzerreißend, dass ich nicht anders kann, als mich ihrer anzunehmen.

Ich berühre sie sacht an der Schulter, aber sie zuckt zusammen. Ich greife fester zu, doch nun schüttelt sie meine Berührung gänzlich ab, steht auf und wendet mir den Rücken zu. Ich folge ihr und versuche, sie von hinten zu umarmen. Da beginnt sie, sich zu wehren, zum allerersten Mal! Sie schlägt nach meinen

Händen, drischt auf meine Finger ein, bis ich mir ein Herz fasse und sie so fest in meine Arme schließe und an meine Brust drücke, dass sie keine Chance hat, mir zu entkommen oder weiter nach mir zu schlagen.

Ich halte sie, so fest ich kann, streichle ihr fortwährend über das Haar, flüstere ihr sanfte Worte ins Ohr, und es passiert das, was ich so sehr gehofft habe. Sie gibt auf!

Sie nimmt sogar meine Zärtlichkeit und meinen Trost entgegen, schlingt ihre Arme um meinen Hals und weint bitterlich.

»War ich denn so schlimm zu dir?«, hauche ich ihr ins Ohr, und sie nickt überschwänglich, was mich nachdenklich macht. Ich war doch die meiste Zeit vorsichtig, sanft und gar bemüht. Ich dachte, dass es ihr größtenteils auch gefallen hat und erinnere mich an unser schönes Bad, an unsere heißen Küsse, von denen sie nie genug bekommen konnte … und ich verstehe sie nicht.

»Was war denn so schlimm für dich?«, will ich jetzt von ihr wissen, weil es mich wirklich interessiert, denn ich will sie besser verstehen lernen.

»Die Sache mit meinem Vater«, flüstert sie. »Das war so, so … unmöglich von dir. Das tut man nicht! Dass ich in deinem Beisein so etwas fühlen muss, ist im Grunde schon schlimm genug, weil ich es gar nicht will. Aber vor meinen Vater zum Sex genötigt zu werden, derartige Gefühle spüren zu müssen, wenn er daneben sitzt … Das fühlte sich so krank an! Ich kam mir so hilflos und richtig missbraucht vor. Eigentlich beschützen einen die Eltern, passen auf, dass genau so etwas nicht passiert und du lieferst mich ihm quasi aus. Zeigst mir, dass ich von niemandem Hilfe zu erwarten habe, dass mir niemand glauben wird, und du überall, alles mit mir tun kannst. Das ist so schrecklich für mich gewesen. Ich kann gar nicht in Worte fassen, was ich fühle, und welches Verhältnis ich dadurch zu meinem Vater eingenommen habe«, offenbart sie mir, und ich kann mich nur schlecht in ihre Situation hineinversetzen, was vermutlich auch an meiner Vergangenheit liegt. Ich habe mich von meinen Eltern nie beschützt gefühlt, im Gegenteil.

»Ich schwöre dir, Mia, dass sich diese Situation mit deinem Vater niemals wiederholen wird! Wenn es wirklich nur das war, was dir so zugesetzt hat, brauchst du dir keine Sorgen zu machen! Und hätte ich gewusst, dass diese Situation für dich so dramatisch verläuft, hätte ich dich ein wenig anders geärgert. Ich nenne dir jetzt ein Safewort, merke es dir gut. Es heißt: BLAU! Wenn ich je etwas tue oder von dir verlange, was dir vollkommen widerspricht und womit du überhaupt nicht umgehen kannst, dann nutz dieses Wort und ich weiß Bescheid. Aber setz es klug ein, es ist dein Veto und ich werde nicht dulden, dass du es ständig gebrauchst. Ich werde auch nicht versuchen, dich permanent über deine Grenzen zu bringen, okay? Meist wird es zwischen uns ganz normal ablaufen. Ein bisschen Sex hier und da, und ich denke, es wird dir auch guttun.«

»Na, klar … damit du noch mehr Videos von mir machen kannst«, sagt sie, und es klingt eingeschnappt, wobei ich sie, was das betrifft, sogar verstehen kann.

»Es wird keine weiteren Aufnahmen mehr geben,

es sei denn, wir klären das vorher ab. Ich werde die Kameras nicht mehr einsetzen, ich habe ja inzwischen genug Material beisammen. Im Grunde wäre es mir sowieso am liebsten, wenn ich dich nicht zwingen müsste und du dich freiwillig auf unsere Liaison einlassen würdest«, muss ich offen zugeben.

»Eine Liaison? Du bezeichnest das zwischen uns als Liaison?«, fragt sie mich ungläubig und starrt mich an.

»Ich habe mit den zwischenmenschlichen Dingen nicht viel Erfahrung«, gebe ich ehrlich zu, und aus ihren Augen blickt mir Neugierde entgegen.

»Was ist bei dir falsch gelaufen? Weshalb bist du so, so anders?«, will sie von mir wissen, und ich kann ihr keine Antwort darauf geben. Zumindest keine, die sie nicht schockieren würde. Das düstere Geheimnis meiner Vergangenheit muss ich weiter für mich behalten.

»Es können nicht alle auf der Sonnenseite des Lebens aufwachsen. Ich musste in der dunklen Hälfte starten und habe so meine Probleme mit Frauen. Du bist die Erste, die mir etwas bedeutet, Mia. Deshalb will ich dich so sehr«, offenbare ich, und sie scheint nachzugeben.

»Also schön … ich probiere es. Ich weiß aber nicht, wie lange ich all die Dinge mit dir durchstehen werde«, sagt sie resigniert.

»Rede mit mir, Mia! Wenn irgendetwas ist oder dir missfällt, dann sage es mir einfach! Okay? Ich bin nicht taub. Wir können uns zukünftig bei Vielem einigen.«

Sie nickt ganz sacht. Ob sie mir glaubt, bezweifle ich, aber wir begeben uns beide zum Bett und setzen uns hin.

»Hast du bei all deinen Plänen und Aufnahmen eigentlich auch mal über Verhütung nachgedacht? Ich meine, ich könnte schwanger sein! Ich habe riesige Angst davor. Was soll ich denn mit einem Kind anfangen? Dad würde mich umbringen! Das würde er wirklich. Die ganze Nacht konnte ich deswegen kaum schlafen. Eigentlich wollte ich gestern mit dir darüber sprechen, aber ich kam ja nicht dazu, weil mein Vater die ganze Zeit dabei war. Die Sorgen und Ängste vor einer Schwangerschaft machen mich krank. Mir war wirklich den ganzen Tag übel. Hoffentlich ist nichts passiert«, sagt sie, und ich muss lächeln.

»Glaub mir, Mia, dein Unwohlsein hat zu einhundert Prozent nichts mit einer Schwangerschaft zu tun! Die Übelkeit würde erst zu einem viel späteren Zeitpunkt einsetzen. Und zu deiner Frage: Ja, ich habe mir Gedanken über Verhütung gemacht. Deshalb habe ich ja auch dein Smartphone mit deiner Menstruationstabelle verlangt. Da du diese seit Jahren gewissenhaft führst, war dein Eisprung für mich ersichtlich, und der war bereits vorüber, als unser Wochenende begann. Insofern kannst du völlig beruhigt sein, was ein Baby anbelangt.«

»Und was ist mit Geschlechtskrankheiten?«, bohrt sie weiter nach, während ich dichter neben sie rutsche, und sie in meinen Arm nehme.

»Wo willst du die denn herhaben? Von dreckigen Toiletten in der Klosterschule? Mia, ich glaube, du bist so rein wie die göttliche Jungfrau selbst. Und obwohl ich in meiner Vergangenheit gewissen sexuellen Handlungen nicht abgeneigt war, kann ich dir versichern, dass ich zu tausend Prozent gesund bin. Bei den Frauen, mit denen ich bisher *verkehrt* habe, hat mir ein Kondom nie ausgereicht. Es mussten sogar immer zwei übereinander sein, denn ich bin nicht lebensmüde. Aber bei dir, Engelchen, brauche ich das nicht. Allerdings können wir uns gegenseitig gerne testen lassen, wenn du das möchtest und dann beruhigter bist.«

Sie nickt und ist offenbar erleichtert.

Dabei fällt mir auf, wie wenig sie ihren eigenen Körper kennt, was verwerflich ist. Sie hat tatsächlich befürchtet, dass sie schwanger werden könnte und kennt somit noch nicht einmal ihre fruchtbaren Tage. Nur gut, dass sie mich an ihrer Seite hat. Mit mir wird sie all ihre Defizite schleunigst beseitigen.

Kapitel Dreizehn

Φ Mia Φ

Die ganze Nacht bekomme ich kein Auge zu. In meinem Hirn rattert es wie in einer Druckfabrik. Meine Gedanken spielen verrückt, und ich überlege zeitweise ernsthaft, ob ich mich jemandem anvertrauen soll. Nur wem? Mein Vater würde mir kein Wort glauben, zumal er jetzt auch noch bei einer Behandlung dabei gewesen ist und nicht einmal mitbekommen hat, wie seine Tochter sexuell genötigt wurde.

Und wenn ich zur Polizei gehe? Was geschieht dann? Vermutlich würden sie Duken vorladen. Er könnte bis dahin alle Aufnahmen verschwinden lassen und nur die behalten, auf denen es nach Freiwilligkeit aussieht. Ich kann mich leider sehr gut daran erinnern, wie gierig ich es mit ihm getrieben habe, teilweise oben war.

Niemand wird mir glauben! Und wenn ich es drauf ankommen lasse, dass er die Aufnahme und Fotos verbreitet? Ich könnte dazu stehen und einfach behaupten, dass wir eine Affäre hatten. Dann wäre er der Depp, der solche intimen Details verbreitet. Aber könnte ich damit leben, dass alle Welt mich nackt kennt und dazu bei sexuellen Aktivitäten sieht?

Im Zeitalter des Internets könnten diese Filme und Fotos für immer irgendwo zugänglich sein. Sogar meine Enkelkinder könnten es irgendwann sehen, sofern ich jemals welche haben werde.

Ich vermute aber, dass mein Vater mich sowieso vorher steinigen würde, wenn er in den Besitz dieser Bänder gelangt. Leider Gottes bin ich auf ihn und seine finanzielle Unterstützung während meines Studiums angewiesen. Bafög steht mir nicht zu, dafür ist mein Vater zu wohlhabend. Natürlich könnte ich mir juristische Hilfe holen, und gewiss gäbe es eine Möglichkeit, mein Studium fortzuführen, aber ist es das wert? Wenn all meine Studienkollegen ebenfalls von meiner *Liaison* mit Dr. Moore erführen, müsste ich höchstwahrscheinlich sogar die Uni wechseln. Und all das wegen Sex? Ist es das wert, sein zukünftiges Leben zu ruinieren?

Ja, das Wochenende mit ihm war krass, richtig schlimm sogar und dennoch fand ich Vieles mit ihm auch wieder schön. Mehr, als bisher zwischen uns geschehen ist, kann er sowieso nicht verlangen, und vielleicht verliert er sogar irgendwann das Interesse an mir, wenn ich gefügig bin. Zudem hat er mir dieses Veto versprochen. Blau! Ein komischer Name …

Ich muss mir selbst eingestehen, dass wir uns vorhin richtig gut unterhalten haben. Es war zum Ende hin ein ganz normales Gespräch. Er hat mich sogar nach meinem Lieblingsessen gefragt und mir erzählt, dass er darüber nachdenke, seinen Fleischkonsum einzuschränken, weil er die Massentierhaltung schrecklich finde. Dann hat er mir noch beim Lernen geholfen und eine Klausur abgetippt, die ich morgen dringend brauche.

Duken hat offenbar auch eine menschliche Seite, obwohl das Düstere in ihm ganz deutlich überwiegt, andernfalls würde er mich nicht weiterhin zum Sex nötigen, und das auf unbestimmte Zeit.

Was ist, wenn ich es mal überhaupt nicht will? Was ist, wenn ich mich unwohl fühle, Tage erlebe, an denen meine Migräne mich ins Bett zwingt?

Wird er mir jedes Mal aufs Neue drohen?

Wie soll das nur zwischen uns laufen?

All das frage ich ihn am kommenden Tag, als ich nach der Uni wie gewünscht zu ihm gehe. Es ist gleich achtzehn Uhr, und er erwartet mich bereits.

»Tut mir leid, dass es später geworden ist, aber ich hatte viel Stoff nachzuholen. Ich habe ja die vergangenen beiden Tage gefehlt.«

»Das wäre kein Problem, wenn ich nicht schon wieder seit zwei Stunden hier sitzen und auf dich warten würde. So geht das nicht, Mia! Ich möchte, dass wir ab sofort in stetem Kontakt sind, was im Zeitalter von Smartphones ein Klacks ist. Du wirst mir regelmäßig schreiben und mich wissen lassen, wie es dir geht und wo du dich aufhältst. Ich erwarte mindestens drei Nachrichten täglich von dir, und solltest du dich mal verspäten, wirst du mir das natürlich ebenfalls mitteilen.«

Wenn das nur alles wäre, was er von mir verlangt. Leider sind seine Wünsche weitreichender. »Okay, kein Problem, das kann ich gerne tun«, antworte ich dennoch, während er mich nach oben in seine Wohnung führt. Was er hier vorhat, kann ich mir gut denken und bekomme bei dem Gedanken daran umgehend Bauchweh.

Alles in mir zieht sich zusammen, und ich trete den Kampf nach vorne an. »Wie wird das jetzt zwischen uns laufen? Ich komme täglich zu dir, und du schläfst mit mir?«

»Ja, so in etwa.«

»Und was ist, wenn ich mal nicht will? Ich meine, wenn ich wirklich nicht will, ich mich unwohl fühle oder keinen guten Tag habe?«, hake ich nach.

»Dann machst du den Mund auf und sagst mir das!«

Ich lache ironisch in mich hinein, während ich mich auf sein Bett setze, weil wir schon wieder im Schlafzimmer sind. »Du machst doch sowieso, was du willst. Dir ist es doch egal, wie ich mich dabei fühle oder was ich will!«

Er schaut mich eindringlich an, kommt näher und setzt sich zu mir. »Das stimmt nicht, Mia, denn mir ist es nicht egal, wie du dich dabei fühlst. Ich bin immer auf den Wohl bedacht, was für mich eigentlich total untypisch ist. Und wenn dir mal absolut nicht danach ist, kannst du das gerne ansprechen.«

»Tatsächlich? Und was wäre, wenn ich sagen würde, das mir heute absolut nicht danach ist?«, setze ich alles auf eine Karte.

»Ist dem wirklich so?«, will er wissen, und ich zucke mit den Schultern. »Im Grunde ja. Ich habe Angst«, gebe ich ehrlich zu und starre auf den weiß gefliesten Boden.

»Angst wovor?«

»Vor all dem, was du mit mir tun könntest. Ich bin dir völlig ausgeliefert, und das ist ein schreckliches

Gefühl.«

»Nein, Mia. Du bist mir nicht ausgeliefert. Du brauchst auch keine Angst vor mir zu haben, vor gar nichts, was ich tun werde. Angst ist das vollkommen falsche Wort. Du kannst aufgeregt sein und neugierig … Von mir aus auch leicht nervös oder verunsichert. Aber Furcht ist völlig fehl am Platze.«

»Und weshalb fühlt es sich dann so an? Mein Herz rast, ich zittere und habe wieder Bauchweh. Was wirst du heute mit mir machen?«

»Was hättest du denn gerne?«, fragt er mich tatsächlich, und ich brauche nicht lange zu überlegen. »Gar nichts! Einfach mal gar nichts. Kuscheln ohne alles wäre schön.«

»In Ordnung. Ich bin zwar nicht der Kuscheltyp, auch noch nie gewesen, aber wenn du das willst, dann bekommst du jetzt Kuscheln ohne alles«, sagt er, und ich schaue ihn irritiert an. Ich weiß gar nicht, wie mir geschieht, als er seine Schuhe auszieht, sich ins Bett legt und neben sich auf das Kissen klopft. Leicht verwirrt entledige auch ich mich meiner Jacke und der Schuhe, um ihm ins Bett zu folgen. Ich kuschle mich vorsichtig an ihn, mit der steten Furcht im Hinterkopf, dass er jeden Moment etwas tun könnte, was ich nicht will. Mir ist gerade so, als würde ich mit einem Löwen kuscheln, der mich jede Sekunde auffressen könnte.

Duken hingegen scheint sehr feinfühlig zu sein, denn er bemerkt es. »Ganz ruhig, Mia. Entspann dich! Heute wird nichts weiter geschehen.«

»Sicher?«

»Ganz sicher! Deine Wünsche sind mir wichtig,

auch, wenn du es nicht glaubst. Vögeln wir halt morgen.«

Komischerweise glaube ich ihm, zumindest jetzt gerade, und es fühlt sich richtig gut an. Meine ganze Furcht weicht von mir, weil ich weiß, dass heute nichts passieren wird. Jetzt kann ich sogar seine Nähe genießen.

Ich habe in meinem Leben nur selten mit jemandem kuscheln können, ganz selten sogar. Meine Mutter habe ich nie kennengelernt, und mit meinem Vater …

Nun gut, Kuscheln zählt nicht zu den Eigenschaften, die er teilt. Ich kann mich noch nicht einmal daran erinnern, dass er mich als Kind jemals auf den Arm genommen hat. Die einzige, mit der ich immer mal kuscheln konnte, war meine Oma Anna, die leider verstarb, als ich acht Jahre alt war. Sie war meine Oma mütterlicherseits und der liebste Mensch auf Erden. Seit ihrem Tod ist Kuscheln Mangelware in meinem Leben, um nicht zu sagen, gänzlich ausgestorben, aber in Dukens Armen spüre ich wieder, wie sehr ich es brauche und vermisst habe. Es tut so unglaublich gut, mich an ihn zu schmiegen, seine Körperwärme aufzunehmen und seine Hände zu spüren, die mich sanft kraulen. Es fühlt sich an, als würde ich Energie bei ihm tanken. Wundervolle, heilsame, wohltuende Energie, die in jede Zelle meines Körpers wandert und diese durchströmt.

Ich könnte hier ewig liegen, einfach nur so – zumindest heute.

»Mia, wir sollten nochmal das Thema Verhütung aufgreifen. Ich wäre dafür, dass du beginnst, die Pille zu nehmen. Was meinst du?«, fragt er mich irgendwann, während ich es mir noch in seinen Armen gutgehen lasse. Fast liegen wir hier wie ein Pärchen.

Wenn ich es nicht besser wüsste, würde ich annehmen, dass wir glücklich verliebt sind. Zudem finde ich es nett, dass er mich nach der Pille fragt, anstatt sie mir aufzuzwingen.

»Was ist, wenn ich die Pille nicht nehmen will?«

»Dann muss ich meinen Kondomvorrat für die Zeit deines Eisprungs aufstocken.«

Beinahe muss ich lachen, verkneife es mir aber. »Nein, schon gut. Ich wollte schon länger mit der Pille beginnen, weil ich ständig Schmerzen beim Eisprung habe und von einer Freundin weiß, dass es durch die Einnahme der Pille weniger wehtun soll. Allerdings war ich noch nie bei einem Frauenarzt. Ich kenne gar keinen. Außerdem ist eine solche Untersuchung eine große Hürde für mich.«

»Ich kenne einen guten Arzt. Dr. Wagner. Ich werde dir umgehend einen Termin bei ihm besorgen«, sagt Duken, aber ich erschrecke, löse mich gar ein Stück von ihm, um ihm in die Augen sehen zu können.

»Keinen Mann! Bloß keinen Mann! Das geht nicht«, mache ich klar.

Duken sieht mich mit einer Mischung aus Belustigung und Besorgnis an. »Warum? Ich kenne ihn persönlich und weiß, dass er sowohl menschlich als auch medizinisch nicht zu verachten ist.«

»Trotzdem will ich das nicht! Unter gar keinen Umständen!«

»Mia … Ich komme auch mit. Du brauchst dir wirklich keine Gedanken zu machen«, versucht er, mich zu beruhigen, während es in mir drunter und drüber geht.

»Na, klar. Ein weiterer Arzt. Du kennst ihn … Was soll das werden? Willst du mich zum Gruppensex zu ihm schleppen? Weiß er schon Bescheid? Steckt ihr unter einer Decke?«, frage ich und gerate völlig außer Kontrolle. Die schlimmsten Fantasien brechen über mich herein. Ich sehe mich schon festgebunden auf diesem schlimmen Stuhl, und die beiden Ärzte begrabschen mich, tun mit mir, was sie wollen …

Oh, Gott! Nein! Niemals!

Ich bin nur noch ein zitterndes Häufchen Elend und kauere mich am Bettrand zusammen. Von Duken habe ich mich gelöst und denke panisch darüber nach, was die beiden alles mit mir vorhaben könnten.

Ob Duken mich an andere Ärzte weiter reichen wird? Ob er nur der Anfang war? Ob da noch mehr Mediziner involviert sind? Himmel, ich könnte das nie ertragen. Lieber sterbe ich!

In dem Moment spüre ich Dukens Arme, die mich von hinten greifen und wieder dicht an ihn ziehen. Er hält mich und flüstert mir besänftigende Worte ins Ohr, aber ich kann mich nur schlecht beruhigen. Meine Angst macht mich beinahe verrückt. Ich zittere und bebe am ganzen Körper, während er mich sanft hin und her wiegt.

»Es sind nicht alle Ärzte so wie ich. Ich glaube sogar ernsthaft, dass ich glücklicherweise nur eine Ausnahme bin. Dr. Wagner ist vierundsechzig Jahre alt, verheiratet, mehrfacher Vater und Großvater. Er war viele Jahre für Ärzte ohne Grenzen in Afrika unterwegs und hat unzähligen Menschen geholfen. Er unterstützt eine Frauenrechtsorganisation in Nigeria, die sich um missbrauchte Frauen kümmert. Er ist dort sogar der Schirmherr. Das sagt natürlich nichts über seine sexuellen Neigungen aus, dennoch kann ich dir schwören, dass es bei dem Anliegen deiner Untersuchung in allererste Linie nur um deine Gesundheit gehen würde. Und er war eben der Erste, der mir einfiel, gerade, weil er so sanftmütig und einfühlsam ist und ich bisher nur Gutes über ihn gehört habe. Aber wenn du nicht willst, dann erkundige ich mich nach einer Kollegin, das ist überhaupt kein Thema!«

Ich befürchte, ich werde allmählich wahnsinnig. Vielleicht auch schizophren. Was ist das nur?

Ob ich krank bin? Ich kann es nicht deuten, und wieder fließen mir Tränen die Wangen hinab. Ich habe in meinem ganzen Leben noch nie so viel geweint. Duken hält mich noch immer ganz fest. Er trocknet mit seinen Fingern meine Tränen und wiegt mich sanft in seinen Armen.

»Ach, Mia … jetzt bekomme ich ein richtig schlechtes Gewissen. Das, was ich dir angetan habe, passiert dir garantiert nie wieder. Ich denke nicht, dass irgendein Arzt seine Approbation gefährden würde, indem er seine Patienten sexuell nötigt. Mag gut sein, dass einige Ärzte daran denken, wenn sie eine besonders attraktive Frau vor Augen haben, denn im Endeffekt sind wir alle nur Menschen. Aber an Handlungen zu denken und sie wirklich auszuführen, sind zweierlei Dinge.«

»Du hast es getan!«, erinnere ich ihn und drehe mich weinend zu ihm um.

»Ja, bei dir! Und nur bei dir! Du musst wissen, dass ich ganz besondere sexuelle Vorlieben habe. Ich bin ein sehr dominanter Mensch und liebe es, meine Gespielinnen zu unterwerfen. Wenn ich dir all die Dinge erzählen würde, auf die ich stehe, würde ich dich nur verängstigen. Um es kurz zu machen: Ich mag devote Frauen. Solche, die mir ausgeliefert sind, mit denen ich nach Lust und Laune tun kann, was ich will. Bisher habe ich das immer mit Frauen praktiziert, die das entweder wollten oder sich dafür haben bezahlen lassen. Als du in meine Praxis gekommen bist, hast du meine tiefsten Sehnsüchte geweckt. Deine schüchterne, naive Art und dein biederes Auftreten haben bei mir alle Sicherungen durchbrennen lassen. Als ich dann noch erfahren habe, dass du in einer Klosterschule gelebt hast und Jungfrau bist, war das wie eine Droge für mich. Ich musste dich haben! Für diesen Rausch habe ich alles riskiert. Du hättest genauso gut am ersten Abend zur Polizei gehen können, und ich wäre geliefert gewesen. Allerdings habe ich instinktiv gespürt, dass du es nicht tun wirst. Du warst sexuell verstört, und ehrlich gesagt, warst du das schon, bevor du zu mir gekommen bist. Deine eigene Scham und Unsicherheit haben dich quasi erst in meine Arme getrieben.«

Komisch … dass er mir das offenbart.

»Aber, aber … wenn du das alles weißt und auch weißt, was du mir eigentlich antust … wieso hörst du nicht auf und lässt mich gehen?«

Er holt tief Luft und senkt den Blick. Er scheint zu überlegen. Sehr lange. Irgendwann schüttelt er seinen Kopf und schaut mich mit seinen smaragdgrünen Augen eindringlich an. »Ich kann nicht, Mia. Ich will dich zu sehr!«

Seine Worte treffen mich.

Aber was will er von mir? Mich?

Meine Unschuld hat er sich doch schon genommen.

»Wirst du mir zukünftig wehtun?«

Er sieht mich eindringlich an und schüttelt seinen Kopf. »Nein, es geht mir bei dir nicht um Schmerz.«

»Worum geht es dann? Worauf genau stehst du? Was hast du mit all den Frauen gemacht? Und was hast du mit mir vor?«, will ich wissen, weil die Unsicherheit das Schlimmste für mich ist.

»Das sind viele Fragen, und das meiste davon wirst du nicht verstehen. Ich würde mich als Sadist bezeichnen, zumindest habe ich derartige Neigungen. Ich finde eine gewisse Befriedigung darin, andere – ganz spezifisch Frauen – zu demütigen und sie zu quälen. Ihre Leiden waren immer meine Freuden. Das muss für dich jetzt schockierend klingen, aber ich schwöre dir, dass es bei dir anders ist. Ich wollte dir nie gezielt Schmerzen zufügen, im Gegenteil. Ich war immer darauf bedacht, dass ich dir möglichst wenig wehtue. Selbst, wenn ich dich leiden sah, war mir oft mehr danach, dich zu trösten, als mich daran zu ergötzen. Das wurde mir von Mal zu Mal klarer. Ich weiß selbst nicht, was aktuell mit mir los ist. Ich kann es auch nicht beschreiben, aber die Tatsache, dass ich hier mit dir auf meinem Bett sitze, dich seit zwei

Stunden im Arm halte und dich nicht vögele, sondern mit dir kuschle – wohlbemerkt NUR kuschle – wo ich früher die Peitsche geschwungen habe und Frauen sowieso in meinem Bett tabu waren, lässt mich aktuell stark an meiner Neigung zum Sadisten zweifeln. Du tust mir gut, Mia. Du tust mir so gut, dass ich dich leider weiterhin dazu zwingen muss, deine Zeit mit mir zu verbringen.«

Seine Worte schocken mich genauso, wie sie mich berühren. Dass er so aufrichtig und ehrlich ist, geht mir nah, und dennoch macht er mir Angst. Er bezeichnet sich selbst als Sadist. Zugegeben, da ist oft etwas in seinem Blick, das mich an den Teufel persönlich erinnert, aber ich weiß inzwischen auch, wie nett und fürsorglich er sein kann. Ich fühle mich ja selbst manchmal zu ihm hingezogen. Wie kann man nur ein und dieselbe Person fürchten und doch gleichzeitig Gefühle für sie entwickeln? Liebevolle Gefühle?

Ich weiß nicht, was ich von ihm halten soll.

Ich weiß nicht, wohin das mit uns führen soll … Ich weiß augenblicklich gar nichts mehr. »Manchmal machst du mir große Angst«, flüstere ich leise.

»Ich weiß. Aber nur manchmal … Und wenn du ehrlich bist, müsstest du zugeben, dass deine Angst meistens ganz unbegründet ist. Wir hatten auch schon sehr schöne Stunden? Kannst du dich erinnern?«, hakt er nach und sieht mich dabei an.

Und ob ich das kann! Wie soll ich je vergessen, was er alles mit mir gemacht hat?

»Na, siehst du!«, sagt er, ohne, dass ich geantwortet habe. »Und du brauchst wirklich keine Angst vor mir zu haben, Engelchen! Überleg doch mal! So ein bisschen hat es dir bisher doch auch gefallen, oder?«

Nun kann ich ihm nicht in die Augen schauen und blicke verlegen auf die Bettdecke. Rot werde ich auch noch, was bei ihm zu einem breiten Grinsen führt.

»Na, also! Dir passiert bei mir nichts. Ich werde dir keine Schmerzen zufügen, Mia! Das einzige, was du immer mal haben wirst, sind ein paar Orgasmen, mehr nicht«, schwört er mir.

In den kommenden Tagen kann ich mir Schlimmeres vorstellen, wie zum Beispiel den Termin beim Frauenarzt, der stetig näher rückt. Duken hat nämlich umgehend nach unserer Aussprache letzte Woche einen Termin bei einer Frau Dr. Meyer veranlasst, der bereits morgen ist. Ich habe riesige Angst davor. Überhaupt ist Angst mein neuer Begleiter geworden. In Bezug auf Duken hat sie sich etwas gelegt. Seit Mittwochabend, als ich bei ihm war und wir so lange gekuschelt und geredet haben, fühle ich mich in seiner Gegenwart viel wohler. Wir haben inzwischen sogar mehrere Male zusammen geschlafen, und er war immer liebevoll dabei.

Nur diese Nacht bekomme ich kein Auge zu.

Ich glaube, ich werde morgen nicht fähig sein, an die Uni zu gehen, obwohl mein Termin bei Frau Dr. Meyer erst am Nachmittag ansteht.

Die Vorstellung mich da unten untersuchen zu lassen, ist mir zuwider – Frau hin oder her. Ich muss mich nackt und breitbeinig in einem hellen Raum präsentieren. Sie wird mich anfassen, Sachen in mich stecken …

Ich habe die ganze Nacht Albträume und bleibe am Morgen wie befürchtet zu Hause. Ich bin einfach zu erschöpft für die Uni. Dass andere Frauen solche Untersuchungen regelmäßig und völlig selbstverständlich über sich ergehen lassen, will mir nicht in den Kopf.

Mit einer warmen Tasse Tee setze ich mich am Vormittag an den PC und beginne zu googeln.

Himmel, was das Internet alles zu bieten hat! Es gibt sogar Seiten, die nicht für Minderjährige zugänglich sind und auf denen man sich tatsächlich derartige Untersuchungen anschauen kann! Meine Neugierde und vor allem die Angst lassen mich auf den kleinen Play-Button drücken. Hallelujah, ich sehe zum ersten Mal wie ein Spekulum eingeführt wird.

Mir wird ganz schlecht!

Mein banger Blick auf die Uhr verheißt nichts Gutes. Es ist bereits elf, und um sechzehn Uhr ist mein Termin. Duken will mich begleiten. Er hat darauf bestanden und schließt deswegen extra seine Praxis ein wenig eher. Zu dumm, das müsste er nicht extra machen, denn ich werde kneifen. Um zwölf Uhr kann ich nicht mehr und schreibe ihm eine Nachricht. »Kauf bitte Kondome! Ich schaff das nicht!« Senden …

Es dauert keine zwei Minuten, bis mein Smartphone klingelt, und es ist keine Nachricht. Herzklopfend und ohne nachzuschauen, gehe ich ran. Ich weiß genau, dass er es ist. »Ja?«, melde ich mich ganz schüchtern.

»Wo bist du, Mia?«

»Zu Hause.«

»Und was machst du zu Hause? Die Uni vermisst dich. Du fehlst in letzter Zeit öfter.«

»Mir geht es nicht gut. Ich konnte die ganze Nacht nicht schlafen. Ich kann unmöglich zu dieser Ärztin gehen! Kauf bitte Kondome, ja? Wenn nicht, dann kaufe ich welche.«

»Mia, es geht nicht ausschließlich um die Pille. Du wirst in acht Wochen zwanzig Jahre alt und solltest dich wirklich mal untersuchen lassen, um abzuchecken, ob alles in Ordnung ist. Komm zu mir!«

»Wie? Was? Wo? Wann?«

»Jetzt! Du – zu mir!«

Ich verstehe nicht recht. »Es ist noch nicht einmal zwölf Uhr. Du arbeitest doch noch.«

»Das ist egal. Ich will dich sehen! Jetzt! Du kannst in meiner Tiefgarage parken. Ich öffne vorher das Tor. Fahr bitte direkt unten rein, und sei in spätestens einer Stunde da!«

Mein Herz rast, als ich in seine Tiefgarage steuere. Ich befürchte, dass ich heute mein Veto einlegen muss. Von mir aus kann er mit mir machen, was er will. Aber ich lasse mich niemals gynäkologisch untersuchen.

Ich habe ein ganz merkwürdiges Gefühl, als ich die grau gefliesten Treppen nach oben in die Praxisräume gehe. Normalerweise ist hier immer alles totenstill. Aber als ich die weiße Türe zum Flur öffne, höre ich mehrere Stimmen, und eine Sprechstundenhilfe begrüßt mich freundlich. »Fräulein Lind? Dr. Moore hat mir schon gesagt, dass Sie kommen werden. Nehmen Sie doch bitte in seinem Büro Platz. Er befindet sich gerade in einer Untersuchung.«

Ganz langsam begebe ich mich in das mir zugewiesene Zimmer, mit der Aufschrift ›Büro‹, wobei ich am Wartebereich vorbeikomme, der gut gefüllt ist. So viele Menschen! Das ist total skurril für mich.

Dieses Haus war stets wie das Haus des Schreckens, und nun sehe ich hier unzählige Leute sitzen, die alle zu Duken wollen und Hilfe von ihm erwarten und garantiert auch bekommen. Da wird mir wieder gewahr, dass er ein Arzt ist, und ein richtig guter Arzt, wie die meisten sagen. Für mich hingegen ist er die Sünde pur.

Ich bin heilfroh, als ich die Bürotür hinter mir schließen kann. Hier drin habe ich meine Ruhe, und es ist ganz nett. Sogar mit Dukens typischen Lieblingsfarben, Schwarz und Weiß, ausgestattet. Inklusive schwarzem Sofa, einem weißen Schreibtisch samt Drehsessel, und natürlich hängt ein Flatscreen an der Wand. Ich greife derweil zu einer Zeitschrift und mache es mir auf dem Sofa gemütlich. Es dauert auch keine zehn Minuten, bis er zu mir ins Zimmer kommt. Sein Blick trifft mich wie süße Stromschläge. Aber er schaut mich nicht böse an, vielmehr besorgt.

»Ist es so schlimm, dass du die Uni schwänzen musst?«

»Ich schwänze nicht! Mir geht es wirklich nicht gut. Ich kann keinen klaren Gedanken mehr fassen.«

»Die Uni hätte dich bis heute Nachmittag gut ablenkt«, kontert er, aber ich schüttle ganz stark meinen Kopf. »Mich kann nichts und niemand von den Gedanken daran ablenken. Ich will das nicht!

Unter gar keinen Umständen. BLAU! Richtig blau! Ozeanblau, Saphirblau. Blau, blauer, am blauesten! Ich kann da nicht hingehen, Duken. Ich kann wirklich nicht!«

Ohne mir zu antworten, schließt er mich fest in seine Arme, und ich spüre seinen vertrauten Geruch.

»Lass uns nach oben gehen, du musst dich ein bisschen ausruhen. Du bist völlig fertig, und das grundlos! Ich war zwar noch nie bei einem Frauenarzt und kann nicht aus Erfahrung sprechen, aber so schlimm kann es unmöglich sein. Dir passiert doch dort nichts. Aber egal, ich möchte, dass du dich jetzt beruhigst und noch ein wenig schläfst.«

Während er mich durch die Praxis und anschließend die Treppen nach oben in seine Wohnung führt und ich beteuere, dass ich unmöglich schlafen kann, fällt mir das Gesicht seiner Angestellten auf, die ganz verdutzt schaut, als sie uns Arm in Arm sieht.

Duken führt mich ohne Umschweife ins Schlafzimmer, wo schon sein Arztkoffer neben dem Bett steht. Ungefragt entnimmt er das Blutdruckmessgerät und macht sich daran, meinen Blutdruck zu messen.

»Mal ganz ehrlich … Das ist doch jetzt unnötig! Als du mich das erste Mal da unten an diesen Seilen aufgehängt hast, hättest du meinen Blutdruck messen sollen. Vermutlich wäre dein Dingsda implodiert. Jetzt tue nicht wie ein Arzt! Sonst ist es dir doch auch egal, wie sehr mein Puls rast. Ich will einfach nicht zu dieser Ärztin! Du kannst auch alles mit mir machen. Wirklich! Alles! Echt ALLES, Duken! Ich mache heute jeden Scheiß mit. Freiwillig!«, versichere ich ihm, aber er lässt sich dadurch in keiner Weise aus der Ruhe bringen, sondern schaut erstmal auf den Messstand, ohne auf mein Angebot einzugehen.

»190 zu 110. Das ist sehr grenzwertig, Mia! Ich spritze dir jetzt ein Beruhigungsmittel, damit du wieder klar denken kannst. Weißt du eigentlich, was du mir eben angeboten hast?«, erkundigt er sich, während er nach einer Spritze greift, und ich nicke überschwänglich. »Oh, ja, ja! Ich tue wirklich alles!«, versichere ich nochmal, während er die Spritze schräg ins Licht hält, um sie aufzuziehen. Dann streift er meinen Ärmel noch ein Stück weiter hoch, bindet meinen Arm ab, drückt mich sanft auf das Kopfkissen, desinfiziert eine kleine Hautstelle und sticht vorsichtig zu …

»Wie schön, dass du heute zu allem bereit bist. Dann lasse ich mir etwas ganz Besonderes einfallen«, höre ich ihn sagen, als meine Augen ganz langsam zufallen.

Kapitel Vierzehn

Φ Duken Φ

Ich gebe mir die Schuld an ihrem Verhalten und muss das dringend wieder gerade biegen. Es kann ja nicht sein, dass sie ihr Leben lang Angst vor Ärzten hat, nur weil ich einer bin. Sexuelle Gewalt geschieht in allen Sparten, und das weiß ich besser als jeder andere. Es hätte sie genauso gut ihr Friseur nötigen können. Ich will nicht, dass sie zukünftig Ärzte meidet, nur weil ich sie während einer Behandlung stimuliert habe, und viel mehr ist es an diesem Tag wirklich nicht gewesen. Gut, ich habe sie vorher ausgezogen, aber auch das gehört bei den meisten Behandlungen dazu. Man erkrankt nun mal am Körper, und kein Arzt hat Röntgenaugen. Die einzelnen Körperstellen müssen nackt sein, um sich ein Bild von dem jeweiligen Leiden machen zu können. Sämtliche Operationen werden an nackten Menschen durchgeführt, und wenn sie so ein Problem mit der Freizügigkeit hat, sollte ich das dringend ändern.

Ich werde heute mit ihr zu dieser Ärztin gehen. Diesen Termin lasse ich nicht verstreichen, da die Untersuchung bei ihr schon lange überfällig ist. Sie kann Zysten oder weiß Gott was haben und ahnt es noch nicht einmal.

Ihre Brüste habe ich zur Genüge abgetastet und mich davon überzeugt, dass sie weder Verhärtungen noch Knoten aufweisen. Aber vaginal komme ich mit meinen begrenzten Mitteln nur bis zu einem bestimmten Punkt. Ich will abchecken lassen, dass mein Engelchen gesund ist. Die Pille ist für mich nur zweitrangig. Ich kenne Dr. Wagner so gut, dass er mir auch blanko ein Rezept für das Verhütungsmittel ausstellen würde, aber das muss Mia ja nicht wissen. Ich mache mir wirklich die größten Sorgen um sie und überlege angestrengt, wie ich sie nachher ohne größere Zwischenfälle zu Frau Dr. Meyer bekommen soll. Gerade schläft sie noch ganz friedlich. Ich habe ihr nicht nur ein Beruhigungsmittel, sondern gleichzeitig etwas zum Schlafen verabreicht, das hervorragend angeschlagen hat. Das ist auch kein Wunder, so fertig wie sie war, und das im Grunde wegen nichts und wieder nichts.

Zum Glück habe ich meine Patienten für heute versorgt und kann mich jetzt ganz und gar auf sie konzentrieren. Ich sitze neben ihr, streichle ihr blondes Haar und gehe geistig mehrere Varianten durch, wie ich sie doch noch von der Untersuchung überzeugen kann.

Leider macht sie all meine Versuche zunichte.

»Und wenn du erstmal mit der Ärztin redest? Lern sie kennen, tauscht euch aus, stell deine Fragen. Es muss ja gar nicht mehr passieren als ein erstes Kennenlernen«, versuche ich es zum zehnten Mal in aller Ruhe, nachdem sie wieder aufgewacht ist.

»Nein, nein und nochmals nein! Ich gehe da nicht hin! Niemals! Ich ziehe mich nicht vor ihr aus, und ich will erst recht nicht, dass sie mir so ein Spekulum hineinsteckt!«

Ich weiß genau, was ich heute noch bestellen werde. Ein Spekulum, und nicht nur eines. Ich werde die Dinger in sämtlichen Größen ordern und sie in unsere Sexspielchen mit einbeziehen, bis sie für Mia so selbstverständlich sind wie ihr Müsli zum Frühstück.

Aber aktuell bin ich kurz davor, zu resignieren. Das ist total ungewöhnlich für meine Person, aber an sie ist kein Herankommen. Dass sie so verbohrt und stur sein kann, hätte ich nie für möglich gehalten. Sie fordert mich tatsächlich so lange heraus, bis mir im letzten Moment eine Idee kommt. Ich hatte mir zwar geschworen, nie wieder zu drastischen Mitteln zu greifen, weil mir Mia mehr bedeutet, als ich mir eingestehen will. Aber gerade weil sie mir so viel bedeutet, muss ich es tun.

»Also schön. Ich fass das jetzt noch mal kurz zusammen: Du willst nicht zu dieser Ärztin, stattdessen bietest du mir an, dass ich alles mit dir tun kann, was ich will? Richtig?«

Sie sitzt im Bett und sieht noch ziemlich verschlafen aus. Dennoch nickt sie eifrig. »Genau!«

»Fein! Dann machst du dich jetzt fertig, und wir genießen einen schönen Abend in der Sauna. Anschließend führe ich dich aus und zeige dir die Freuden eines Swingerclubs, den ich früher oft besucht habe. Die haben dort so einen wunderbaren Darkroom, in dem ich endlich wieder meine dunkle Seite ausleben kann, und da du mir ja sämtliche Möglichkeiten angeboten hast, werde ich diese voll ausschöpfen. Besonders viel Spaß machte es mir immer, wenn ich Zuschauer hatte. Also gewöhn dich an den Gedanken dort splitternackt festgebunden zu werden und vor den Augen anderer Menschen einige Peitschen, Ruten, Paddel und Nervenräder kennenzulernen.«

»Das ist jetzt nicht dein Ernst!«, sagt sie sichtlich eingeschüchtert, und der Gedanke daran, sie wirklich in so einen Club zu schleifen und als meine kleine Sklavin vorzuführen, ist so verlockend, dass ich mit mir zu kämpfen habe. Ich muss mir in Erinnerung rufen, dass es einzig um ihre Untersuchung bei der Ärztin geht, und ich bin gespannt, wie sie sich entscheiden wird.

»Was ist nun? Frau Dr. Meyer oder ein Abend, der dir garantiert das letzte bisschen Schamgefühl austreibt? Allein die gemischte Sauna wird dir schon guttun! Und an die Stunden in dem Club mag ich gar nicht denken, sonst übernehme ich nämlich die Entscheidung, und die fällt dann eher Schwarz als medizinisch Weiß aus.«

»Nichts von beidem. Ich will nichts von beidem! Weder zu der Ärztin noch in eine Sauna, und erst recht nicht in einen Swingerclub.«

»Tja, Mia. Du hast nur ein Veto. Blau ist nicht unerschöpflich, das hatte ich dir gesagt.«

»Du willst mich also zwingen?«

»Ich muss. Anders komme ich nicht weiter«, gestehe ich und greife noch tiefer in die Trickkiste. »Eventuell fühlst du dich sicher, da deine vermeintliche Untersuchung bereits in zwanzig Minuten ansteht. Die habe ich allerdings auf achtzehn

Uhr verlegen können, weil ich dir das Schlafmittel gespritzt und schon befürchtet habe, dass du nicht rechtzeitig fit sein würdest.« (Und das stimmt wirklich.) »Um deine Entscheidungskraft zu fördern, mache ich jetzt Folgendes«, beginne ich und zücke mein schwarzes Smartphone. »Es kommt noch Variante drei ins Spiel. Du hast die Qual der Wahl, Mia, denn ich habe hier so wundervolle Bilder von dir. Kannst du dich noch erinnern? Ich habe sämtliche Körperteile von dir abgespeichert. Meine Ordner beginnen bei A wie Arsch und reichen bis Z wie Zeh. Du kannst dir sicherlich vorstellen, dass B der Busen ist, oder? Ich werde das Alphabet peu á peu an deinen Vater schicken. Alle zehn Minuten erhält er ein neues Bildchen von seiner wunderschönen Tochter. Meinst du, er erkennt, zu wem der kleine runde Arsch gehört?«

»So weit würdest du nicht gehen!«, sagt sie allen Ernstes und fordert mich damit nur noch mehr heraus.

Jetzt glaube ich, dass ich die letzten Tage zu lasch mit ihr umgesprungen bin. Meine sanfte Seite bekommt ihr offenbar nicht. Ich hatte sie schon mal besser unter Kontrolle, und genau da will ich wieder hin.

»Wann hat dein Vater das letzte Mal deinen süßen Hintern gesehen? Als du drei Jahre alt warst? Vier oder fünf? Oder eher zu Windelzeiten? Glaubst du, er erinnert sich noch an die schönen runden Backen? Also, was ist nun? Die Ärztin, eine geile Nacht im Club, oder wollen wir Daddys Erinnerungen auffrischen?«

»Wenn du ihm die Bilder schickst, hast du kein Druckmittel mehr. Dann wird alles vorbei sein!«, kontert sie und entfacht meinen Jagdtrieb mit jeder Sekunde mehr. Jetzt beginnt es mir glatt Spaß zu machen, sie zu ärgern. »Das glaubst aber auch nur du! Ich habe noch einige Filmchen. Angefangen bei den Aufnahmen, die zeigen, wie ich dich quäle, bis hin zu jenen, auf denen ersichtlich ist, wie du mich reitest. Ich kann Daddy gut unterhalten, und nicht nur ihn, Mia! Deine Mitstudenten werden höchst erfreut darüber sein, ihre sonst so biedere Kollegin beim Vögeln zu sehen. Und wenn du mir nicht glaubst, fange ich gleich damit an«, lasse ich sie wissen und mache ernst, denn ihre Aufmüpfigkeit gefällt mir überhaupt nicht.

Ich habe nichts gegen Selbstbewusstsein, aber Trotzköpfe und stures Verhalten sind bei mir an der falschen Adresse. Deshalb öffne ich meinen geheimen Ordner und entscheide mich für ein Bild, das ihren Hintern voll in Szene setzt, jedoch nicht zu viel von ihr verrät.

»Das wagst du nicht!«, sagt sie im passenden Moment und macht es mir damit nur noch leichter. Ohne weiter darüber nachzudenken, schicke ich ihrem Vater ein wunderbares Bild von ihrem süßen Arsch.

»Das war ein Foto aus Ordner A. Du hast genau zehn Minuten Zeit, bis er deine Titten sieht. Oh pardon, ich meine B wie Busen.«

Mias Pupillen weiten sich vor Entsetzen.

Sprachlos starrt sie auf mein Display, das ich ihr unter die Nase halte und auf dem ersichtlich ist, dass ich tatsächlich ihrem Vater ein herrliches Bild von ihr habe zukommen lassen. Der Gute ist schneller online, als ich gedacht habe.

Meinem Engelchen schießen natürlich sofort die Tränen in die Augen. Sie realisiert gar nicht, dass da kein Name auf ihrem Po steht und der Arsch quasi von jedem sein könnte, zumal sie auch kein Muttermal, keine Narbe und kein Tattoo an dieser Stelle hat, was sie verraten könnte. Außer vollkommener weißer Haut ist nichts auf ihren beiden runden Halbmonden zu sehen.

»Wie kannst du das nur tun?«, schreit sie mich panisch an.

»Oh, das war noch gar nichts. Wollen wir Daddy deine schönen spitzen Brüste zeigen? Neun Minuten hast du noch, ehe er sie kennenlernt, mein Schatz!«

»Hör auf damit! Hör sofort auf damit!«, schreit sie und versucht mir das Handy zu entreißen, als ich eine spannende Nachricht von Professor Dr. Dr. Lind erhalte.

»Was sind denn das für schöne Aussichten?«, kann ich lesen und zeige ihr schmunzelnd die Zeilen ihres Vaters.

»Soll ich ihm verraten, wessen Aussichten das sind? Oder soll ich ihm erst die Tittenbilder schicken und ihn dann aufklären?«

Ich merke schon, ich bin wieder voll in meinem Element, während sie vor mir zusammenbricht und nachgibt. »Na, schön. Dann gehe ich halt zu der Ärztin. Wirst du dann aufhören … damit?«, fragt sie und zeigt auf mein Smartphone.

Ich setze mich zu ihr auf das Bett und nehme ihr

Gesicht in meine Hände. »Ja, wenn du brav bist und mit mir zu Frau Dr. Meyer gehst, werde ich ihm keine weiteren Fotos schicken«, sage ich ehrlich, obwohl es mir Spaß macht, sie ein bisschen zu ärgern. Das habe ich in letzter Zeit total vernachlässigt, und man sieht ja, wohin das führt.

Thoralf antworte ich erstmal nicht. Dieses kleine Druckmittel hebe ich mir bis nach dem Arztbesuch auf. So kann ich sicher gehen, dass sie sich auch untersuchen lassen wird, denn ich merke, wie schwer es ihr fällt und wie sehr sie wirklich leidet.

Sie sitzt zittrig neben mir, als ich kurze Zeit später mit ihr zu Frau Dr. Meyer fahre. Alles an ihr schlottert, und ihre Hände sind eiskalt. Ich bin extra etwas früher gestartet, weshalb wir jetzt noch eine gute Stunde Zeit haben, denn ich will es selbst hinter mich bringen. Mias Nervosität wirkt allmählich ansteckend.

Ich hege schon die Befürchtung, dass Frau Meyer sie in diesem Zustand nicht untersuchen wird. Ich muss dringend etwas tun, um sie auf andere Gedanken zu bringen. Die Praxis der Gynäkologin liegt etwas außerhalb der Stadt, und ich parke absichtlich auf dem Hinterhof zwischen einem schwarzen Lieferwagen und zwei hohen Mülltonnen. Des Weiteren hat mein Auto den Vorteil, den getönte Scheiben mit sich bringen: Man erkennt nicht, was im Inneren vor sich geht. Ich greife unter Mias Sitz, fahre ihn, so weit es geht, nach hinten und betätige neben ihr den Hebel, um sie in eine Liegeposition zu bringen.

»So, Engelchen. Da wir noch ein paar Minuten Zeit

haben, spielen wir das Ganze jetzt mal durch. Ich bin Dr. Meyer in der schlimmsten Variante. Leider habe ich kein Spekulum dabei, aber ich werde mir schleunigst eines besorgen, um es dir täglich mehrfach reinzustecken, bis du dich daran gewöhnt hast. Jetzt müssen meine Finger genügen. Also schön brav liegenbleiben, und Slip aus!«

Kapitel Fünfzehn

Φ Mia Φ

Ich denke, ich höre nicht richtig. Was hat er denn jetzt wieder vor? Reicht es nicht, dass ich zu dieser Ärztin gehen muss? Jetzt will er mich auch noch vorab untersuchen. Frau Dr. Meyer in ihrer schlimmsten Variante … hallt es in mir wider, und ich sehe ihn ängstlich an.

»Na, komm schon, Püppi. Raus aus dem Schlüpferchen, wir haben nicht ewig Zeit!«, fordert er, und ich spüre, dass er es ernst meint. Er will mich doch jetzt nicht auf dem Parkplatz untersuchen? Obwohl ich Duken alles zutraue. Nach der Aktion mit dem Foto von meinem Po, das er tatsächlich meinem Vater geschickt hat, sind all meine Ängste und Zweifel zurückgekehrt. Er weiß doch genau, dass mir gerade in Bezug auf meinen Vater viele Dinge extrem unangenehm sind. Ihn permanent als Druckmittel einzusetzen, quält mich auf unvorstellbare Weise.

Zaghaft entledige ich mich meines Slips, der meine nackten Beine hinab rutscht. Ich trage nur ein legeres Kleid, wie es mir Duken empfohlen hat. Es ist weiß und mit unzähligen kleinen rosafarbenen Röschen bedruckt. Es hat ein seidenes Unterbrustband sowie

Spaghettiträger und verläuft nach unten hin leicht ausladend, sodass es bei jeder Bewegung mitschwingt. Es reicht mir bis zu den Knien, ist nicht zu kurz, aber auch nicht zu lang.

Duken hat mir vorgestern erzählt, dass ich mich mit dieser Bekleidung nicht weiter ausziehen müsse. Ich könne das Kleid bei der Untersuchung anlassen, hat er mir versichert. Und wenn die Ärztin meine Brüste abtaste, müsse ich auch nur die Spaghettiträger abnehmen, mehr nicht. Er weiß, dass ich mich ganz furchtbar fühle, wenn ich mich anderen Menschen nackt präsentieren muss. Nacktheit war im Kloster die größte Sünde. Man musste sich immer bedeckt halten. Selbst ein etwas tieferer Ausschnitt wurde mit sträflichen Blicken geahndet, und kurze Röcke oder Kleider waren ebenfalls tabu. Diese Erziehungsmaßnahmen haben mich geprägt. Ich hatte es nie mit Freizügigkeit zu tun und fühle mich schier ausgeliefert, wenn ich meine Kleidung ablegen muss, die für mich Schutz bedeutet. Ich würde auch nie nach dem Sport mit meinen Freundinnen duschen gehen. Lieber laufe ich verschwitzt nach Hause, und selbst Arztbesuche meide ich, wenn es um spezielle Körperteile geht. Mit meinem Zahnarzt habe ich keine Probleme, aber ich kann mich gut daran erinnern, wie scheußlich ich mich gefühlt habe, als ich vor drei Jahren eine Grippe hatte und das Fieber abends so stark anstieg, dass mich die Nonnen in eine Notambulanz brachten, wo ich von einem älteren Doktor abgehört wurde, für den ich meinen Oberkörper komplett freimachen musste.

Ich habe anschließend zehn Ave Marias gebetet

und gehe seitdem lieber in die Apotheke, wenn ich eine Erkältung habe, anstatt einen Arzt aufzusuchen.

Ich schäme mich auf schmerzliche Weise, wenn ich mich vor anderen nackt zeigen muss. Alles in mir verkrampft sich, zieht sich zusammen und nimmt mir die Luft zum Atmen. Es ist ein unerträglicher Zustand, der nur in Dukens Gegenwart nicht mehr so extrem ist. An seine Blicke habe ich mich offenbar gewöhnt.

Die Tatsache, dass er mich in- und auswendig kennt, habe ich akzeptiert, und ich muss gestehen, es fühlt sich sogar befreiend an. Er schafft es auch immer, mich meine Nacktheit vergessen zu lassen, weil meist andere Gefühle in seinem Beisein stärker sind als meine Scham. Aber das funktioniert nur, wenn wir alleine sind.

Wenn ich mir vorstelle, dass mich gleich eine fremde Person an sehr intimen Stellen ungeschützt begutachten wird, könnte ich schon wieder weinen, obwohl ich gerade ein bisschen abgelenkt werde, denn er schiebt meinen Sitz noch weiter zurück, hebt mein rechtes Bein an und stellt es auf das Armaturenbrett.

»So, Fräulein Lind. Und jetzt entspannen Sie sich bitte, denn wir wollen ja nicht, dass Ihnen etwas wehtut!«, sagt er schelmisch und greift zwischen meine Beine. Demonstrativ schiebt er zudem mein Kleid so hoch, dass meine blanke Scham offen präsentiert wird, was mich aktuell nicht stört, schließlich sind wir ja alleine. Nichtsdestotrotz schaue ich immer wieder verunsichert aus den Autofenstern, weil ich befürchte, dass uns jemand sehen könnte.

»Bitte nicht ablenken lassen, wir wollen uns doch heute ganz Ihrem Innenleben zuwenden und ein paar Sensibilitätstests machen. Wie finden Sie denn das?«, fragt er und beginnt umgehend, meinen Kitzler zu stimulieren, sodass ich Sternchen sehe und stöhnen muss. Ich kralle mich an den Griff der Autotür und rutsche automatisch tiefer.

Himmel, er macht das so stark! Ohne sanftes Antasten streicht und kratzt er ganz gezielt über meine sensible Klit. Er benutzt sogar seine Fingernägel, sodass es mir bis in die Füße brennt, und bringt diesen kleinen Punkt und somit mich in einen Ausnahmezustand.

»Oh, Gott … das tut sie doch nicht wirklich, oder?«, will ich wissen und sehe ihn panisch an.

»Mein liebes Fräulein Lind, es ist Ihre erste gynäkologische Untersuchung. Da muss schließlich getestet werden, ob Ihre Genitalien auch funktionieren, wie sie es sollen. Wie ich allerdings bemerke, reagieren Sie hyperempfindlich auf die Berührung Ihrer Klitoris. Das muss ich mir jetzt genauer ansehen«, sagt er, und ich beobachte, wie er in das Handschuhfach greift und dort eine kleine schwarze Ledertasche entnimmt.

Ich mag es gar nicht, dass er mich mit Sie anspricht. Das raubt die vertraute Atmosphäre zwischen uns und ängstigt mich. Ebenfalls ängstigt mich der Inhalt des kleinen Ledereetuis. Das ist nämlich ein Nagelscherenset mit vielen spitzen Gegenständen, unter anderem auch einer Pinzette, die er gerade herausnimmt.

»Ganz ruhig liegenbleiben, Fräulein Lind, sonst

könnte es mitunter sehr wehtun. Ich werde jetzt Ihre Labien gezielt untersuchen und mir anschließend nochmal Ihre Klitoris vornehmen. Dafür habe ich ausgezeichnetes Equipment, wie ich selbst gerade feststelle. Neben einer kleinen spitzen Schere kann ich mitunter eine Saphirnagelfeile, einen Hautschieber, ein Pealing-Messer und eine entzückende Pealing-Gabel nutzen, um Ihre Reaktionen zu testen«, sagt er augenzwinkernd, und mir geht es durch und durch, als mein Blick in dieses Täschchen fällt

»Nur keine Aufregung! Sie werden es überleben«, lässt er mich wissen, und mein Herz rast, als er meine Beine noch weiter spreizt und die Pinzette ansetzt. Er zieht damit meine inneren Schamlippen ganz lang, sodass ich sie sogar mit einem angestrengten Blick nach unten aus meiner Liegeposition sehen kann.

Oh … wie peinlich!

»Wunderbar elastisch. Nicht zu kurz, nicht zu lang, in einem satten Rotton und sehr schön durchblutet«, höre ich ihn sagen und halte mir die Hände vor die Augen, obwohl ich mir am liebsten zeitgleich etwas in die Ohren stecken möchte.

Jetzt spüre ich, wie er die Pinzette an meiner Klit ansetzt und zucke zusammen.

»Ganz ruhig, Fräulein Lind! Sie müssen jetzt ganz still liegenbleiben, denn ich will mir ein Bild von dem wichtigsten kleinen Knoten Ihres Körpers machen. Die Klitoris einer jeden Frau ist ein ganz besonderer Körperteil. Winzig, zart und doch so ausschlaggebend, wie Sie gleich spüren werden. Zuerst werde ich sie gezielt mit der Pinzette greifen und überprüfen, wie dehnbar sie ist«, lässt er mich wissen, gleitet tatsächlich mit der Pinzette hinein und zieht sie nach oben, sodass ich sich mein Becken automatisch mit aufbäumen muss. Und schreien tue ich auch wie verrückt. Es ist quälend. Nicht unbedingt schmerzhaft, aber die Gefühle sind extrem.

»Na, das war doch schon mal sehr gut. Jetzt möchte ich wissen, wie weit ich ihren kleinen Schwellkörper reizen muss, damit er auf seine ganze Größe anschwillt. Dazu verwende ich die Nagelfeile, bevor ich anschließend zu der kleinen Pealing-Gabel greife, mit der ich ihn gezielt necken werde«, erklärt er detailliert und setzt die silberfarbene Nagelfeile an, mit der er nun meine Klit drangsaliert. Mit seinen Fingern hält er meine Schamlippen weit geöffnet und feilt meine sensible Stelle von allen Seiten. Das prickelt, brennt und macht mich ganz rasend. Ich stöhne ohne Unterlass und merke selbst, wie ich anschwelle.

»Hervorragend! Ihre Klitoris ist binnen Sekunden auf das Dreifache der ursprünglichen Größe angewachsen. Nun kann ich mit der Pealing-Gabel und dem kleinen Messer untersuchen, wie sie auf gezielte Stimulationen reagiert«, sagt er und geht mit diesen silbernen kleinen, spitzen Teilen auf mich los. Er zieht das kleine Häutchen meiner Klit stark nach oben, sodass sie blank und ungeschützt ist. Dann kratzt er mit den Pealingteilen abwechselnd auf meinem wundersamsten Punkt.

Ich gebe Laute von mir, die ich selbst noch nie gehört habe. Das ist wie Foltern! Immer wieder schabt er hoch und runter, stupst mich an und kratzt darauf herum.

Es fühlt sich an wie winzige Elektroschocks, und meine arme Klit zuckt bei jeder Berührung. Ich stemme meinen rechten Fuß auf das Armaturenbrett, kralle mich am Türgriff fest und pruste und stöhne, was das Zeug hält.

»Na, das machen Sie ja ganz wunderbar, Fräulein Lind. Dann will ich jetzt zum letzten Test kommen. Nochmal ganz tief einatmen bitte!«, sagt er, und ich sehe aus den Augenwinkeln, wie er zu der kleinen spitzen Nagelschere greift.

Umgehend rast mein Herz. Das kann er doch nicht …

»AAH! AUA! AAAAAAh, ooooh, Gott …«, strömt es aus mir, als er kurz hinein gepiekt hat. Ich habe mich noch nicht erholt, als mich schon der nächste Stich trifft, und wieder schreie ich auf.

Er piekst mit der Spitze ganz gezielt in meine Klit, und Stromstöße sind nichts dagegen. Ich glaube, ich halte das nicht aus! Es macht mich rasend.

»Ich kann nicht mehr! Ich ertrage das nicht!«, lasse ich ihn wissen.

»Oh, ein kleiner Stich sollte noch drin sein, denn diese Untersuchung sagt nicht nur viel über Ihre Klitoris aus, sie ist auch gleichzeitig ein wunderbarer Stimmtest, wie ich hören kann. Nur zu, zeigen Sie mir, welche Klangfarben Ihre Stimme aufweisen kann!«

Und wieder sticht er zu, und ich gebe ihm seine Klangfarben. Halleluja, ist das irre! Solche Gefühle hatte ich noch nie. Dieser kleine Punkt zwischen meinen Beinen ist so präsent wie die Sonne in unserem Universum. Er ist nun Zentrum meines

Körpers, nie habe ich ihn deutlicher gespürt.

»Sehr schön. Man sieht nun ausgezeichnet, dass es sich bei der Klitoris um einen Schwellkörper handelt. Ihre ist derzeit hervorragend durchblutet, hat sich zu einem rosenförmigen Köpfchen verwandelt und sticht deutlich angeregt hervor. Zudem kann ich im Vaginalbereich eine erhöhte Sekretbildung ertasten«, erklärt er stichhaltig, während zwei seiner Finger in mich fahren.

»Um es für Sie ganz verständlich auszudrücken, Sie sind inzwischen richtig geil, und Ihre Klitoris verlangt nach Befriedigung. Vorher muss ich mir allerdings noch Ihre Brüste ansehen und Ihre empfindlichen Brustwarzen auf deren Sensibilität untersuchen«, sagt er klar und deutlich, während er meine Spaghettiträger nach unten zieht und meine Brüste schneller, als ich gucken kann, aus dem BH genommen hat. Sie stehen nun über dem Kleid, das unter ihnen hängt. Umgehend beginnt er, mit meinen Nippeln zu spielen …

»Oh Gott, bitte! Ich kann nicht mehr«, säusele ich und spüre selbst, wie feucht es mittlerweile zwischen meinen Beinen ist.

»Das muss noch sein, Fräulein Lind. Wir wollen doch wissen, ob alles funktioniert oder ob es an einigen Stellen hapert«, erklärt er und zückt jetzt eine ganz spitze Pinzette, die er mit seiner Fingerkuppe spreizt, sodass es gleich zwei nadelähnliche Spitzen sind, mit denen er mich traktieren kann.

Er wartet auch nicht lange und piekst ringsherum in meinen Warzenhof, bis sich dieser scharf zusammenzieht, während ich unter der Tortur nicht mehr stillhalten kann. Meine Nippel werden bombenfest. Dann sticht er auch in sie, während ich wieder stöhnen muss.

Ganze zehn Piekser setzt er gekonnt auf jede Seite, bis mein Herz rast, ich beinahe zu sabbern beginne und sich mein Unterleib vor Lust windet.

»Wunderbar! Die Reaktionen Ihres Körpers sind vorzüglich. Er tut genau das, was er soll und dürfte jetzt in einem bizarr erregten Zustand sein, in dem er nur noch eines braucht: Erlösung. Ich bin sehr gespannt, wie viel Zeit Sie benötigen, um zum Höhepunkt zu gelangen. Ich schätze, wir schaffen das binnen drei Minuten in Ihrer gegenwärtigen notgeilen Situation«, lässt er mich wissen, und seine Lippen wandern umgehend zu meinen elektrisierten Nippeln, die sich nach seiner feuchten Mundhöhle sehnen. Zeitgleich wandert seine Hand zwischen meine Spalte und widmet sich dort meinem Kitzler, der so prall steht, als hätte man ihn aufgespritzt.

Dukens Finger fahren in mich, massieren gezielt meinen G-Punkt, während sein Daumen, den er zuvor mit meiner Nässe befeuchtet hat, meiner armen Klit endlich Linderung verschafft.

Und auch meine Brustwarzen können von seinen abwechselnden Liebkosungen nicht genug bekommen.

Willig biete ich mich ihm an, presse ihm meinen Körper entgegen, drücke gegen seine Hand, von der ich mehr spüren möchte. Ich stöhne ohne Unterlass und bemerke, wie sich die Hitze in mir in ein loderndes Feuer verwandelt. Drei Minuten, hatte er gesagt.

Ich glaube, ich unterbiete diese Zeit, denn der Orgasmus überkommt mich wie ein Vulkanausbruch. Alles zieht sich zusammen, und dann finde ich endlich Erlösung! Es zuckt mehrfach in meinen Genitalien, und das Zucken zieht sich quälend hin … Ich glaube, so lange bin ich noch nie gekommen.

Ich schreie und stöhne und habe glatt vergessen, dass wir in einem Auto sind. Erst, als ich wieder zu mir komme, fällt mir ein, wo ich bin und weshalb wir überhaupt hier sind!

Um Himmels Willen …

Meine Untersuchung steht gleich an! Das hatte ich ganz vergessen. Ich liege hier, völlig fertig und mit bebendem Leib. Mein Puls rast, ich bin ganz feucht und geschwollen. Mein Saft tropft mir die Schenkel hinab, und meine Brüste waren nie empfindlicher als in diesem Moment. Sie pieksen jetzt noch, obwohl keiner mehr etwas macht.

Duken sitzt neben mir. Sein schelmischer Blick fällt von oben auf meinen Körper, während ich nach Atem und Fassung ringe.

»Sehr gut, Engelchen, das hast du ganz toll gemacht! Wir wären dann bereit für deine allererste gynäkologische Untersuchung. Na, komm! In zehn Minuten ist der Termin, wir sollten jetzt reingehen.«

Ich glaube, mich zu verhören. Ich kann doch nicht SO zu der Untersuchung erscheinen. Es ist doch undenkbar, mich in diesem Zustand der Ärztin zu präsentieren!

Was soll sie nur von mir denken?

»Duken, das geht jetzt nicht! Sie wird doch bemerken, wie feucht ich bin. Meine Schenkel kleben schließlich, ich bin total nass, und mein Kitzler ist noch ganz geschwollen. Ich schäme mich in Grund und Boden!«

Wieder grinst er wie ein Honigkuchenpferd und stellt meinen Sitz endlich hoch, sodass ich mich ein wenig akklimatisieren kann.

»Komisch, jetzt machst du dir Gedanken um deine sexuelle Ausstrahlung. Vorhin war die Untersuchung an sich für dich das Problem.«

»Ist sie ja auch! Und wie! Alles ist schlimm. Alles! Dass die Ärztin mich sehen wird, mich berühren wird … Nur habe ich das eben kurz vergessen. Und jetzt finde ich es furchtbar, dass ausgerechnet diese Stellen so, so … stark … äh … durchblutet sind. Verdammt, die merkt doch garantiert, dass du … dass du, naja, du weißt schon!«, quäle ich die Worte aus mir heraus, während sein Grinsen noch breiter wird, was ich nie für möglich gehalten hätte.

»Nun, ich glaube nicht, dass sie denkt, ich sei für deine Geilheit verantwortlich. Ich habe ihr gesagt, dass ich dein Arzt bin und dich nur begleite, weil es dein erstes Mal ist … bei einem Gynäkologen. Ach, Püppchen, mache dir doch keine Gedanken! Du bist jetzt einfach schön vorbereitet und wirst dadurch nicht mehr viel spüren.«

»DUKEN! BITTE! Ich schäme mich, ganz, ganz sehr!«

»Du und deine Schamgefühle … Dagegen müssen wir dringend etwas unternehmen, und die Untersuchung heute ist ein grandioser Anfang. Also komm jetzt! Husch in den Slip, und wenn du dich beeilst, kannst du dich im Badezimmer noch ein wenig frisch machen. Ich habe Feuchttücher dabei. Damit kannst du dein *Aphrodisiakum*, das an deinen Schenkeln klebt, ein wenig abputzen. Und sei froh, dass sie kein Mann ist! Der würde glatt hineinkriechen, bei dem Duft, den du gerade verströmst.«

»Musst du mich noch mehr ärgern? Reicht das nicht schon? Können wir nicht den Termin verschieben? Ich würde gerne duschen, mich frisch machen. Können wir nicht besser morgen zu ihr gehen? Bitte! Bitte! Bitte!«

»Nein! Nein! Nein! Wir gehen jetzt! Und solange du dir Gedanken über deine Geilheit und deine Säfte machst, bist du wenigstens von der Untersuchung etwas abgelenkt. Das kann dir nur guttun, und jetzt komm, ich möchte nicht zu spät erscheinen!«

Kapitel Sechzehn

Φ Duken Φ

Na, da konnte ich sie ja nochmal ein bisschen ablenken. Ich hätte gar nicht gedacht, dass es möglich ist, ihre Ängste in Bezug auf die Untersuchung umzulenken. Ich denke ernsthaft, dass ihre Sorge, Frau Dr. Meyer könne ihre sexuelle Aktivität bemerken, größer ist als die Furcht vor der Untersuchung an sich.

Dennoch hat sie Panik, ich kann es deutlich sehen, als sie zittrig aus dem Auto steigt. Ihre Pupillen sind ganz groß, und ihr kleines Herzchen pocht so stark, dass sich sogar ihre kleinen spitzen Brüste unter dem Kleidchen auf und ab bewegen.

Ihr panischer Zustand wird von Minute zu Minute dramatischer, je näher wir der Praxis kommen. Vor dem Eingang befürchte ich, eine Mund-zu-Mund-Beatmung durchführen zu müssen, denn sie klappt mir beinahe zusammen. »Mia, beruhige dich! Es passiert dir nichts. Ich bleibe die ganze Zeit dabei. Die Untersuchung dauert keine zehn Minuten, du wirst weder Schmerzen noch sonst etwas haben, und ehe du dich versiehst, sind wir wieder draußen.«

»Wird sie so etwas tun wie du im Auto? So einen Test, so einen Funktionstest?«, fragt sie mich allen

Ernstes.

»Nein, natürlich nicht! Sie darf dich in keiner Weise stimulieren, das ist verboten. Du wirst zwar die vaginale Untersuchung spüren, aber auf keine anregende Art. Für die bin einzig ich verantwortlich! Du solltest dir lieber Gedanken um unseren heutigen Abend machen, als um die kleine Untersuchung von Frau Dr. Meyer. Ich bin heute nämlich noch nicht auf meine Kosten gekommen und habe Einiges mit dir vor«, versuche ich sie jetzt mit einer anderen Methode abzulenken, was allerdings nicht zu funktionieren scheint.

»Augenblicklich könntest du alles mit mir machen, wenn ich nur nicht da hinein müsste. Ich glaube, ich würde sogar mit dir in diesen Club gehen«, sagt sie ganz leise, und ich trete ein Stück zurück, um ihr in die Augen sehen zu können. Sie meint das ernst! Sie muss höllische Angst haben. Ich frage mich nur, warum. Was in ihr verursacht nur solch eine unglaubliche Furcht?

Schweren Herzens drücke ich die Türklinke auf. Als ich nach ihrer Hand greife, merke ich, wie kühl und feucht sie ist. Eventuell hätte ich ihr ein weiteres Beruhigungsmittel verabreichen sollen, aber dafür ist es nun zu spät.

Gott sei Dank ist die Praxis verhältnismäßig leer. Nur zwei Frauen sitzen im Wartebereich. Mia ist derweil zur Salzsäule erstarrt. Völlig unbeweglich steht sie im Gang und sieht sich ängstlich um.

Ich habe ihre Chipkarte bei mir und erledige erstmal die Anmeldung für sie. Auch den Anamnesefragebogen nehme ich an mich, um ihn auszufüllen, wie es bei einer Erstbehandlung üblich ist.

»Mia, geh doch bitte kurz auf die Toilette und mach dich frisch. Ich fülle solange deinen Fragebogen aus«, flüstere ich ihr zu, und reiche ihr eine kleine Packung mit Feuchttüchern.

Wenn ich sehe, wie bedächtig sie zu den Toiletten schleicht, schwant mir Böses. Ich glaube, ich muss vorab dringend mit Frau Dr. Meyer reden, um sie ein bisschen auf Mia einzustimmen.

Jetzt widme ich mich dem Fragebogen, der für mich keine große Hürde darstellt, da ich fast alles über sie weiß. Bei mir musste sie am ersten Tag ähnliche Zettel ausfüllen, die ich für meine Unterlagen brauche und die ich in ihrem Fall geradezu studiert habe. Daher kenne ich sämtliche Vorerkrankungen, die in Mias Fall nicht existent sind. Ebenso wenig nimmt sie regelmäßig Medikamente ein, und bis auf einen kleinen Heuschnupfen hat sie auch keine nennenswerten Allergien. Selbst ihre allererste und ihre letzte Regelblutung sind mir bestens bekannt. Ich führe inzwischen einen eigenen Planer für sie und weiß, dass es in den nächsten drei Tagen wieder soweit sein muss, weshalb mir der heutige Tag für die Untersuchung auch so wichtig ist, zumal der Menstruationsbeginn den perfekten Einstieg in die Pilleneinnahme darstellt und wir sonst einen ganzen Monat länger warten müssten.

Binnen Minuten habe ich alle Fragen beantwortet und gebe das Klemmbrett mit den Zetteln wieder am Empfang ab. Von meinem Engelchen fehlt aber noch jede Spur, weshalb ich zu Mia auf die Damentoilette husche. Nun gut, eine Herrentoilette gibt es hier nicht, insofern kann mir keiner etwas vorwerfen.

Sie lehnt am Waschbecken. Sie zittert und weint.

Mich trifft ihr Anblick wie schmerzhafte Schläge.

Ich kann sie weder weinen noch leiden sehen. Okay, manchmal so ein bisschen leiden, wenn ich genau weiß, dass es nichts Ernstes ist, aber jetzt leidet sie wirklich, und ich kann nicht nachempfinden, wieso.

Als Arzt ist es mir neu, dass Menschen aufgrund einer bevorstehenden Untersuchung derart verängstigt reagieren. Ich bin mir im Klaren darüber, dass Aufregung und eine gewisse Nervosität meist dazugehören. Vor einer OP eventuell auch Angst. Aber bei Mia nimmt es Ausmaße an, die phobieähnlich sind, und ich weiß einfach nicht, wie ich ihr noch helfen kann.

Mitfühlend gehe ich zu ihr und schließe sie fest in meine Arme. Sie klammert sich an mich wie ein kleines Äffchen. »Ich habe solche Angst«, flüstert sie mir ins Ohr.

»Ich weiß, und das tut mir leid. Ich würde sonst etwas geben, um dir deine Angst zu nehmen. Aber wenn wir jetzt gehen, schürt es nur deine Angst beim nächsten Mal. Du kommst in deinem Leben nicht um den Besuch bei einem Gynäkologen herum, weshalb wir das Problem nur verlagern würden. Ängsten muss man begegnen, sich ihnen stellen, um sie zu bekämpfen. Und oftmals ist die Angst vor einer Sache viel schlimmer als die Sache an sich. Überleg doch mal ganz realistisch … Es wird dir nichts passieren! Frau Dr. Meyer macht nur ihren Job und schaut nach, ob alles in Ordnung ist – mehr nicht! Sie ist eine Frau, und sie weiß, wie eine Muschi aussieht. Erstens hat sie selbst eine, und zweitens sieht die Ärmste den ganzen Tag nichts anderes. Ich möchte nicht mit ihr tauschen, mir wäre das ein bisschen zu viel des Guten«, gestehe ich ehrlich, und mir wird zum ersten Mal bewusst, was ich Mia angetan haben muss, als ich sie bei mir festgebunden, ausgezogen und einfach stimuliert habe. Sie muss durch die Hölle gegangen sein, und mir tut das plötzlich wahnsinnig leid, zumal ich selbst weiß, wie sich sexueller Missbrauch anfühlt und dass man es nie überwindet.

»Wie hast du es eigentlich geschafft, vor zwölf Tagen zurück in meine Praxis zu kommen, wohl wissend, was ich mit dir vorhabe?«, flüstere ich ihr ins Ohr, und es interessiert mich wirklich.

»Es war schlimm, ganz schrecklich! Aber ich hatte solche Angst, dass du die Aufnahmen herumschicken würdest und daher musste ich ja zu dir gehen«, antwortet sie weinerlich. Ich schließe ihr kleines Gesicht ganz fest in meine Hände, um ihr in die Augen schauen zu können.

»Ich verspreche dir, dass ich diese Aufnahmen niemals, unter gar keinen Umständen, irgendeiner Menschenseele zugänglich machen werde. Okay?«

Sie schaut mich an und nickt. »Können wir trotzdem bitte gehen? Ich möchte keine Pille mehr. Wir können doch Kondome nehmen. Ich kaufe auch ganz viele.«

Ich wusste gar nicht, wie sensibel mein Herz auf sie reagieren kann. Ihre Stimme macht mich schwach und dringt mir bis ins Mark.

»Mir geht es nicht um die Pille! Ich bin Arzt und bekomme dieses Verhütungsmittel an jeder Ecke. Mir geht es einzig und alleine um deine Gesundheit, und wir werden jetzt gemeinsam zu Frau Dr. Meyer gehen, die garantiert schon auf dich wartet. Wenn du es vor Tagen geschafft hast, ganz alleine zu mir zu kommen, wohl wissend, dass ich Sex von dir verlangen würde, als du noch Jungfrau warst, dann schaffst du diese kleine Untersuchung allemal«, versuche ich sie aufzubauen, aber die Tränen in ihren Augen sprechen Bände.

»Und solltest du dir Gedanken über unser kleines Vorspiel im Auto machen, kann ich dich ebenfalls beruhigen. Ihr wird das nicht auffallen! Sie kann unmöglich erkennen, ob du vorhin stimuliert worden bist oder nicht. Hätte ich dir mein Sperma injiziert, wäre das eine andere Geschichte, das hätte sie riechen können, aber du kannst ganz beruhigt sein. Deine süße Perle hat sich schon lange wieder erholt, ich habe sie doch nur ein bisschen geärgert. Heute Abend bekommt sie es mit meinem Mister Zunge zu tun, darüber solltest du dir lieber Gedanken machen«, versuche ich sie zu necken, und es scheint ein bisschen zu wirken, denn sie lächelt mich an, und mir fällt ein Stein vom Herzen.

Was ist nur mit mir los? Was löst dieses kleine Mädchen nur in mir aus? Sie macht mich wahnsinnig mit ihrer Art, und ich will nur noch eines, sie beschützen.

Als wir gemeinsam aus der Toilette kommen, würde sogar einem Blinden auffallen, dass ich nicht ihr Arzt bin, wie ich mich hier vorgestellt hatte. Und natürlich bemerkt es Frau Dr. Meyer umgehend.

Wie ich befürchtet habe, wartet sie bereits auf uns und steht sogar im Empfangsbereich, da wir deutlich über der Zeit sind. Der Ärztin genügt ein Blick auf uns, und sie weiß sofort, wie der Hase läuft. Sei's drum, ich will mich jetzt auch nicht verstellen, und Mia braucht mich.

Sie hängt wie eine Klette an mir, und ich spüre ihr rasendes Herz. Immer wieder sucht sie meinen Blick, da ihrer stumm nach Hilfe schreit.

»Geh doch bitte nochmal kurz in den Warteraum. Ich würde gerne vorab ein paar Worte mit Frau Dr. Meyer wechseln«, sage ich leise zu ihr und wende mich gleichzeitig an die Ärztin. »Wenn Ihnen das recht ist?«

»Sofern Frau Lind nichts dagegen hat?«, wirft Frau Dr. Meyer ein, und Mia sieht mich mit ihren großen blauen Augen an. Dann schüttelt sie den Kopf. »Nein, habe ich nicht«, antwortet sie leise und schleicht langsam in das leere Wartezimmer, wobei es ihr schwer fällt, sich von mir zu lösen. Immer wieder dreht sie sich zu mir um, und ich mag sie jetzt auch gar nicht lange alleine lassen. Dennoch muss ich ein paar Dinge vorab klarstellen, und weiß selber noch nicht, wie und wo ich anfangen soll.

Frau Dr. Meyer bittet mich in einen kleinen Nebenraum des Behandlungszimmers. Sie ist eine große Frau mittleren Alters, gewiss schon um die fünfzig Jahre, und sie strahlt Autorität aus.

»Dr. Moore … Wie kann ich Ihnen helfen?«

»Mit einem Betäubungsgewehr, wenn ich ganz

ehrlich sein darf«, starte ich ohne Umschweife. »Mia hat unglaubliche Angst vor der Untersuchung, und ich bin froh, dass ich sie überhaupt bis hierher bekommen habe. Es müsste dringend vorsorglich nach ihr geschaut werden. Sie wird demnächst zwanzig Jahre alt, und ich will sichergehen, dass sie keine Zysten oder Schlimmeres hat, weil sie noch nie gynäkologisch untersucht wurde.«

»Natürlich, das ist gar kein Problem. Wollen wir sie nicht lieber zu dem Gespräch dazu holen?«

»Ich will erst sichergehen, dass Sie sich auf sie einstellen können, denn Mia ist leicht traumatisiert, was ärztliche Behandlungen betrifft«, versuche ich zu umschreiben, was ich angerichtet habe.

»In welchem Verhältnis stehen Sie zueinander?«, fragt Frau Meyer offen heraus.

Ich weiß, dass sie das nichts angeht, und ich diese Frage auch nicht beantworten muss, dennoch kann ich mir jegliche Lügen sparen, da unser gemeinsamer Gang aus dem Toilettenraum zu offensichtlich war.

Ehe ich zum Antworten komme, hakt sie allerdings erneut nach. »Sie sind doch nicht ihr Arzt, oder?«

»Nicht nur, nein. Sie liegt mir sehr am Herzen, und ich wünsche, dass sie sich Ihrer überaus einfühlsam annehmen!«

»Nichts liegt mir ferner. Das versuche ich immer, bei all meinen Patientinnen. Dennoch hätte ich Frau Lind jetzt gerne dabei, um mir ihre Sicht der Dinge anzuhören.«

Ich nicke zustimmend, während eine Arzthelferin beauftragt wird, Mia hinzuzuholen.

Da ich schon immer ein Problem mit Frauen hatte,

fällt mir die Konversation mit Frau Dr. Meyer alles andere als leicht. Viel lieber wäre ich mit Mia zu Dr. Wagner gegangen. Bei ihm hätte ich sie sogar unter Anleitung selbst untersuchen können, so gut verstehen wir uns. Aber Frau Dr. Meyer und ich werden keine Freunde, so viel steht fest. Allerdings erkenne ich ihre Kompetenz, und hier geht es nicht um mich, sondern um Mia.

Sie wirkt so zerbrechlich, als die Assistentin sie in den Raum bringt. Umgehend greife ich nach ihrer Hand, die sie dankend annimmt, als sie sich zittrig neben mich auf den freien Stuhl setzt.

»Frau Lind, guten Tag. Ich bin Frau Dr. Meyer und seit über zwanzig Jahren Spezialistin für Frauenheilkunde und Geburtshilfe. Wie kann ich Ihnen helfen?«, stellte sie sich vor und reicht Mia die Hand zur Begrüßung, was ich sehr löblich finde. Allerdings bekommt Mia kein Wort heraus. Anstatt der Ärztin zu antworten, schaut sie mich an.

»Sag, was du sagen willst, Engelchen! Und wenn du Fragen hast, dann frag! Jetzt ist der beste Zeitpunkt«, versuche ich sie zu ermutigen, aber Mia bleibt stumm. Ich sehe, wie sie mit sich kämpft und es wirklich versucht, doch kein Wort kommt über ihre Lippen.

»Frau Lind, wollen wir uns lieber alleine unterhalten? Soll Dr. Moore besser nach draußen gehen?«, fragt die gute Frau Doktor allen Ernstes, und am liebsten würde ich ihr ein paar Takte sagen, aber Mia schüttelt heftig den Kopf. »Nein, nein, er soll dabei bleiben!«, antwortet sie sehr überzeugend.

»In Ordnung, ganz, wie Sie wollen. Ich habe schon gehört, dass Sie sich vor der Untersuchung fürchten.

Wie kann ich es Ihnen leichter machen? Wollen Sie sich erstmal alles ansehen, und ich erkläre Ihnen, was auf Sie zukommt?«

Wieder wandert Mias Blick fragend zu mir.

»Das wäre wohl das Beste«, antworte ich, und so kommt es, dass sich Mia in das Behandlungszimmer führen lässt. Ich halte sie im Arm und spüre, wie sehr sie sich versteift, als sie den Untersuchungsstuhl sieht.

Ihre zarten Hände krallen sich in meine Unterarme, und auch Frau Dr. Meyer entgeht Mias Panikattacke nicht.

»Wovor haben Sie solche Angst?«, will sie interessiert wissen. Das frage ich mich auch, denn an mir alleine kann das nun wirklich nicht liegen.

Ich staune, als Mia tatsächlich antwortet und von ihrem Leben im Internat zu erzählen beginnt. Ich erfahre, dass unter den Nonnen Freizügigkeit verpönt war und höre, wie sie zugibt, große Probleme mit ihrer Nacktheit und Panik davor zu haben, sich auf den Untersuchungsstuhl zu setzen.

»Das finde ich traurig, gar gefährlich, was Ihre Zukunft betrifft. Stellen Sie sich mal vor, Sie haben einen Unfall, oder werden schwanger, müssen operiert oder anderweitig therapiert werden, und ständig hat Sie die Angst wegen Ihrer Blöße im Griff. Natürlich gehört ein gewisses Maß an Schamgefühl bei einer gynäkologischen Untersuchung dazu. Das geht jeder Patientin so, wir sind alle nur Menschen, und auch ich selbst bin nicht begeistert, wenn ich zu meinem Gynäkologen gehen muss. Aber die Gesundheit sollte immer Vorrang haben«, erklärt Frau Dr. Meyer, und ich kann ihr nur zustimmen.

»Ich weiß ja«, flüstert Mia und starrt zu Boden.

»Haben Sie noch vor etwas anderem Angst? Eventuell vor der Untersuchung? Soll ich Ihnen mal die ganzen Gerätschaften zeigen und Ihnen erklären, was ich im Einzelnen tun würde?«, fragt sie, und ich falle ihr ins Wort. »Besser nicht! Ich wäre dafür, dass Sie jetzt einfach mit der Untersuchung anfangen. Mia schafft das schon.«

Ich sehe, dass sich Frau Meyer einen bissigen Kommentar verkneift. Aber Mia jetzt ein Spekulum zu zeigen, fördert nicht wirklich ihre Bereitschaft zur Untersuchung. Es reicht, wenn ihre Vagina mit dem netten Teilchen Bekanntschaft macht, ihre Augen müssen das vorab nicht noch tun.

»Ich werde niemanden zu einer Untersuchung zwingen«, sagt sie, und Mia wirft mir einen hämischen Blick zu. Tja, ich bin halt keine Frau Meyer.

»Ich zwinge meine Patienten auch nur höchst selten. Dennoch wäre es psychisch gesehen von Vorteil, wenn Sie Mia jetzt einfach untersuchen würden. Sie haben doch gewiss auch ein paar Semester Psychologie studiert und wissen, was geschieht, wenn man sich Ängsten nicht stellt. Sie gewinnen an Stärke und das ist genau das Gegenteil vom dem, was Mia gebrauchen kann, oder wollen Sie die Verantwortung tragen, falls sie tatsächlich ein unentdecktes Leiden hat und ihr etwas zustößt?«, teile ich aus und appelliere an das Gewissen dieser überkorrekten Schnepfe, denn allmählich wird es mir hier zu bunt.

Ich sehe die Rage der guten Frau, dennoch bewahrt sie Contenance und widmet sich erneut und ganz gezielt Mia, gerade so, als wäre ich Luft.

»Haben Sie denn irgendwelche körperlichen Beschwerden, Frau Lind?«

»Nein!«

»Seit wann haben Sie Ihre Regelblutung?«, will sie jetzt wissen und holt ihren Notizblock zu Rate, auf dem sie mitschreibt.

»Seitdem ich zwölf Jahre alt bin.«

»Besteht eine Menstruationsstörung?«

Lesen die eigentlich ihre eigenen Zettel? Das hatte ich eben alles ausgefüllt.

»Nein, noch nie«, antwortet Mia schüchtern.

»Besteht eine Schwangerschaft?«, fragt sie jetzt, und Mia starrt mich an. Ich schüttle mit dem Kopf und antworte »Nein!«, da ich mir zu tausend Prozent sicher bin, dass dem nicht so ist.

»Gab es vorangegangene Schwangerschaften? Aborte oder Schwangerschaftsabbrüche?«

»Das steht alles auf dem Anamnesezettel, und ebenfalls nein!«, muss ich mich schon wieder ziemlich deutlich einmischen, und die Ärztin schenkt mir einen bösen Blick, fragt aber unbeeindruckt weiter.

»Haben Sie erhöhten Ausfluss, genitalen Juckreiz, Unterbauchschmerzen oder Verhärtungen in der Brust feststellen können?«

Ich schaue genervt auf die Uhr, während Mia abermals zittrig verneint.

»Mia, wollen Sie die Untersuchung?«, hakt diese Tussie nochmal nach, und ich überlege angestrengt, ob ich mein Smartphone zücken soll, um Mia ein bisschen Druck zu machen, denn ihr Vater wartet noch auf eine Antwort. Allerdings kann sie ja wirklich nichts dafür, an so eine überkandidelte Medizinerin geraten zu sein. Schließlich habe ich die Frau auf Empfehlung ausgesucht, wobei mir diese Empfehlung gerade zuwider ist.

»Wollen? Frau Dr. Meyer? Wer WILL schon gerne eine solche Untersuchung? Eventuell formulieren Sie die Frage nochmal um!«, kontere ich, und Mia fällt mir ins Wort.

»Schon gut, ich mach es ja. Wo kann ich mich umziehen?«, fragt sie ganz monoton, und ich glaube, nicht richtig zu hören. Mir fällt gerade eine ganze Wagenladung Gesteinsbrocken vom Herzen, und ich bin mächtig stolz auf meine Kleine, während mich diese Ärztin zur Weißglut bringt.

»Wie schön, dass Sie sich dafür entschieden haben. Bevor wir mit der Untersuchung beginnen, möchte ich Sie gerne detailliert über alles aufklären, was auf Sie zukommt, damit sie später keine Panik haben. Zuerst werde ich Ihre Brust abtasten und auf Knoten und verhärtete Bezirke achten. Zusätzlich werden die Lymphknotenregionen in der Achselhöhle und rund um das Schlüsselbein abgefühlt. Anschließend erfolgt die genitale Inspektion«, erläutert sie, und in dem Moment kneift mir Mia so fest in den Arm, dass ich selbst einen Schrei unterdrücken muss.

Sogleich ziehe ich sie eng an meine Brust, halte sie fest und streichle ihr beruhigend über beide Arme.

Das klingt aber auch ziemlich abstoßend. Ich überlege gerade, ob ich meine Patienten auch so verwirre, als die gute Frau Doktor schon wieder für Aufregung sorgt.

»Zuerst erfolgt die Inspektion des Bauchraumes,

der Leistenregion und des äußeren Genitals. Dabei wird vor allem auf Rötungen, Schwellungen und Kratzspuren geachtet. Zudem werden die Größe und Form der Klitoris und der Schamlippen begutachtet. Des Weiteren werde ich nach etwaigen Blutungen der Vagina Ausschau halten sowie nach Tumoren und Parasiten. Abschließend erfolgen dann die Ultraschalldiagnostik und die Spekulumuntersuchungen, die ich mit einem zweiblättrigen Spekula vornehme, wobei die Scheidenhinter- und Vorderwand aufgedehnt werden, sodass ich die einsehbare Portiooberfläche auf Veränderungen untersuchen kann. Beginnen werden wir allerdings mit der bimanuellen Untersuchung des inneren Genitals. Diese Form dient der Feststellung von Größe, Lage, Form und Druckschmerzempfindlichkeit von Uterus, Adnexen und Portio. Wenn Sie möchten, können Sie sich jetzt gerne hinter dem Paravent freimachen«, erklärt Frau Dr. Meyer ausführlich, und ich weiß genau, weshalb ich kein Gynäkologe geworden bin.

Zudem bin ich glücklich, nicht jährlich zu einem solchen gehen zu müssen, der meine Eier auf deren Größe und Form inspiziert. Irgendwie können einem die Frauen schon leidtun. Und gerade tut mir Mia leid, denn sie sieht völlig fertig aus. Diese kleine Einführung hätte sich Frau Meyer sparen können, dann würde es ihr jetzt wesentlich besser gehen.

Als wäre alles Bisherige nicht schon schockierend genug, wendet sich die gute Frau jetzt auch noch an mich. »Und Sie können während der Untersuchung im Wartezimmer Platz nehmen!«

Umgehend starrt mich Mia ängstlich an und greift nach meinem Arm, um mich festzuhalten.

»Er soll dabei bleiben!«, sagt sie wie aus der Pistole geschossen. Ich wäre sowieso nicht gegangen, aber ihre Worte berühren mich. Nicht nur, dass sie meine Anwesenheit bei so etwas Intimen akzepticrt, sie verlangt sogar danach, was mir zeigt, wie sehr sie mir inzwischen vertrauen muss, trotz allem, was zwischen uns vorgefallen ist.

»Wollen Sie das wirklich, Frau Lind? Eine gynäkologische Untersuchung ist eine sehr vertrauliche Angelegenheit, und ich lege größten Wert auf den Schutz und die Intimsphäre meiner Patientinnen.«

»Er soll dabei bleiben! Bitte. Ohne ihn will ich das nicht.«

»Ganz, wie Sie wünschen«, antwortet Frau Dr. Meyer, und wirft mir einen Blick zu, der eine Mischung aus Anerkennung und aus tausend Fragen aufzeigt.

Ich schließe Mia eng in meine Arme, streiche ihr Haar nach hinten und sehe ihr lange in die Augen. Ich denke, sie erkennt mein dickes Dankeschön der Erleichterung, das ich ihr sagen möchte. Und dann küsse ich mein Engelchen. Lange und intensiv, vor den Augen dieser überheblichen Ärztin, und es fühlt sich gut an, verdammt gut! Ja, mein Baby gehört mir, und das soll sie ruhig sehen. Ich folge Mia auch hinter den kleinen weißen Paravent, wo sie lediglich ihre Schuhe und den weißen Slip auszieht.

»Ich bin stolz auf dich! Richtig stolz. Du schaffst das, hab keine Angst! Es tut nicht weh, auch wenn sich ihre Beschreibung für dich übel angehört haben muss. Aber ich bin schlimmer, glaub mir«, versichere ich ihr lächelnd, und küsse sie erneut.

Ich sehe, wie schwer es ihr fällt, nach vorne zu dem Stuhl zu gehen. Jeder Schritt ist wie ein Kampf für sie, und ich kann nichts tun, außer sie zu begleiten.

Allerdings schlägt meine Stunde, als Frau Dr. Meyer ihre Brüste untersuchen will. Sie fordert Mia auf, den Oberkörper frei zu machen, und ich spüre, wie sehr es sie quält, wie heftig sie ein und aus atmet, und merke, wie rot ihre süße Wangen werden, als sie zittrig zu ihren Spaghettiträgern greift.

Ich lege meine Hand auf ihre und stoppe sie, was gar nicht so geplant war. Aber ich kann nicht anders.

»Diese Vorsorgeuntersuchung ist nicht nötig, Frau Dr. Meyer. Mit Mias Brüsten habe ich mich schon eindringlich beschäftigt und kann Ihnen versichern, keine Auffälligkeiten festgestellt zu haben. Weder Verhärtungen noch Knoten, noch schmerzende Bezirke. Auch die Lymphknotenregionen in der Achselhöhle sind soweit in Ordnung. Es gibt keine ungesunden Abweichungen. Ebenso wenig in ihrem Genitalbereich, wobei ich dort mit meinen begrenzten Mitteln nur bedingt vordringen konnte. Ich wäre sehr an einem Abstrich und dem Ultraschall interessiert, um mir selbst ein Bild machen zu können, mehr nicht.«

Jetzt hat es der guten Frau ein bisschen die Sprache verschlagen, dafür erkenne ich Mias Erleichterung.

»Wie Sie meinen, Dr. Moore. Dann halte ich das so fest.«

»Nur zu! Da ich Allgemeinmediziner bin, gehören

Vorsorgeuntersuchungen ebenso zu meinem Repertoire wie die Osteopathie, derer ich mich verschrieben habe. Ich lasse Ihnen gerne als Ergänzung Mias Akte zukommen.«

»Also schön, dann können wir mit der eigentlichen Untersuchung beginnen. Frau Lind, nehmen Sie doch bitte Platz!«

Ich sehe Mias Anspannung, als sie sich auf den weißen Stuhl begibt. Sie atmet hastig und versucht krampfhaft, ihre Anspannung unter Kontrolle zu bekommen.

Ich stelle mich hinter sie und nehme ihren Kopf in beide Hände. Ich drücke sie sanft auf die Liegefläche und küsse von oben ihre Stirn.

Inzwischen hat noch eine assistierende Schwester das Zimmer betreten, und Frau Dr. Meyer bereitet alles vor. Als sie sich auf den kleinen Rollhocker begibt, näher zu Mia rollt und sie bittet, ihre Beine in die Schalen zu legen, greife ich unterstützend nach ihren zitternden Händen.

Kapitel Siebzehn

Φ Mia Φ

Ich bin so froh, dass Duken dabei ist. Ohne ihn hätte ich das niemals durchgestanden. Er steht direkt hinter mir und hält meine Hände, während ich meine Beine in diese beiden Schalen legen muss, sodass sich mein Innerstes offenbart. Nicht nur Frau Dr. Meyer sitzt genau vor mir, auch ihre Assistentin steht direkt daneben. Beide Frauen sehen nun meine nackte Vagina, und das ist mir so unangenehm.

Mein Gott, wer hat so etwas nur erfunden?

Ich kann ja verstehen, dass man bei Beschwerden zum Arzt geht. Aber vorsorglich? Jedes Jahr? Nun gut, vielleicht hat es auch etwas Gutes, und man gewöhnt sich so besser daran, für den Ernstfall. Es ist wirklich heikel für mich, gar skurril, als die Ärztin meine intimsten Stellen berührt und so offensichtlich in mich schauen kann.

Sie tastet mich ganz vorsichtig ab und erklärt kurz, dass sie mich nun bimanuell untersuchen werde, was auch immer das heißen mag. Ich spüre es relativ schnell, denn sie steckt zwei ihrer behandschuhten Finger in mich. Gleichzeitig tastet sie oberhalb meinen Bauch ab, drückt hier und da, während ich Dukens Hände ganz fest halte und er meinen Druck erwidert.

»Wenn Ihnen etwas wehtut, dann sagen Sie es bitte!«, lässt sie mich wissen, aber es tut nichts weh. Ich spüre kaum etwas. Wenn Duken das macht, ist es ganz anders. Ich merke zwar, dass sie in mir tastet, und stellenweise fühlt es sich komisch an, aber nichts davon ist vergleichbar mit seinen Berührungen.

Ich verstehe das gar nicht!

Von der Seite sehe ich, wie die junge Assistentin der Ärztin dieses silberne Spekulum reicht. Alles in mir zieht sich zusammen, als ich die Größe von dem Teil erkenne. Und dann will sie mich auch noch damit dehnen. Allein die Vorstellung könnte mich zum Weinen bringen, und ich habe Angst, dass es wehtun wird.

Umgehend spüre ich Dukens Druck auf meinen Händen, der noch fester wird und den ich nur zu gerne erwidere. »Ganz locker lassen, Engelchen!«, sagt er leise, dennoch hören es beide, und Frau Dr. Meyer bestätigt seine Aussage. »Ja, Sie müssen sich entspannen, dann spüren Sie so gut wie nichts.«

Ich gebe mein Bestes und bin erstaunt, wie wenig ich tatsächlich mitbekomme. Es ist weder kalt noch scharf noch kantig und verursacht auch keine Schmerzen. Eigentlich spüre ich wieder nichts, jedenfalls nicht viel. Ich beobachte nur, wie sie nach einem Stäbchen greift und es offenbar in mich führt.

»Das ist nur ein Abstrich. An dem bin ich interessiert«, lässt mich Duken wissen, und dann ist es auch schon vorbei, und sie entfernt das Spekulum aus mir. Das hatte ich mir viel schlimmer vorgestellt.

Als ich mich gerade beruhigt habe, sehe ich, wie

Frau Dr. Meyer nach einem Teil greift, das wie ein großer Vibrator aussieht. Und nicht nur das. Das Ding hat auch noch ein Kondom übergestülpt. Es ist dick, groß und richtig lang. Die Panik ergreift mich, und ich versuche umgehend, aufzustehen, aber Duken hält mich fest. »Nur die Ruhe! Das wird für die Sonografie genutzt«, sagt er und presst mich wieder auf den Stuhl zurück.

»Sonografie?«, frage ich ängstlich, und Frau Dr. Meyer klärt mich auf. »Das ist der Schallkopf für die transvaginale Sonografie, die sehr hilfreich ist. Ich werde Ihnen den Schallkopf gleich einführen, und Sie können über den kleinen Monitor alles mitverfolgen. Ich kann mir so anhand von Bildern einen guten Überblick über Ihre Beckenorgane verschaffen, und es tut auch gar nicht weh.«

So sicher bin ich mir da nicht!

Das Teil ist extrem lang und dick, sogar mit Kondom! Und irgendein Gleitgel schmiert sie auch noch drauf.

»Das ist Ultraschallgel«, erklärt sie mir umgehend, als sie meinen verstörten Blick sieht.

Gott, ist das krass!

Und so etwas passiert bei einem Arzt!

Als die Ärztin immer dichter mit diesem langen Stab an mich herankommt, bin ich glücklich darüber, schon mehrfach mit Duken geschlafen zu haben. Lieber mit ihm, als in so einer Praxis seine Jungfräulichkeit zu verlieren. Wenn ich daran denke, dass ich wirklich vergangenes Jahr wegen der Pille zu einem Gynäkologen gehen wollte und er oder sie mir damals so einen großen Stab eingeführt hätte, bevor ich jemals sexuell aktiv gewesen wäre … Himmel, was bin ich jetzt froh, dass ich noch rechtzeitig auf Duken getroffen bin, und er mich entjungfert hat!

Vielleicht macht ja doch alles Sinn im Leben, auch, wenn man es nicht immer gleich versteht. Gerade bin ich sehr froh, ihn kennengelernt zu haben, glücklich darüber, schon mehrfach mit ihm geschlafen zu haben und dankbar dafür, dass er mir so nah ist, meine Hände ganz festhält und mich jetzt nicht alleine lässt.

Die Gewissheit, dass er mir beisteht, macht alles viel erträglicher. Erst recht, als Frau Dr. Meyer mir diesen Schallkopf, wie sie es nennt, einführt. Duken kommt mir währenddessen immer näher und küsst mich auf die Stirn. Er sieht mir gezielt in die Augen, macht ein paar Grimassen, sodass ich beinahe lachen muss und gar nicht merke, was da unten vor sich geht.

Wieder ist es kein Vergleich zu ihm. Ich spüre zwar, dass dieser lange Stab in mir steckt, und ein bisschen kühl ist er auch, aber mehr nicht. Kein Schmerz, kein Pulsieren, gar nichts! Ich sehe mir noch die Bilder auf dem kleinen Monitor an, auf denen ich kaum etwas erkennen kann, aber Duken scheinen sie zu interessieren, denn er dreht den Bildschirm zu sich und schaut ganz genau hin. Und dann ist es wahrhaftig vorbei!

Ich darf aufstehen und soll mich wieder anziehen gehen. Ich kann es gar nicht glauben!

Auf dem Weg zum Paravent fühle ich mich total erleichtert. Ich bin so froh, dass ich es geschafft habe. Und schlimm war es auch nicht.

Duken folgt mir, hält mich fest und sieht mir in die Augen. Ich muss lächeln und falle ihm dankbar um den Hals.

»Alles gut, Engelchen?«, will er wissen, und ich nicke überschwänglich. »Ja, alles ist gut. Es war wirklich nicht so schlimm.«

»Na, sieh mal einer an … Also können wir heute Abend doch noch in den Swingerclub gehen«, sagt er, und ich erkenne in seinen Augen, dass er es nicht ernst meint.

Er hält mich ganz fest in seinen Armen, drückt und küsst mich, und ich bekomme nicht genug davon. Ich bin ja so glücklich und erleichtert wie seit Ewigkeiten nicht mehr. Duken hat mir vorhin im Bad gesagt, dass die Angst vor einer Sache schlimmer sei als die Sache an sich. Ich glaube, er hat Recht gehabt. Ich wäre beinahe vor Angst wegen der Untersuchung gestorben, und gerade frage ich mich ernsthaft, weshalb. Gut, es war eine ganz neue Erfahrung und auch stellenweise sehr merkwürdig, aber mehr nicht.

»Wieso spürt man bei Frau Dr. Meyer nichts? Was machst du richtig und sie falsch oder andersrum?«, will ich wissen, und er schmunzelt. »Tja, sie ist eine Ärztin und schaut nach deiner Gesundheit. Ich bin dein Liebhaber und sorge für deine Orgasmen, das ist ein Unterschied, mein Schatz. Wenn du bei mir nichts mehr fühlst, habe ich ein echtes Problem, aber das wird nie passieren«, verspricht er mir und gibt mir einen Kuss auf die Nase. »Du ziehst jetzt schnell dein Schlüpferchen an, und dann möchte ich nochmal mit der alten Giftnudel sprechen.«

So kommt es, dass wir ein paar Minuten später

wieder in dem kleinen Nebenzimmer sitzen. Ich bin jetzt allerdings entspannt und kann sogar lächeln.

»Wie fühlen Sie sich, Frau Lind? Tat Ihnen etwas weh? Haben Sie Fragen?«, erkundigt sich Frau Dr. Meyer, aber mir fällt nichts ein. »Nein, alles ist gut«, sage ich kurz.

»Mich interessieren die Untersuchungsergebnisse«, lässt Duken verlauten.

»Privat oder aus medizinischer Sicht?«, fragt die Ärztin.

»Sowohl als auch! Ich hätte gerne gewusst, ob Sie irgendwelche anormalen Veränderungen bei Mia feststellen konnten, und die Ergebnisse ihres Abstriches hätte ich gerne alsbald als Fax.«

»Sind Sie damit einverstanden, dass ich Dr. Moore Ihre vertraulichen Testergebnisse mitteile?«, fragt sie mich jetzt. Sie muss doch merken, dass zwischen ihm und mir mehr existiert als das typische Arzt-Patienten-Verhältnis.

»Ja, natürlich! Er kann alles wissen. Sie können ihm alles schicken. Oh, übrigens habe ich doch noch ein Anliegen. Es geht um die Pille. Im Grunde bin ich deswegen hier«, fällt mir gerade ein, denn beinahe hätte ich die vergessen.

»Ich bin ganz Ohr, Frau Lind. Wie verhüten Sie denn bisher?«

»Gar nicht«, sage ich ehrlich, und ihr Gesichtsausdruck ist genauso erschrocken wie der von Duken. Was habe ich denn jetzt Falsches gesagt?

»Das ist aber sehr gewagt, Dr. Moore«, sagt Frau Dr. Meyer und wendet sich mit diesen Worten gezielt an Duken. »Mias Eierstöcke sind randvoll mit

Ovarialfollikel, und diese warten quasi nur auf ein Spermium. Ihnen ist doch hoffentlich bewusst, dass sie erst neunzehn Jahr alt ist.«

»Durchaus. Mia meinte eben auch, dass wir uns bisher mit der Verhütung nach ihrem Eisprung gerichtet haben und es zukünftig einfacher ist, auf die Pille zurückzugreifen. Ich habe mich auch schon kundig gemacht und bin in Mias Fall an der Minipille interessiert«, übernimmt Duken jetzt das Reden, und das ist vermutlich besser so. In den nächsten Minuten erfahre ich alles über Diaphragmas, Hormonimplantate, Verhütungspflaster, Spiralen, Verhütungsstäbchen, die Dreimonatsspritze und sämtliche Pillensorten.

Zugegeben, ich bin leicht verwirrt, aber Duken möchte weiterhin die Minipille für mich, weil diese ein Einfachpräparat ist und laut seiner Erklärung meinen Hormonhaushalt nicht zu sehr belasten wird, zumal sie nur Gestagen enthält, was auch immer das ist, und wenige Nebenwirkungen mit sich bringt. Ich vertraue ihm, er ist schließlich auch Arzt und wird es am besten wissen.

»Bedenken Sie aber, dass es bei der Minipille überaus wichtig ist, sie täglich zur selben Uhrzeit einzunehmen, Frau Lind. Minimale Abweichungen können schon dazu führen, dass sie nicht mehr wirkt, denn die Minipille verhindert nicht den Eisprung, sondern verdickt lediglich den Schleim Ihrer Gebärmutterhaut, sodass Spermien keinen Zugang mehr finden. Sie bleiben weiterhin fruchtbar und haben wie immer Ihren Eisprung und Ihre Menstruation. Die exakte Einnahme ist bei dieser

Verhütungsmethode ausschlaggebend, denn eine Befruchtung ist theoretisch weiterhin möglich«, erklärt Frau Dr. Meyer nochmal ausführlich, wobei mir schon der Kopf raucht.

»Ich kümmere mich darum, dass Mia die Pille regelmäßig und zu den gleichen Uhrzeiten einnimmt. Ich möchte nicht, dass ihr Körper jetzt schon mit starken Hormonen belastet wird. Wir probieren es mit der Minipille, und sollte es wider Erwarten nicht klappen, oder sollten Beschwerden auftreten, gebe ich Ihnen Bescheid«, sagt Duken, und ich nicke nur zustimmend, während er fortfährt. »Und jetzt möchte ich endlich wissen, ob soweit alles mit ihr in Ordnung ist. Während der Sonografie konnte ich keine Auffälligkeiten entdecken.«

»Es ist alles bestens, Dr. Moore. Frau Lind ist eine kerngesunde junge Frau. Die Ergebnisse des Abstrichs kann ich Ihnen übermorgen wie gewünscht faxen, und auch die Pille kann ich ihr bedenkenlos verschreiben, denn die Minipille hat auch Vorteile. Sie wirkt ab dem ersten Tag der Einnahme, und diese beginnt mit der Regelblutung. Die Nachteile sind, wie eben schon erwähnt, dass man nur ein kleines Zeitfenster für die Einnahme hat und Mia die Pille wirklich jeden Tag ohne Ausnahme nehmen muss. Laut meinen Unterlagen dürfte ihre Menstruation übermorgen beginnen. Dann mache ich Ihnen jetzt das Rezept fertig, sodass Mia noch diese Woche starten kann, was mich selbst ein wenig beruhigt, bei der abenteuerlichen Verhütungsmethode, die sie beide bisher angewendet haben. Ich verschreibe gleich eine Paketgröße die für ein halbes Jahr reicht, und dann würde ich Sie gerne wiedersehen, Frau Lind.«

Ich weiß gar nicht, wer sich mehr freut, aber ich glaube, es ist Duken. Er hält meine Hand und lächelt mich an.

Ich bin auch froh, dass ich gesund bin und es keine Auffälligkeiten an mir gibt.

»Oh, Frau Lind, und sollten Sie noch irgendwelche Fragen zu einem späteren Zeitpunkt an mich haben, ich bin immer für Sie da! Sollten Probleme mit der Pille auftreten, können Sie sich natürlich jederzeit an mich wenden, auch ohne Dr. Moores Beistand.«

Ich nicke nur und reiche ihr die Hand zum Abschied, dann gehe ich zurück in den Wartebereich, um meine Jacke zu holen, während Duken noch bei Frau Dr. Meyer bleibt, um ihr seine Faxnummer auszuhändigen. Auf dem Gang kann ich hören, dass sich beide noch unterhalten und lausche auf dem Rückweg an der Tür.

»Was ist sie, Dr. Moore, Ihr Spielzeug? Ihr Eigentum? Sie entscheiden, wann sich Mia untersuchen lassen muss, welche Pille sie nehmen soll. Entscheiden Sie auch, was sie isst und wann sie zu Bett geht? Ich muss gestehen, ich habe richtig Bauchweh. Es geht mich zwar nichts an, aber …«, höre ich Frau Dr. Meyer sagen, und Duken fällt ihr ins Wort. »Genau, es geht Sie nichts an. Rein gar nichts!«

»Ich mache mir nur Sorgen um Frau Lind. Sie erscheint mir noch so unbedarft. Ich konnte zwar sehen, dass sie Ihnen über alle Maßen vertraut, und bin mir auch im Klaren darüber, dass Ihnen ihr Wohl am Herzen liegt und wurde Zeuge davon, wie rührend

Sie sich um sie gekümmert haben. Aber Mias blindes Vertrauen Ihnen gegenüber ist so stark, dass es mir Angst macht. Sie ist ein eigenständiger Mensch. In Ihrer Nähe ist sie das allerdings nicht.«

»Und auch das sollte nicht Ihre Sorge sein. Sie machen hier nur Ihren Job, unterliegen der Schweigepflicht und überschreiten augenblicklich Ihre berufliche Grenze, Frau Dr. Meyer!«

»Ich bin mir meiner Grenzen bewusst, Dr. Moore. Sie auch? Ich frage mich ernsthaft, wie Sie es geschafft haben, diesem schüchternen jungen Mädchen so nahe zu kommen.«

»Interessante Frage, deren Antwort noch viel interessanter ist, die ich Ihnen aber leider nicht offenbaren kann. Eventuell gebe ich Ihnen einen kleinen Tipp: gezwungenermaßen! Und jetzt entschuldigen Sie mich bitte, denn ich habe noch einen schönen Abend vor mir. Und vergessen Sie das Fax nicht! Ansonsten kann ich penetrant werden, denn wie Sie ganz richtig erkannt haben, liegt mir sehr viel an Mia, und nicht nur, weil sie mein Spielzeug ist!«

Ich bin ganz schön perplex, als wir endlich nach draußen gehen. »Was war das denn zwischen euch?«, will ich wissen.

»Tja, Frauen und ich, das ging noch nie gut. Und schon gar keine autoritären Frauen. Das funktioniert nur, wenn sie irgendwo festgebunden und geknebelt sind. Deshalb wollte ich ja mit dir zu Dr. Wagner, und beim nächsten Mal gehen wir auch zu ihm!«

Ich will nicht zu diesem Dr. Wagner. Ich mag die

Ärztin eigentlich gerne. Aber da dieses Problem weit in der Zukunft liegt, sage ich erstmal nichts. Dafür interessiert mich eine andere Sache viel mehr. »Was hast du eigentlich gegen Frauen?«

»Das verstehst du nicht. Das hat was mit meiner Vergangenheit zu tun.«

»Ich bin aber auch eine Frau. Oder bin ich wirklich nur dein Spielzeug?«, frage ich nachdenklich, als wir uns seinem schwarzen BMW nähern.

»Weder noch, Mia! Du bist keine der üblichen Frauen, und mein Spielzeug bist du nur in bestimmten Stunden. Für mich bist du etwas ganz Neues, für das ich noch keinen Namen weiß. Und jetzt mach dir keine Gedanken! Sei froh, dass du es erstmal hinter dir hast. Wir besorgen jetzt deine Pille, und dann will ich auf meine Kosten kommen. Mister Zunge wartet auf dich, und etwas tiefer juckt es mich auch schon eine ganze Weile«, sagte er mit einem Augenzwinkern, als wir in den Wagen einsteigen.

Er ist unmöglich und kann es nicht lassen, mich zu ärgern. Allerdings macht er mir gerade keine Angst damit. Ich freue mich auf ihn und darauf, ihm wieder so nah sein zu können.

Die Untersuchung heute war nicht nur meiner Gesundheit dienlich, sondern auch unserem Verhältnis zueinander. Er war mein größter Halt während der letzten Stunde, und ich habe mich nie zuvor jemandem verbundener gefühlt als ihm am heutigen Tag.

Mein Leben lang war ich auf mich alleine gestellt. Ob ich krank oder traurig war, mich einsam fühlte, Angst hatte oder vor Sorgen nicht schlafen konnte …

Nie war einer für mich da.

Die Nonnen haben mir zwar meist zugehört, mich aber immer an Jesus und die Heilige Mutter verwiesen. Und mit meinem Vater konnte ich noch nie über meine Ängste oder Sorgen sprechen. Es gab wirklich niemanden in meinem Leben, dem ich mich je anvertrauen oder mit dem ich über heikle Themen diskutieren konnte … bis Duken kam. Mit ihm ist alles anders. Ich bin mir auch absolut sicher, dass ich mit ihm über alles sprechen kann.

Wie er heute für mich da war … das werde ich in meinem ganzen Leben nie vergessen. Das hätte ich mir so sehr gewünscht, als ich klein war. Ich weiß noch, kurz nach meinem fünften Geburtstag … Ich hatte so schlimme Bauchschmerzen und traute mich nicht, es meinem Vater zu sagen, weil ich zuvor heimlich von den Resten der Eistorte genascht hatte, die noch von meinem Geburtstag übrig war. Und ich durfte ja nie Süßigkeiten essen. Auch kein Eis, obwohl es sehr heiß war, da ich Anfang Juli Geburtstag habe.

Meine Bauchschmerzen wurden immer schlimmer.

Ich konnte mein Bein nicht mehr heben und hatte unglaubliche Krämpfe, bis er mich abends im Badezimmer fand, wo ich weinend in einer Ecke lag. Ich gestand ihm, dass ich von der Torte gegessen hatte.

Er schimpfte, versohlte mir den Hintern und fuhr mich anschließend ins Krankenhaus. Ich musste ganz alleine zu all den Ärzten gehen. Er wartete draußen, obwohl ich riesige Angst und große Schmerzen hatte. Es war ein Blinddarmvorfall, und ich wurde noch in derselben Nacht operiert. Keiner war bei mir, der meine Hand hielt. Niemand tröstete mich oder nahm mir die Angst vor der Operation. Vater kam nur am nächsten Tag, um mir einige Sachen zu bringen, und dann sah ich ihn erst eine Woche später wieder, als er mich abholte. Die anderen Kinder hatten fast jeden Tag Besuch, ich nie.

Egal, welchen Arztbesuch ich in meinem bisherigen Leben antreten musste, ich war immer auf mich alleine gestellt … Als ich mit elf meine Zahnspange bekam, mit vierzehn Jahren meine Weisheitszähne entfernt wurden. Als ich mir im Grundschulalter in einem Ferienlager den Arm gebrochen hatte … Immer stand ich ganz alleine da. Immer. Bis heute …

Duken war mein größter Schutz. Ich hätte diese Untersuchung niemals ohne seinen Beistand geschafft. Seine Nähe war wie ein warmer Schleier, der mich eingehüllt und mir die Angst genommen hat. Es tat so unglaublich gut, ihn bei mir zu haben, und auch jetzt bin ich froh, neben ihm sitzen zu können und von ihm zurück in die Stadt gefahren zu werden, denn er steuert geradewegs ein Parkhaus in der Hamburger City an.

»Du siehst so fröhlich aus, Mia. Freust du dich auf meine Zunge?«, neckt er mich schon wieder, wobei ich daran jetzt gar nicht gedacht habe, und ich versuche, seine Frage zu umgehen. »Ich bin nur erleichtert und glücklich, weil ich die Untersuchung hinter mir habe. Ich hatte ja solche Angst davor.«

»Und, war die Angst auch nur ansatzweise berechtigt?«

Ich schüttle mit dem Kopf und muss gestehen:

»Nein!«

»Na, siehst du. Und auch vor mir brauchst du keine Angst mehr zu haben, selbst, wenn ich dich hin und wieder ein bisschen ärgern werde. Aber ich tue dir nichts Schlimmes, Mia. Niemals. Dafür habe ich dich viel zu gerne.«

Seine Worte rinnen wie warmer Tee durch meine Adern. Ich glaube ihm …und Angst habe ich auch keine mehr vor ihm, obwohl ich weiß, dass noch Einiges an seiner Seite auf mich zukommen wird.

Aber augenblicklich ist Dukens größtes Anliegen meine Pille, und wir gehen gemeinsam zu einer naheliegenden Apotheke. »Sie wissen, Frau Lind, Sie haben nur ein kleines Zeitfenster für die Einnahme, deshalb sollten wir uns sputen, ehe das erste Bluttröpfchen Ihren Unterleib verlässt«, spaßt er, und ich erkenne wieder seine humorvolle Seite, die mir heute schon ein paar Mal aufgefallen ist.

Duken löst das Rezept für mich ein und zahlt sogar die große Pillenpackung. Als wir das Geschäft verlassen, hält er die Schachtel wie einen Schatz in seiner Hand und spielt mit seinen spitzen, buschigen Augenbrauen, indem er sie abwechselnd anhebt. »Und, was machen wir jetzt Schönes? Wir haben ab sofort freie Fahrt, Baby!«

Ich kann mir vorstellen, was noch kommt und habe nichts dagegen. Aber das muss ich ihm ja nicht auf die Nase binden, daher zucke ich nur unschuldig mit den Schultern und werfe ihm meinen keuschen, unterwürfigen Blick zu.

»Mia Lind, du machst mich rasend! Wenn du weiterhin so guckst, zeige ich dir doch noch den

Swingerclub. Aber jetzt machen wir erstmal etwas ganz Verbotenes«, sagt er geheimnisvoll, kommt mir immer näher und zieht mich so nah an sich, dass ich sofort Herzrasen bekomme.

Etwas Verbotenes?

Verunsichert schaue ich in seine vertrauten, grünen Augen und sehe das Grinsen in seinem Gesicht.

»Wir gehen jetzt schön essen, anschließend ins Kino, und danach verwöhne ich dich, so, wie du es willst. Von mir aus auch nur Kuscheln. Das hast du dir heute verdient! Und morgen bin ich wieder an der Reihe? Okay?«

Überschwänglich nicke ich und kann mein Glück gar nicht fassen. Essen und Kinogehen? Mit ihm? So ganz offiziell in der Öffentlichkeit?

Ich schäume vor Glück und Stolz, als er mich tatsächlich in ein ganz schickes italienisches Lokal führt. Ich fühle mich in seinem Beisein wie eine Prinzessin, und er behandelt mich auch so.

Er hält mir die Tür auf, nimmt mir die Jacke ab, zieht sogar den Stuhl für mich zurück. Beinahe schäme ich mich für so viel Manierlichkeit, wie er sie mir gerade entgegenbringt. Duken kann ein echter Gentleman sein und verwirrt mich damit total. Sein Verhalten spiegelt genau das Gegenteil von dem wider, was er sonst immer mit mir tut.

Als wir unsere Vorspeise erhalten – er eine Funghi Trifolati, das sind überbackene Champignons und Pfifferlinge in einer Gorgonzola-Sahnesoße, und ich habe mich für Bruschetta entschieden – greife ich die Untersuchung nochmal auf, denn mir will so Einiges nicht in den Kopf.

»Ich will dir nochmal ›Danke‹ sagen. Das, was du heute für mich getan hast, ist nicht selbstverständlich. Ohne dich hätte ich das nie geschafft, und ich weiß, dass so ein Arztbesuch vorbeugend wichtig ist, obwohl mich Vieles erschrocken hat. Zum Glück wusste ich vorab nichts von dieser Sonografie.«

»Kein Thema, Kleines. Was war denn so schlimm an der Sonografie? Hat dir dabei etwas weh getan?«, will er wissen, und ich schüttle meine Kopf, während ich fertig kaue, ehe ich antworte.

»Nein, es hat nicht weh getan, was ich aber auch dir zu verdanken habe, denn dieses große und lange Teil … Himmel, die nennt es Schallkopf! Das ist doch ein riesiger Vibrator!«, flüstere ich ihm über den Tisch hinweg zu. »Wie können die so ein Sexding in Patienten stecken?«

Er lächelt, schiebt die Reste seines Essens beiseite und greift nach meiner Hand. »Vibratoren vibrieren, der Schallkopf nicht. Allenfalls hat er etwas von einem Dildo, wobei der Ultraschallstab weder gerillt noch anrüchig geformt ist. Er ist lediglich so gebaut, dass man ihn leicht einführen kann, um möglichst viel zu erkennen. Er ist in der Ultraschalldiagnostik gebräuchlich, und ihr Mädels habt nun mal da unten einen besonderen Eingang. Es gibt inzwischen auch kleine Sonden, die zum Beispiel bei einer Blasenspiegelung genutzt werden, aber im Vaginalbereich ist der Schallkopf nicht wirklich ein Folterinstrument, dass man ersetzen müsste, und jede Frau kann diese Untersuchung gut vertragen. Oder was war so schlimm für dich dabei?«

»Naja, schlimm war es nicht. Es war kühl, und ich

habe gemerkt, dass etwas Großes in mir steckt, aber es war in keiner Weise schlimm und tat auch nicht weh. Aber das hat ja mit dir zu tun! Stell dir mal vor, wir hätten noch nicht … Naja, ich äh … hätte dich nicht kennengelernt. Frau Dr. Meyer hätte mich heute mit diesem Stab entjungfert. Auf einem gynäkologischen Stuhl! Oh Gott, das wäre der Horror gewesen. Ich bin ja so froh, dass ich wegen meiner Rückenschmerzen zu dir musste«, gestehe ich flüsternd, und Duken lächelt mich ganz entzückt an.

»Komm mal her!«, sagt er plötzlich, greift fester nach meiner Hand und führt mich um den Tisch, bis ich vor ihm stehe. Dann zieht er mich auf seinen Schoß. Er nimmt mich fest in seine Arme und küsst mich liebevoll und sacht auf den Mund.

»Sie hätte dich niemals entjungfert. Wenn das Hymen noch intakt und sehr eng ist, erfolgt die Untersuchung oftmals transrektal. Die entjungfern keine kleinen Mädchen beim Gynäkologen«, flüstert er mir zu und gibt mir noch einen Kuss auf die Wange.

»Trans was? Rektal? Durch … Durch … Äh … Ist es das, was ich glaube zu meinen?«

»Du weißt doch sicherlich, was eine rektale Untersuchung ist, oder?«

Oh, ja … »Halleluja, das ist ja noch schlimmer als von vorne«, muss ich gestehen und möchte mir gar nicht ausmalen, was mir alles hätte passieren können.

»Bei ganz jungen Mädchen, die einen Gynäkologen aufsuchen und noch keinen Geschlechtsverkehr hatten, ist diese Form der Untersuchung oft gebräuchlich, um sie eben nicht zu entjungfern«, erklärt er mir, und meine Gefühle fahren Achterbahn.

Das ist ja fürchterlich!

Entweder stimmt wirklich etwas nicht mit mir, oder aber die Welt ist verrückt geworden, während ich im Kloster war.

Einmal mehr bin ich dankbar dafür, dass mein erstes Mal mit Duken passiert ist, bevor ich bei einem Gynäkologen war.

Auch, wenn er mich oft neckt und ärgert und Dinge tut, die mich überfordern, schafft er es dennoch immer wieder, mir meine Angst zu nehmen und mir neue Horizonte zu zeigen.

Mit keinem anderen möchte ich diese Schritte lieber tun als mit ihm, denn er versteht es meisterlich, mich zu führen und mich zu beruhigen, was mir an diesem Tag ganz besonders klar wird.

Der Ausflug zu Frau Dr. Meyer lässt mich ihn in einem ganz anderen Licht betrachten, und ich bin ihm so verbunden und dankbar wie noch nie zuvor.

Kapitel Achtzehn

Φ Duken Φ

Hier sitze ich nun, in einem schicken Lokal, und habe mein Engelchen auf dem Schoß. Ob mich die feinen Herrschaften dabei ansehen oder nicht, interessiert mich herzlich wenig. Ich bin vielmehr über mich selbst überrascht, denn ich hatte nicht vor, mit Mia essen zu gehen. Ich habe in meinem ganzen Leben noch keine Frau zum Essen ausgeführt. Dabei ist es schöner als erwartet, was nur bedingt an den leckeren Speisen liegt. In erster Linie entzückt mich mal wieder Mia.

Sie ist so unglaublich verletzlich. So sanft und zart wie eine Elfe mutet sie an. Ihr Innerstes gleicht dem einer Mimose, und man muss ganz behutsam mit ihr sein. Ich habe nie etwas Kostbareres in den Händen gehalten als ihren Körper. Sie ist so unschuldig, dass es schon wieder verboten ist. Etwas Besseres als der Besuch bei Frau Dr. Meyer hätte uns gar nicht passieren können. Dadurch ist ihr Vertrauen in meine Person rekordartig gewachsen, was ich nie für möglich gehalten hätte. Sie findet es inzwischen sogar gut, dass ich mit ihr geschlafen habe, sie entjungfert habe … Ich dachte eben, ich höre nicht richtig, als sie mir das gestand.

Grundgütiger, ich habe sie zum Sex genötigt!

Wenn man es juristisch betrachtet, habe ich sie vergewaltigt, mehrfach sogar, obwohl ich stets mein Bestes versucht habe, damit es ihr gefällt, denn ich weiß nur zu gut, wie sich eine Vergewaltigung und sexueller Missbrauch anfühlen, und diesem schrecklichen Gefühl wollte ich sie nie aussetzen.

Dass meine Kleine aber plötzlich Dankbarkeit für meine Taten empfindet, erfüllt mich mit Glückseligkeit, dem Schallkopf sei Dank.

Aber ich fühle auch Reue und habe ein ganz schlechtes Gewissen. Ich habe mir die letzten Tage viele Vorwürfe gemacht, hatte sogar große Schuldgefühle, weil ich am Anfang zu rabiat und unnachsichtig gehandelt habe, obwohl es mich zu Beginn sehr angemacht hat. Mia war das perfekte Opfer. In ihr sah ich mich …

Ich wusste, in welcher Lage sie sich befindet, dass sie die Unschuld in Person ist und es niemanden in ihrem Leben gibt, der ihr helfen würde. Sie war perfekt für mich, für meine Untat, und ich habe ihre Situation schamlos ausgenutzt. Jetzt tut mir all das leid. Aber es tut mir nicht leid, sie in meinem Armen halten zu können, ihre Nähe zu spüren und ihr Lächeln zu sehen, das sie mir schenkt. Sie scheint gerade glücklich zu sein, und das wiederum macht mich glücklich.

Ganz bezaubernd finde ich unser Gespräch. Wie flüsternd sie sich an mich wendet, sodass es ja keiner hören kann. Sie haucht mir die unanständigen Details ihrer Untersuchung ins Ohr, während ich sie beständig streichle. Ja, die Sonografie hatte ich vorab nicht erwähnt.

Ich hatte auch nicht angenommen, dass sie so erschrocken auf den Schallkopf reagieren würde.

Wir sollten offenbar ein paar Sexspielzeuge in unser Liebesleben integrieren, und nicht nur die. Ganz erschrocken ist mein Püppchen über die transrektale Untersuchung, der sie, in ihren Augen ja glücklicherweise, wegen mir, entgangen ist. Wenn ich bedenke, wie oft ich solche Untersuchungen durchführen muss …

Sie sind alltäglich in meinem Job. Aber bei Mia löst allein das Wort ›rektal‹ eine Gänsehaut aus, die ich ganz deutlich sehen kann. Dieses Thema ist zwar nicht passend bei Tisch in einem Lokal, aber ihre Reaktionen darauf sind so amüsant, dass ich es noch ein bisschen vertiefen muss …

»Wie kommst du darauf, dass die transrektale gynäkologische Untersuchung so fürchterlich ist? Wurdest du schon mal rektal untersucht?«

»Gott bewahre, nein! Ich stelle mir das ganz schlimm vor«, haucht sie mir ins Ohr, und meine Lust, sie vom Gegenteil zu überzeugen, steigt immens.

»Ich gestehe, schön ist es nicht unbedingt, und die meisten Patienten nehmen es als unangenehm wahr. Aber es ist oftmals vonnöten und sogar sehr sinnvoll, da siebzig Prozent der Darmtumore im Enddarm entstehen. Wenn bei dir noch keiner kontrolliert hat, wird es Zeit. Dann weiß ich schon, was wir demnächst mal machen.«

Ich kann es nicht lassen, sie zu necken, wobei die Statistiken für sich sprechen. Mia fällt zwar mit ihren knapp zwanzig Jahren nicht in die Risikogruppe, aber Tumorerkrankungen sind heutzutage weit verbreitet und Vorsorgeuntersuchungen sehr wichtig.

So kann ich in ihrem Fall zwei Fliegen mit einer Klappe schlagen, denn es reizt mich ungemein, mich baldig ihrem süßen Hintern zuzuwenden.

»Du bist gemein!«, sagt sie mir unterdessen. »Ich will das nicht! Naja, zum Glück habe ich ja noch mein Veto, das ich heute nicht nutzen durfte.«

Wie gut, dass nur ich um den Ausschluss dieser Möglichkeit bei unserer anstehenden kleinen Po-Untersuchung weiß. Wie ich mich schon darauf freue, sie an neue Grenzen zu führen …

»Ich will dich ja nur bedingt ärgern, mein Schatz. Die meisten Patienten empfinden eine rektale Untersuchung zwar als unangenehm, aber sie kann sogar schön sein, wenn man es richtig macht, was wir Ärzte allerdings nicht dürfen. Bei dir hingegen darf ich es schon, und du wirst erstaunt sein, wie angenehm es sich anfühlen kann.«

Ihr Blick sagt alles. Ich bin jetzt wohl besser ruhig, schließlich will ich unseren wundervollen Tag nicht ruinieren und ihr zartes Vertrauen zu mir, das gerade im Wachstum ist, keinesfalls im Keim ersticken. Deshalb küsse ich sie nur und streichle ihr Unbehagen wieder weg.

In dem Moment werden wir auch von einem Kellner unterbrochen, der uns die Hauptspeisen bringt. Mia geht wieder zu ihrem Platz, und während wir essen, erfahre ich noch einige Details aus ihrem Leben. Gerade erzählt sie mir von ihrer Kindheit und allen vorangegangenen Arztbesuchen, bei denen sie stets allein gelassen wurde. Ich erfahre auch von ihrer Blinddarmoperation und davon, dass ihr Vater sie zuvor schlug, weil sie heimlich Eistorte aß. Bei Gott, sie war damals fünf Jahre alt!

Ich mochte ihren Vater noch nie, jetzt weiß ich, warum. Dieses Arschloch hätte nie ein Kind haben sollen, genauso wenig wie meine Mutter!

Und ihr Vater macht uns beinahe einen weiteren Strich durch die Rechnung, denn als wir aus dem Kino kommen, geht es bereits auf dreiundzwanzig Uhr zu.

Ich habe Mia einen Abend ganz nach ihren Wünschen versprochen, mit Streicheleinheiten und Kuscheln, allerdings wiegelt sie nun ab. »Ich muss leider nach Hause. Mein Vater wird toben, wenn ich nicht pünktlich bin. In der Woche ist alles nach dreiundzwanzig Uhr tabu. Ich muss mich also beeilen, denn ich bin jetzt schon viel zu spät. Das gibt großen Ärger.«

»Mia, du bist volljährig! Du kannst tun und lassen, was du willst.«

»Nicht, solange ich bei ihm lebe. Dort gelten seine Regeln, und die sind streng. Das waren sie schon immer. Ich würde noch gerne mit zu dir kommen, wirklich! Und der Abend war auch wunderschön. Aber ich bekomme höllische Probleme, wenn ich jetzt nicht gehe«, lässt sie mich wissen, und ich glaube ihr. Dennoch möchte ich mein Engelchen jetzt mit zu mir nehmen.

Wie gut, dass mein Einfluss auf Thoralf weitreichender ist als ihrer. Umgehend zücke ich mein Handy, um ihn anzurufen, aber Mia greift dazwischen.

»Bitte nicht! Das Foto … Du hast ihm ein Foto von mir geschickt. Was willst du ihm sagen? Das ist so peinlich«, erinnert sie mich.

Typisch Mia. Sie macht sich immer noch Sorgen um das kleine Popo-Foto. »Ganz ruhig, Schätzchen! Lass das mal meine Sorge sein«, säusele ich, während ich weiter in meinen Kontakten scrolle, um seine Nummer zu finden.

Es dauert nicht lange, bis der Alte sich meldet, und wie er sich anhört, hat er schon ordentlich einen sitzen.

»Guten Abend, Thoralf. Wie ich höre, hast du dir die Reste vom Whisky schmecken lassen. Äh, weswegen ich anrufe, ist übrigens Mia … Sie kam heute Mittag zu mir, da sie sich noch immer unwohl fühlt. Ich befürchte, sie hat irgendeinen Virus verschleppt, der ihr zu schaffen macht. Ich habe einige Laboruntersuchungen in Auftrag gegeben, und gerade schläft sie in meiner Praxis. Ich möchte sie auch so spät nicht mehr wecken, nur damit du Bescheid weißt und dich nicht sorgst. Ich fahre sie morgen früh rechtzeitig nach Hause, und wenn soweit alles stimmt, kann sie auch wieder zur Uni gehen.«

»Natürlich, Duken, natürlich! Dass du dich so um sie kümmerst, finde ich großartig. Das kann ich ja gar nicht wieder gutmachen«, säuselt der Idiot in den Hörer.

»Doch, das kannst du, Thoralf. Vergiss einfach meinen kleinen Ausrutscher von heute Nachmittag. Dich hat ein Bildchen meiner Galerie erreicht, das gar nicht für dich bestimmt war«, spiele ich gleich meine

Karten aus, und der Alte lacht mir entgegen. »Solche netten Bilder kannst du mir öfter schicken! Dafür hast du extra einen gut. Komm doch mal wieder auf ein nettes Tröpfchen vorbei. Deine Bildergalerie würde ich mir dabei zu gerne ansehen«, sagt er so laut, dass Mia alles versteht.

»Oh Gott, mir wird schlecht«, flüstert sie, während ich lächelnd versuche, den Alten abzuwürgen. »Welch Angebot, Thoralf. Deine Bar ist verlockend, und deine hochprozentigen Schätze sind erlesen. Ich komme gerne drauf zurück, aber jetzt muss ich mich erstmal hinlegen. Ich habe einen langen Tag hinter mir. Bis morgen früh. Ich bin mit Mia gegen halb acht bei dir.« Ohne eine Antwort abzuwarten, schalte ich das Handy aus.

Mias Gesichtszüge zeigen mir ihr Entsetzen. Aber nicht, weil sie bei mir schlafen muss. Ich befürchte, die Ansichten ihres Vaters haben sie schockiert.

»Er ist auch nur ein Mensch, Mia. Wir alle haben unsere Bedürfnisse, und meines ist es augenblicklich, ganz schnell mit dir in ein Bett zu kommen.«

Eine halbe Stunde später liegen wir da auch, und ich halte meine Kleine im Arm. »Was darf es sein, Engelchen? Heute entscheidest du. Nur Kuscheln?«, will ich wissen, und sie schaut mich lächelnd an.

»Ein bisschen mehr ist in Ordnung.«

»Ein bisschen mehr, soso … Wie viel ist denn ein bisschen mehr? Darf ich dich küssen?«

Sie nickt deutlich.

»Darf Mister Zunge deine Genitalien liebkosen, die heute auf so unsensible Art und Weise inspiziert worden sind?«, versuche ich sie zu necken, und sie lacht sogar. Jetzt nickt sie erneut, was mich lächeln lässt.

Dafür, dass sie entscheiden darf, geht sie ganz schön weit, was mich anspornt. »Und darf mein Schallkopf ganz behutsam deine innere Beckenregion erkunden und sie zart stoßen?«

Ihr Lachen wird lauter. Jetzt sagt sie sogar »Ja«.

Also will sie mit mir schlafen. Freiwillig … und es kommt von ihr, denn ich hätte auch nur mit ihr gekuschelt, wenn es ihr Wunsch gewesen wäre.

Überglücklich ziehe ich sie ganz nah an meinen nackten Oberkörper und beginne sie zu küssen. Es folgen Stunden voller Liebe und Zärtlichkeit, die nicht nur Mia guttun. Selbst für mich ist diese Art der körperlichen Liebe neu. Und sie gefällt mir. Die Zeit mit Mia ist so heilsam für mich. All die tiefen Wunden meiner Seele schließen sich, wenn sie bei mir ist und ich sie in meinen Armen halten kann.

Leider bricht der Mittwochmorgen viel zu schnell an, und ich muss sie zeitig nach Hause fahren. Dennoch weiß ich, dass wir uns in dieser Woche täglich sehen werden. Allein schon aus dem Grund, dass ihre Periode ansteht und ich ihre Pillen bei mir liegen habe. Ich bin am Überlegen, welche Tageszeit passend für die regelmäßige Einnahme sein könnte, denn mit der Minipille ist es wirklich heikel. Im Grunde wäre ich für frühmorgens, aber damit wäre an ein Ausschlafen am Wochenende nicht mehr zu denken. Abends habe ich Angst, dass Mia sie eventuell vergessen könnte oder mal zeitiger einschläft, was den ganzen Monat gefährden würde.

Deshalb entscheide ich mich für die Mittagszeit. Dreizehn Uhr ist perfekt. Da isst sie in der Mensa und am Wochenende zu Hause. Ich werde ihr täglich pünktlich eine Nachricht schreiben, und ich erwarte eine Antwort, sobald das Zauberpillchen ihre Kehle passiert hat.

Mias Körper ist ein kleines Wunderwerk. Nicht nur optisch ist sie ein Traum, auch ihre biologische Uhr läuft besser als so manch anderes Uhrwerk.

Was ihre Menstruation betrifft, könnte man einen Kalender danach gestalten, denn pünktlich am Donnerstagabend setzt ihre Regel ein. Da sie gerade bei mir ist, gebe ich ihr die erste Pille für Freitagmittag mit und wünsche zudem, dass wir das Wochenende gemeinsam verbringen. Thoralf erzähle ich wieder etwas von der Reha. Er kauft mir sowieso alles ab, und die nächsten Stunden gehören einzig Mia und mir.

Wir haben es Mitte Mai. Das Wetter ist wundervoll, daher entscheide ich Freitagnachmittag ganz spontan, dass wir einen kurzen Abstecher an die Ostsee machen. So ein bisschen Strand und Meer wird uns beiden guttun. Ich buche kurzerhand ein Ferienhaus am Timmendorfer Strand, und binnen zwei Stunden sind wir dort auch schon eingezogen.

Mia hinterfragt meine Entscheidungen nicht. Sie folgt mir bedingungslos, was Vieles ganz einfach macht. Und so kommt es, dass wir bereits am Freitagabend in unserem gemütlichen Ferienhaus bei einem Glas Wein sitzen und die Aussicht auf das Meer genießen, das beinahe bis an unsere kleine Hütte reicht. Wir gehen noch schön Essen und genießen anschließend einen Spaziergang bei Sonnenuntergang am Meer …

Ich merke schon, ich mutiere zum Romantiker!

Das hätte ich nie für möglich gehalten, aber Mia entlockt mir meine tiefsten Gefühle, und in ihrer Gegenwart habe ich auch keine Bedenken, ihnen freien Lauf zu lassen.

Ich halte sie in meinen Armen wie keine Frau vorher. Ich liebe es, sie zu küssen, was mir immer zuwider war. Ihre Gegenwart macht mich vollkommen, vollkommen glücklich …

Was ist nur mit mir passiert?

Ein paar Tage lang habe ich versucht, gegen meine Gefühle anzukämpfen. Selbst jetzt versuche ich, mich zu kontrollieren und ihr meine Gefühle nicht zu gestehen, denn ich habe in meinem ganzen Leben noch nie die magischen drei Worte gesagt … Ich liebe Dich.

Mir war nie danach, sie je einem Menschen zu sagen. Es gab schlicht keinen, für den ich so empfand. Und ich denke an diesem Abend lange darüber nach, ob es wirklich Liebe ist oder ob es Schuldgefühle sind, oder ob es vielleicht doch nur der Endorphin-Cocktail ist, der sich meinen Körper zu eigen macht, seitdem ich sie kenne.

Ich weiß es nicht, und deswegen bin ich vorerst still, denn auch Mia hat noch nichts Dergleichen verlauten lassen. Ich sehe zwar, dass sie keine Angst mehr hat und auch gerne mit mir zusammen ist, aber mehr auch nicht.

Gerade liegt sie auf dem Bett und hat ihre Hefter aufgeschlagen. Sie muss für eine anstehende Klausur lernen, und ich nutze die kleine Auszeit, um meinen Gedanken Raum zu schenken.

Ich möchte nämlich Mia an diesem Wochenende in die Welt der analen Freuden einführen, was aktuell äußerst praktisch ist, da ihr vaginaler Zugang mit einem Tampon verschlossen ist und mir eh nur ihre hintere Pforte bleibt, wenn ich es nicht allzu blutig haben will.

Es würde mich zwar nicht stören, als Arzt bin ich Blut gewöhnt, aber es sind die ersten Tage ihrer Menstruation, und da möchte ich sie ein wenig schonen. Ihren kleinen engen Po hingegen möchte ich eher weniger schonen.

Allein bei dem Gedanken daran bekomme ich Herzrasen und verabschiede mich kurzerhand ins Badezimmer, wo meine Kulturbeutel auf mich warten. Es sind zwei, zwei schwarze. In dem kleineren sind tatsächlich meine Utensilien, wie Zahnbürste, Zahnseide und mein Rasierapparat. Aber in dem größeren habe ich ganz besonders schöne Spielzeuge, die ich extra für Mia gekauft habe. Ich öffne den Reißverschluss und fahre sacht über die verschiedenen Plugs, die ich in Edelstahl und Silikon besorgt habe und deren Größen variieren. Ich habe zwei Minis dabei, mehrere Midi-Objekte, aber auch einen Lümmel, der sich Profi nennt. Zudem einen kleineren Vibrator für den Analbereich. Nun gut, zu meinem Schwanz ist es kein Vergleich, aber ich weiß besser, als mir lieb ist, wie sich eine Rute im Arsch anfühlt. Man überlebt es. Ob ich mit Mia auf diese Weise schlafen werde, weiß ich noch nicht. Ich will sie auch nicht gleich überfordern. Vielleicht spiele ich nur mit ihr, genügend Material dazu habe ich ja mitgebracht. Ich muss das Täschchen nur gut verstauen. Nicht, dass es ihr vorab in die Hände fällt. Das könnte ihre gute Laune arg mindern, und gerade ist sie so glücklich.

Aus diesem Grund verzichte ich am heutigen Abend auch darauf. Stattdessen nehmen wir ein gemeinsames Bad bei Kerzenschein und verwöhnen uns danach gegenseitig oral.

Ich hätte nicht gedacht, dass sie es trotz ihrer Blutungen zulassen würde, aber der Tampon leistet gute Arbeit, und ihr süßer Kitzler freut sich neuerdings sehr auf meine Zunge. Auch sie leckt mich inzwischen ohne Nutella, als wäre ich eine köstliche Götterspeise, und ich kann nicht genug von ihrem süßen Mund bekommen. Bisher habe ich es vermieden, ihr mein Sperma oral zu verabreichen, weil ich weiß, wie widerlich herb dieses Zeug schmeckt.

Aber heute habe ich mit mir zu kämpfen. Sie ist so entzückend … Sie kniet vor mir, während ich auf dem Bettrand sitze. Wie willig sie meinen Besten bearbeitet und wie tief sie ihn in sich aufnimmt …

Ihr unterwürfiger Blick, den sie mir dabei zuwirft, bringt mich um den Verstand, und ich bin kurz davor, abzuspritzen. Im letzten Moment ziehe ich sie von mir, aber Mia überrascht und verwirrt mich so sehr, dass mein Höhepunkt kurzerhand flöten geht.

»Du musst mich nicht wegziehen. Es ist in Ordnung, wenn du …«, sagt sie und stoppt. Ich weiß auch so, was sie meint.

»Es schmeckt bitter, und die Konsistenz ist auch

nicht das Wahre, glaub mir. Die volle Ladung musst du dir nicht antun.«

»Aber ich möchte gerne. Es ist von dir und, und … bitte!«, sagt sie allen Ernstes, und ich glaube mich verhört zu haben. Allerdings sehe ich in ihrem Blick, dass sie es ernst meint. Sie will das Zeug wirklich, und mein Stolz auf sie wächst von Minute zu Minute. Mein verpasster Höhepunkt kommt in Rekordzeit zurück, als sie wieder an mir saugt und mich ergeben leckt. Ich halte ihren Hinterkopf an ihren Haaren und mit der anderen Hand meinen Schwanz, während ich ihr mein Sperma in den Mund spritze.

Ich erwarte einen angewiderten Gesichtsausdruck oder dass sie beim Schlucken zumindest würgt, aber nichts Dergleichen geschieht. Sie behält es kurz im Mund, lächelt mich an und schluckt es, als wäre es Pudding.

Nun leckt sie sich auch noch über ihre geschwungenen Lippen, als könne sie nicht genug bekommen, und in mir brechen alle Dämme. Ich ziehe sie ruckartig in meine Arme und halte sie ganz fest. Ich muss aufpassen, damit ich ihr nicht die Rippen breche, so sehr umarme ich sie und kuschle mich anschließend mit ihr ins Bett.

Ach, Engelchen … du machst mich so glücklich, würde ich ihr gerne sagen. Aber ich schweige. Stattdessen küsse ich sie und schmecke meine eigene Würze in ihrem Mund. Das Moschusartige dringt bis zu meiner Zunge vor und macht mich schon wieder geil, obwohl ich gerade erst einen berauschenden Orgasmus hatte.

»Warum wolltest du es schlucken?«, will ich wissen.

»Du leckst mich doch auch immer aus, und in mir ist alles feucht. Du hast nie gesagt, dass ich widerlich schmecke oder dich vor mir geekelt. Und das will ich auch nicht bei dir. Und so bitter war es gar nicht. Es war warm, milchig, fast wie Babybrei. Ich fand es nicht schlimm.«

»Du schmeckst nicht widerlich, Mia, kein bisschen! Du bist das Süßeste, das es auf der ganzen Welt gibt, durch und durch, und ich bekomme nicht genug von dir«, sage ich ihr und meine jedes einzelne Wort genau so. Ich bin unsagbar glücklich, und halte sie fest in meinen Armen, während sie binnen kürzester Zeit einschlummert.

Ich liege noch eine Weile wach und lausche ihrem friedlichen Atem. »Ich liebe dich!«, flüstere ich ihr entgegen, gebe ihr einen letzten Kuss auf die Stirn, ehe ich selbst in tiefer Geborgenheit einschlafe, wie ich es mir jahrelang erträumt, aber nie für möglich gehalten habe.

Kapitel Neunzehn

Φ Mia Φ

Ich hätte nie gedacht, dass Duken so romantisch sein kann. Die vergangenen vierundzwanzig Stunden waren die schönsten meines bisherigen Lebens. Dass er gestern so plötzlich an die Ostsee fahren wollte, hat mich zwar überrascht, aber von Hamburg aus ist es nicht weit, und wieso nicht bei dem schönen Wetter? Es war eine hervorragende Idee. Wir haben ein kleines Ferienhaus direkt am Strand und konnten gestern Abend den Sonnenuntergang kuschelnd genießen. Und selbst heute Morgen hat er mich mit einem Frühstück überrascht, das ich nie für möglich gehalten hätte … Duken ließ mich ausschlafen, während er frische Brötchen besorgte, Kaffee und warme Eier kochte, zudem noch ein paar Aufstriche, frischen Käse und Wurst auf ein Tablett drapierte. Aber nicht, dass er damit unseren Frühstückstisch in der kleinen Küche deckte … Er hat kurzerhand das Inventar der kleinen Küche an den Strand getragen. Zumindest den Tisch und zwei Stühle.

Eine rote Kerze brennt in der Mitte, und die weiße Tischdecke ist mit farblich passenden Rosenblüten dekoriert. Ich traue meinen Augen kaum, als er mich nach meiner Dusche nach draußen führt, wo alles so wunderschön angerichtet ist. So etwas hat noch keiner für mich getan, und ich genieße die Stunden mit ihm wie nichts zuvor.

Seine Nähe ist der reinste Balsam für meine Seele. Er ist so gut zu mir, so sanft und fürsorglich. Ich kenne das gar nicht. Er achtet auf jedes noch so kleine Detail, schaut, ob ich friere, ob ich genügend trinke, natürlich vergisst er meine Pille nicht, die ich pünktlich um dreizehn Uhr nehmen muss, nachdem wir in einem schicken Hafenlokal gespeist haben. Anschließend gehen wir wieder an den Strand, wo er bereits für Decken und Kissen gesorgt hat, sodass es auch schön gemütlich ist.

Er weiß, dass ich lernen muss. Die kommende Woche stehen zwei wichtige Klausuren an, und sogar dabei hilft er mir. Meine Hefter und Bücher liegen aufgeklappt neben uns, und er geht alles mit mir durch, erläutert mir die Satzstellungen und Aufgaben, wenn ich sie nicht verstehe, und fragt mich bis in die frühen Abendstunden ab.

Duken ist ein schlauer Mann. Nicht, dass ich dumm wäre. Ich habe immer gute Noten geschrieben und mein Abi mit einer Einskommavier geschafft, aber ich musste sehr viel dafür büffeln. Bei Duken hingegen scheint das Wissen nur so herauszusprudeln. Obwohl er nie Lehramt studiert hat, wie ich es tue, weiß er mehr davon als so manch ein Professor. Oder er hat eine sehr schnelle Auffassungsgabe. Zumindest kann er mir hervorragend das Wesentliche erklären und baut immer wieder Eselbrücken mit ein, sodass ich mir selbst die schwierigsten Details gut merken kann und sie wahrhaftig bei mir ankommen.

Er wäre der perfekte Lehrer geworden. Seine Schüler hätten ihn garantiert geliebt, aber auch als Arzt ist er nicht zu verachten, wie ich nun schon einige Male festgestellt habe. Inzwischen verstehe ich gut, weshalb so viele von ihm als Doktor schwärmen. Er ist sehr achtsam und einfühlsam. Ihm entgeht nichts, und er will stets allem auf den Grund gehen, jedes Unheil beseitigen.

Er spürt beinahe noch vor mir, wie sich meine Migräne zu Wort meldet. Das habe ich öfter. Meist, wenn ich viel lernen muss oder aber zu Beginn meiner Menstruation.

Da heute beides zusammenfällt, wundere ich mich nicht, als der stechende Schmerz in meinem Kopf einsetzt. Oft habe ich es unter Kontrolle, trete rechtzeitig kürzer und suche einen dunklen Raum auf. Meist nehme ich allerdings zusätzlich Medikamente, um der Stärke Einhalt zu gebieten, denn es kann mitunter heftig werden. Nasenbluten bis hin zum Erbrechen gehören nicht selten dazu, und ich wünsche das keinem.

Wir haben es inzwischen kurz nach achtzehn Uhr. Duken legt die Decken zusammen, während ich meine Schulsachen an mich nehme und wir alles zurück zur Hütte tragen. Dabei wandert sein Blick immer wieder zu mir. »Was ist los, Mia? Irgendetwas stimmt doch nicht«, erkennt er ganz richtig, und ich erzähle ihm von meiner Migräne.

»Wann hast du derartige Attacken? Mit welcher Intensität kommen sie, und wo genau sitzt der Schmerz?«, will er nun wissen, und ich erkenne den Arzt in ihm ganz deutlich, der sich nun meiner annimmt.

Mit Schmerzmitteln alleine ist es bei Duken allerdings nicht getan. Er stimmt zwar zu, dass ich meine üblichen Tabletten nehmen darf, sodass die Migräne nicht ausartet, aber anschließend kümmert er sich rührend um mich.

Zum einen fragt er mir Löcher in den Bauch, zum anderen lässt er mir ein heißes Entspannungsbad ein, während er für unser Abendessen sorgt. Er ist ja auch ein fabelhafter Koch und stellt sein Talent mal wieder beeindruckend zur Schau. Während ich am Nachmittag zeitweise am Strand gedöst habe, war er kurz in einem nahegelegenen Supermarkt einkaufen.

Er zaubert uns Coq au vin. Ich hingegen genieße noch mein Schaumbad und bin glücklich, dass sich mein Kopfschmerz allmählich verabschiedet. Ansonsten hätte ich gar nichts essen können.

Während wir im kleinen Vorgarten speisen, dem Meer beim Rauschen zuhören und den Sonnenuntergang beobachten, macht Duken deutlich, was er heute noch von mir wünscht. »Du ziehst dich gleich aus. Ich möchte dich vollkommen nackt auf dem Bett haben, und dann schaue ich mir erstmal deinen Rücken genauer an. Wirbelfehlstellungen und Blockaden stören oft den Blutfluss und führen mitunter zu Kopfschmerzen. Allerdings hat die Migräne meist andere Ursachen. Hormonelle Schwankungen, Stress und unverträgliche Lebensmittel sind die häufigsten Auslöser. Ich tippe bei dir auf Ersteres und auf Stress, was allerdings hervorragend mit Osteopathie zu behandeln ist und bei steter Therapie sogar zu kompletter

Beschwerdefreiheit führen kann. Ich verstehe nicht, weshalb du mir nicht schon eher von deinem Leiden erzählt hast. Nicht einmal auf deinem Anamnesefragebogen hast du es erwähnt«, sagt er mir, und dasselbe darf ich mir kurze Zeit später nochmal anhören, als ich splitterfasernackt auf dem großen Bett liege, während er meine Wirbel begutachtet.

Dass ich hinsichtlich der Angaben zu meinen Vorerkrankungen die Migräne unterschlagen habe, gefällt Duken ganz und gar nicht, wobei ich sie nicht als Krankheit empfinde. Dieses Leiden begleitet mich seit meinem zwölften Lebensjahr, was ich ihm auch sage, und er betrachtet es als Indiz für Hormonschwankungen.

»Hätte ich es eher gewusst, hätte ich mich für eine andere Pillensorte entschieden. Eine, die leichte Wirkstoffe enthält, um deinen Hormonhaushalt zu regulieren. Einen Versuch wäre es wert gewesen, denn du kannst dich doch nicht ständig mit Migräne plagen! Der andere Faktor wird Stress sein. Warum setzt du dich so unter Druck, was deine Leistungen betrifft? Deine Noten sind gut, du schaffst das Semester locker, und auch den folgenden blicke ich gelassen entgegen. Warum machst du es dir selbst so schwer?«, will er wissen, während er ganz sanft meinen Rücken abtastet und hier und da mal leicht drückt.

»Du kennst meinen Vater nicht!«

»Doch, Süße, ich kenne ihn besser, als mir lieb ist. Aber er hat dir nichts mehr zu sagen! Du musst mal deinen Standpunkt klar machen, denn du bist kein kleines Mädchen mehr. Druck und Stress wirken wie ein Seil, das dich daran hindert, voranzukommen. Sie verursachen genau das Gegenteil von dem, was man eigentlich will, das müsste dein Vater, der werte Herr Professor, eigentlich auch wissen.«

»Er war schon immer so. Wehe, ich hatte früher mal eine Drei oder eine schlechtere Note … ich mag gar nicht mehr daran denken! Im Kloster war es wesentlich einfacher, da bekam ich keine Strafe, wenn die Note mal nicht passte. Dennoch hatte ich jährlich Bauchweh, wenn es Zeugnisse gab. Und mit meinem Abi-Durchschnitt war er auch nicht zufrieden, obwohl die Einskommavier gar nicht übel ist. Dass ich nur Grundschullehramt studiere, passt ihm genauso wenig, aber da habe ich mich durchgesetzt. Er wollte, dass ich Juristin werde. Juristin! Ich. Niemals!«, erzähle ich ihm, während er mich zu massieren beginnt. »Das ist schön«, lasse ich ihn noch wissen und schließe meine Augen, weil es so guttut.

»Das soll auch schön sein. Die Osteopathie ist eine manuelle Therapie, bei der gefühlvoll mit den Händen gearbeitet wird. Eine gestörte Kopfdurchblutung und das ungenaue Zirkulieren der Gehirnflüssigkeit spielen aus meiner Sicht eine zentrale Rolle bei der Entstehung der Migräne, weshalb ich meine Behandlung immer ganz individuell auf die Patienten abstimme. Ich arbeite mit speziellen Techniken, um den Kopf, die Halswirbelsäule, den Brustkorb und das Becken von Spannungen zu befreien, die Hauptverursacher vieler Leiden sind. Ich habe ja schon beim ersten Mal gemerkt, dass du sehr verspannt bist, Mia. Darum kümmere ich mich ab sofort, und dann wollen wir mal sehen, ob wir deine

Migräne nicht unter Kontrolle bekommen. Andernfalls wechseln wir deine Pillensorte. Ich will nicht, dass du weiterhin leidest«, erklärt er mir, während er mich ganz wundervoll mit Streicheleinheiten verwöhnt. Anders kann ich es gar nicht beschreiben.

Das soll eine Therapie sein? Dann ist es die schönste Therapie auf Erden! Er streichelt mich überall, vom Nacken bis zu den Zehen, und ist dabei so zärtlich, dass ich mich wie im Himmel fühle.

Er verwendet warmes Öl und massiert meine Füße, jeden einzelnen Zeh, die Fußballen und wandert ganz langsam meine Waden hinauf, wo er abermals das Öl verteilt. Selbst meinen Knien widmet er sich lange Zeit von beiden Seiten, ehe er zu meinen Schenkeln vordringt. Ich hege die vage Vermutung, dass er sich gleich meinem Geschlecht zuwenden wird und freue mich schon darauf, aber selbst da überrascht er mich und lässt meine Vagina völlig außen vor.

Seine geschulten Finger streicheln über meinen Po hinauf zur Taille, der er sich wieder verstärkt widmet. Er ölt sie erst ein und dreht sie anschließend leicht, während er meine Beine anhebt, sodass es mitunter zwischendurch knackt, ehe er zurück an meinen Rücken und zu den Schultern fährt. Als er meine Halswirbel sanft bearbeitet, bin ich schon beinahe wie in Trance. Und auch, dass er sich abermals nach unten pirscht, bekomme ich nur noch von fern mit.

Ich spüre hin und wieder die Tröpfchen des Öls, die er meiner Haut beständig schenkt, und auch, dass er sich erneut meinem Becken widmet, kann ich fühlen, aber ich döse weg, bis er im Pobereich ankommt …

Er drückt mehrfach oberhalb hinein, aber es tut nicht weh. Dann massiert er meinen Hintern.

Mit kreisrunden sanften Bewegungen knetet er meine Pobacken, sodass sich mein Verstand zurückmeldet. Allerdings nur mein Verstand, denn mein Körper befindet sich irgendwo in himmlischen Sphären.

Seine Finger beschäftigen sich eingehend mit meinem Hinterteil, und je mehr sie sich meiner Ritze nähern, umso mehr erhöht sich mein Herzschlag.

Er fährt tatsächlich hindurch und stoppt an meiner Rosette. Umgehend bin ich hellwach und zucke zusammen …

»Ganz ruhig, Engelchen! Das habe ich schon länger geplant. Du bist gerade so schön entspannt, da passt es perfekt, dich mal kurz zu untersuchen.«

Ich will das nicht! Unter keinen Umständen! Nicht an dieser Stelle! Deshalb versuche ich, mich aufzubäumen, aber Duken drückt mich zurück.

»Schön brav liegenbleiben, Mia! Am besten drehst du dich auf die Seite und winkelst deine Beine an. Dann geht es am allerbesten. Du kommst jetzt nicht um diese kleine Untersuchung herum.

»Und mein Veto?«, wispere ich, denn ich habe plötzlich höllische Angst davor. Ich will nicht, dass er meinen Po untersucht!

»Kein Veto! Nicht bei solchen Dingen, die durchaus wichtig sind. Entspann dich, Kleines. Dann tut es auch nicht weh. Ich mache ganz vorsichtig«, lässt er mich wissen und dreht mich auf die Seite.

So sehr ich ihn auch mag, aber solche Dinge finde

ich schrecklich!

Er weiß, dass ich es nicht will, aber es interessiert ihn nicht! Und ein bisschen kommt es mir so vor, als würde ihm genau diese Tatsache erst recht Spaß machen. Ich könnte jetzt wimmern, winseln und bitten, dass er es nicht tun möge. Doch ich weiß, dass es nichts bringt, deshalb sage ich nichts. Ich kenne seine Unnachgiebigkeit. Wenn er sich etwas in den Kopf gesetzt hat, zieht er es auch durch, ganz gleich, wie ich dazu stehe.

Allerdings weiß ich auch, dass er mir nicht schaden und mir nicht absichtlich wehtun würde, also kapituliere ich.

Dennoch rast mein Herz wie schon lange nicht mehr, als seine öligen Finger nach meinem hintersten Eingang tasten. Unweigerlich zieht sich alles in mir zusammen, und ich verkrampfe.

»Ganz locker lassen, Mia! Schön ruhig bleiben«, erteilt er mir Anweisungen, die er genauso sanft ausspricht, wie sie klingen. Ich versuche mein Bestes, um mich zu entspannen. Beiße mir auf die Unterlippe und hole tief Luft, während seine Finger meinen Anus massieren.

Ich kann nicht behaupten, dass es wehtut. Es ist ein völlig neues Gefühl, weil man an dieser Stelle für gewöhnlich nicht berührt wird. Und er tut es mit einer Intensität, die noch ganz andere Gefühle in mir auslöst. Stetig streichelt er mit leichtem Druck meine Rosette, bis sein Finger fast automatisch meinen Schließmuskel überwindet.

Zischend halte ich die Luft an.

»Entspann dich, Baby! Schön entspannen … es ist

schon alles passiert.«

Ich fühle, wie er in mir gräbt, tiefer dringt und mich innen abtastet. Es sind ganz merkwürdige Empfindungen und ich atme tief aus und ein, um mich zu beruhigen.

»Gut machst du das, und wie ich merke, ist alles in bester Ordnung. Keine Verhärtungen, keine Knötchen, gar nichts. Du bist kerngesund, mein Schatz.«

»Kannst du dann bitte wieder aufhören?«, wispere ich und spüre, wie er sich hinter mich legt, mich mit seiner freien Hand umfasst und enger an sich zieht.

Dann spüre ich seine Lippen auf meinem Rücken, während nun ein zweiter Finger versucht, in meine hinterste Pforte einzudringen. Umgehend entsteht ein brennender Schmerz, da es einfach zu viel für mich ist.

»Bitte … Bitte nicht!«, flehe ich ganz leise und bekomme als Antwort weitere Küsse in meinen Nacken.

»Es ist nicht schlimm, Engelchen. Zu Beginn brennt es vielleicht ein bisschen, weil dein Schließmuskel versucht, gegen den Eindringling zu kämpfen. Aber sobald er nachgibt, wird es richtig schön. Du wirst gleich sehen, wie schön«, haucht er mir ins Ohr, und seine freie Hand greift nach vorne zwischen meine Beine und beginnt zeitgleich, meine Klitoris zu stimulieren, während er einen zweiten Finger in meinen Anus bohrt.

Ich weiß nicht, was überwiegt … der Schmerz in meinem Po oder die schönen Gefühle weiter vorne. Irgendwie scheint sich beides zu mischen.

Die Empfindungen sind extrem und überfordern mich. Ich kann sie kaum lokalisieren. Alles ist so neuartig, fühlt sich einerseits falsch und andererseits auch wieder richtig an. Ich spüre, dass ich erregt bin und ganz feucht werde. Trotz des Tampons kann ich meine Nässe fühlen.

In mir baut sich eine Hitzewelle auf, alles prickelt, was aber daran liegt, dass er meine Klitoris so gekonnt stimuliert. Und seine Finger im Po verwirren mich zusätzlich. Ich glaube, es fühlt sich wirklich ein bisschen gut an. Er bewegt sie ganz sanft und rhythmisch in mir, bohrt sie ein wenig tiefer, dreht sie, und dann krümmt er sie offenbar, dehnt mich in diesem sensiblen Bereich, sodass ich Laute von mir geben muss, die ich noch gar nicht kenne, weil die Gefühle so neuartig sind.

Kaum habe ich mich daran gewöhnt, zieht er seine Finger raus und steckt sie erneut rein.

Raus und wieder rein. Raus und rein …

Er schikaniert meinen armen Schließmuskel auf diese Art und Weise, bis ich mich selbst stöhnen höre. Er besorgt es mir wahrhaftig anal mit seinen Fingern und streichelt gleichermaßen derart professionell meine Klit, dass ich nicht nur Sternchen sehe, sondern schneller komme, als ich es mir je erträumt hätte.

»Glaubst du mir jetzt, dass es nicht schlimm ist?«, flüstert er mir ins Ohr, als wir anschließend eng zusammengekuschelt im Bett liegen.

»Schlimm ist der falsche Begriff. Es fühlt sich eher falsch an. Ich weiß nicht, ich kann es nicht beschreiben. Es war schön, ja. Aber nur, weil du mich weiter vorne gestreichelt hast. Nur im Po … das kann ich mir nicht schön vorstellen.«

»Dann üben wir das. Ich habe ein paar wundervolle Plugs mitgebracht, die ich dir im Grunde schon lange verpassen wollte, aber deine Migräne kam mir heute dazwischen. Doch morgen bekommst du einen Plug in den Po. Und der bleibt so lange drin, bis wir wieder in Hamburg sind.«

»Ich verstehe nicht, was dir daran gefällt, Duken«, gebe ich ehrlich zu, denn was soll so toll daran sein, eine Frau im Po …

»Sagen wir mal so, wärst du jetzt schon vorbereitet, könnten wir auf diese Art wunderbar miteinander schlafen. Du wirst jeden Monat bluten, und fünf bis sieben Tage können ganz schön lang sein. Ich will dich, Mia. Ich brauche dich! Wenn ich in dir bin, bin ich zu Hause, ganz gleich, wo in dir. Ich habe zwar nichts gegen deine Menstruation, und ich ekel mich als Arzt auch in keiner Weise vor ein bisschen Blut, aber ich will dich in dieser Zeit schonen, deshalb bin ich sehr an deinem süßen Hintern interessiert, der nicht nur wunderschön ist, sondern auch eng, warm und weich. Ich kann es kaum erwarten, endlich in ihn zu schlüpfen«, haucht er mir entgegen und küsst mich dabei.

Ich will es ihm ja nicht verwehren, obwohl es für mich schon sehr gewöhnungsbedürftig ist. Ich kann mir auch gar nicht vorstellen, dass ich es je schön finden werde, obwohl ich gerade einen Orgasmus hatte. Aber das waren auch nur zwei Finger. Ich kenne seinen Penis!

Der ist emsig … Ich befürchte ernsthaft, dass es

sehr wehtun wird, wenn er *so* mit mir schläft. Trotzdem möchte ich es ihm gerne gestatten, denn ich hatte ja mein Vergnügen. Er hat sich den ganzen Tag liebevoll um mich gekümmert. Das fing mit dem sagenhaften Frühstück an und erstreckte sich über die wunderbaren Stunden am Strand … Er hat sogar mit mir gelernt, mir ein heißes Bad eingelassen, für uns gekocht, während ich mein Schaumbad genossen habe, und mir stundenlang meine Migräne weggestreichelt, mich schließlich zum Höhepunkt gebracht.

Ich bin glücklich. Ich bin befriedigt. Aber er?

In mir fühlt er sich zu Hause … hat er gerade gesagt.

Die Worte kommen erst jetzt richtig bei mir an, und ich bin gerührt. Ich kann und will ihm nicht länger meinen hinteren Eingang verwehren. Ich werde es schon überleben. Irgendwie schaffe ich das schon.

»Äh, wenn du möchtest, dann können wir … Äh, ich meine, dann, dann kannst du jetzt, äh, naja, ich denke, ich wäre soweit. Du kannst es ja mal probieren«, versuche ich ihm zu erklären, dass ich für mein erstes Mal im Po bereit bin.

Er nimmt mein Gesicht in seine Hände und schaut mir lächelnd in die Augen.

»Mia Lind … redest du gerade von Analverkehr? Nein, Engelchen, so schnell mache ich das nicht bei dir. Du bist mir noch viel zu eng, es würde dir mehr Schmerzen verursachen, als du es genießen könntest. Glaube mir, ich weiß, wovon ich spreche. Das tue ich dir nicht an. Wir machen damit schön langsam, nach und nach, bis dein Popo soweit ist und du keine Schmerzen haben wirst. So viel Zeit muss sein.«

»Aber du … Heute … Du, du bist noch gar nicht auf deine Kosten gekommen. Soll ich eventuell«, starte ich, und er fällt mir umgehend ins Wort. »Alles gut, Mia. Du bist hier bei mir, und ich bin glücklich. Und jetzt schlafen wir beide. Gute Nacht, mein Engel«, haucht er und löscht das Licht.

Ich liege noch lange wach und denke über seine Worte nach. Woher kann er wissen, wie sich Analverkehr anfühlt? Er kommt mir nicht gerade schwul vor, im Gegenteil. Aber wie kann er es sonst meinen?

Ob er aus medizinischer Sicht spricht?

Während ich eingehend darüber nachdenke, falle ich in einen tiefen Schlaf, aus dem mich am Morgen wieder ein wunderbarer Kaffeeduft weckt. Diesmal frühstücken wir gemeinsam im Bett und gehen anschließend abermals an den Strand.

Unser letzter Tag an der Ostsee geht leider viel zu schnell vorüber. Ich hätte noch ewig bleiben können und bin fast ein bisschen traurig, als ich kurz vor der Abreise meine Sachen zusammenpacke. Aber Duken lenkt mich ab und macht sein Versprechen wahr.

Er ordert mich auf das Bett. »Slip aus, Kleid hoch, auf alle Viere, und in Popo-Stellung bitte! Du bekommst jetzt deinen ersten Plug, mein Schatz.«

Mein Herz rast, als ich seinen Anweisungen folge, meinen Slip ausziehe und auf das Bett krabble.

Es fühlt sich komisch an, ihm meinen nackten Po entgegenzustrecken. Ich komme mir so entblößt vor, obwohl er mich ja nackt kennt. Aber am helllichten

Tag in dieser Stellung, wohl wissend, was gleich geschehen wird, fühle ich mich verletzlich und peinlich berührt. Und ein bisschen Angst habe ich auch. Dennoch sind meine Schuldgefühle so groß, dass ich nichts sage und ausharre.

Ich spüre, dass er Gleitgel benutzt und es mir zwischen die Pobacken spritzt. Anschließend massiert er damit ausgiebig meine Rosette, was zu mehreren Seufzern bei mir führt – obwohl er diesmal nicht meine Klitoris stimuliert. Dennoch fühlt es sich sonderbar an, beinahe gut.

Jetzt darf ich mir auch noch einen Plug aussuchen und bin angesichts des Angebots und der Sorten überrascht. Manche sind riesig, andere klein. Er hat silberfarbene, schwarze und lilafarbene dabei. Ich entscheide mich für den kleinsten silbernen Metallplug, der am Ende einen herzförmigen Griff hat, an dem man ihn wieder herausziehen kann. Er sieht sogar sehr hübsch aus.

Duken fackelt nicht lange. Ich spüre in einem Moment, wie er mit dem kleinen Plug gegen meine hintere Pforte drückt, und dann schreie ich kurz auf …

Das ging schnell, und der kurze Schmerz lässt binnen Sekunden nach. Durch das Gleitgel ist der Plug ganz schnell in mich gerutscht, und jetzt spüre ich ihn kaum. Allerdings bekomme ich das kleine Ding auf der Heimfahrt ordentlich zu spüren, denn je länger es in mir ist, umso intensiver kann ich es wahrnehmen.

Als wir bei Duken ankommen, habe ich gar Probleme, die Stufen bis in seine Praxis zu gehen, so sehr stimuliert mich das Teil.

»Man könnte meinen, du hast einen großen Schwanz im Arsch. Entschuldige bitte den Ausdruck, aber es sieht genau so aus!«

»Haha. Weißt du, wie sich das anfühlt? Das war vorhin noch nicht so schlimm.«

»Er stimuliert ja auch deine Nervenenden permanent. Aber es ist ein Mini. Ein Mini, Mia! Du musst dich erst daran gewöhnen und dich ein bisschen dehnen lassen«, sagt er, und ich weiß das, dennoch macht mich dieser Miniplug beinahe verrückt.

Aber nicht, dass Duken Mitleid hat und ihn entfernt, im Gegenteil! Er führt mich umgehend durch seine Wohnung in das Badezimmer zur Dusche, wo er mich in Rekordzeit entblättert, das warme Wasser anstellt, meinen Tampon entfernt und dann mit mir duschen geht.

Er braust meine Vagina ab, und ehe ich mich versehe, gleitet sein steifer Schwanz trotz meiner Blutung und ungeachtet dessen, dass ich noch den Plug im Po habe, in mich. Himmelherrgott, bin ich gefüllt!

Halleluja … tut das gut.

Ich kralle mich an die Handtuchhalterung, schlinge meine Beine noch enger um ihn und lasse mich willig vögeln. Die Gefühle dabei sind sensationell, was an diesem kleinen Plug liegen muss, der die Penetration seines Schwanzes verstärkt.

Es reibt in mir, hinten, vorne … überall prickelt und kribbelt es, und ich weiß gar nicht, welche Gefühle stärker sind.

Das warme Wasser rieselt auf unsere Haut, ich bin so erregt wie schon lange nicht mehr, habe meine Augen geschlossen und genieße seine festen Stöße, denen ich immer mehr entgegenkomme, weil es einfach nur fantastisch ist. Das kann er gerne öfter mit mir machen, denke ich, als mich schon der erste Höhepunkt erreicht, und es wird an diesem Abend nicht der letzte bleiben.

Kapitel Zwanzig

Φ Duken Φ

Eigentlich wollte ich Mia bereits an der Ostsee meine schöne Plugsammlung nach und nach vorstellen, aber ich habe mich dazu entschlossen, es langsam anzugehen. Ich weiß nur zu gut, wie furchtbar Analsex sein kann, wenn man ihn nicht behutsam beginnt, und ich will es ihr nicht vermiesen. Ich fand es ja rührend, dass sie umgehend zugestimmt hat, ihren Po entjungfern zu lassen. Aber das zeigt mir nur ihre Unerfahrenheit, denn es wäre alles andere als schön für sie geworden. Dennoch bin ich stolz und überwältigt davon, wie weit sie für mich gehen würde. Was binnen kurzer Zeit aus meiner kleinen, braven Klosterschülerin geworden ist, überrascht mich täglich auf's Neue. Manchmal denke ich, sie hat nur auf mich gewartet, auf jemanden, der sie aus ihrem Dornröschenschlaf weckt, denn Mia steckt voller Leben und Neugier. Zwischen uns gibt es keine Tabus mehr, auch wenn die Initiative meist von mir ausgeht und sie eher schüchtern auftritt. Aber ich erkenne täglich mehr ihre Offenheit und das beinahe unstillbare Verlangen nach Sexualität. Sie kann nicht genug bekommen.

Selbst wenn ich früh, mittags und abends mit ihr

schlafe und am nächsten Tag nochmal, lächelt sie mich nur an und gibt sich mir weiterhin willig und freudig hin.

Das hätte ich nie für möglich gehalten!

In Mia habe ich die perfekte Partnerin gefunden.

Was den Plug betrifft, sind wir inzwischen bei der Midi-Größe angelangt, und ich komme nicht umhin, zu glauben, sie sehne meinen Schwanz herbei, der ihren kleinen, engen Hintereingang entjungfert.

Manchmal presst sie ihren süßen runden Po ganz ergeben an meine Lenden, ehe wir eng umschlungen einschlafen, was meistens nur an den Wochenenden möglich ist, denn ihr werter Herr Papa sitzt uns im Nacken. Ich kann dem Alten ja nicht täglich erzählen, dass sie in meiner Praxis schläft. Und die Reha-Notlüge läuft immer noch von jedem Freitag bis Montag. Diese Tage gehören uns, und die lasse ich mir auch nicht nehmen. An allen anderen Tagen kommt sie nach der Uni zu mir. Es ist zu einem festen Ritual geworden, und ich kann mir mein Leben ohne sie gar nicht mehr vorstellen. Inzwischen weiß ich, dass es Liebe ist, denn was soll es sonst sein?

Wenn sie nicht bei mir ist, fühle ich mich einsam und leer. Ein Gefühl, das ich früher nicht kannte, weil es der Normalzustand bei mir war. Ich glaube, wir tun uns beide sehr gut. Sie ist das Beste, was mir passieren konnte, und es mag überheblich klingen, aber ich denke, auch ich tue ihr gut. Wir brauchen uns, und wir heilen uns gegenseitig.

Ich weiß inzwischen so gut wie alles über sie und auch über ihre Kindheit, die nicht wirklich schön war. Liebe hat sie nie erfahren. Genauso wenig wie ich, obwohl ihr Leben kein Vergleich zu meinem Martyrium darstellt.

Ich bin jahrelang durch die Hölle gegangen und hätte nie geglaubt, jemals den Himmel zu erleben. Aber Mia hat ihn mir offenbart. Sie ist mein Engel und führt mich täglich in die himmlischen Sphären, in denen ich so glücklich bin, dass ich zum ersten Mal in meinem Leben loslassen kann. Loslassen von meiner Vergangenheit, die ich meinem ärgsten Feind nicht wünsche, und, bei Gott, ich habe Feinde. Manche davon sind schon tot, wie meine Mutter, die ich selbst umgebracht hätte, wenn der Teufel nicht schneller gewesen wäre. Was sie mir angetan hat, werde ich ihr nie verzeihen können, in meinem ganzen Leben nicht.

Aber Mia lindert meinen Schmerz, sie macht den Groll in mir vergessen. Mit ihr kann ich überhaupt vergessen. Ihre Sanftmut, ihre Sensibilität und ihre Unschuld sind wie Balsam für all die Wunden, die meiner Seele zugefügt wurden. Ich hätte nie geglaubt, jemals Heilung zu finden. Ich hätte nie geglaubt, jemals Frieden zu finden. Ich hätte nie geglaubt, jemals lieben zu können … aber ich liebe sie. Bei Gott, ich liebe sie. Mehr als mein Leben!

Sie ist die Luft, die ich zum Atmen brauche. Sie ist mein Herzschlag, der mich am Leben erhält. Sie ist mein Ein, und sie ist mein Alles … nur gesagt habe ich es ihr immer noch nicht.

Ich gräme mich über die Art und Weise, wie ich ihr zu Beginn begegnet bin. Ich habe ihr das angetan, was mir angetan wurde. Aber sie hat mich gelehrt, dass man verzeihen kann, dass es Vergebung gibt und dass Liebe stärker ist als Hass, denn sie hätte allen Grund gehabt, mich zu hassen. Stattdessen schenkte sie mir ihr Herz und ihr ganzes Vertrauen.

Wenn sie es geschafft hat, mit meinen Untaten fertig zu werden, dann schaffe ich es auch, meine Vergangenheit endgültig abzuhaken. Mia ist der beste Grund, all den Schmerz endgültig hinter mir zu lassen und nach vorne zu schauen, denn dort gibt es eine wundervolle Zukunft, für sie und für mich – für uns gemeinsam.

Ich habe inzwischen auch das Versteckspielen satt, zumindest, was ihren Vater betrifft. Meine Angestellten wissen schon lange, dass Mia mehr als eine Patientin für mich ist. Und wenn wir uns in der Öffentlichkeit bewegen, scheue ich nicht vor einer Umarmung oder einem Kuss zurück, im Gegenteil. Aber niemand in Mias Umfeld weiß Bescheid. Weder ihr Vater noch ihre Freunde und Bekannte. Ich weiß auch nicht, wie Mia selbst zu uns steht und als was sie mich überhaupt betrachtet. Aber ich spüre ihre tiefe Zuneigung und ihr übergroßes Vertrauen, das sie mir täglich schenkt.

Sie vertraut mir alles an, unaufgefordert und ohne jede Furcht … Sie ist wie ein Kind, das mich aufsucht, sich an mich lehnt und mir alles erzählt, was es denkt, was es fühlt, vollkommen wertfrei.

Ich kann mir gar nicht vorstellen, dass andere Paare eine solch innige Beziehung führen wie wir beide. Wenn wir zusammen sind, ist mir manchmal, als würden aus zwei Menschen einer werden.

Wenn es nach mir ginge, würde ich morgen zum nächsten Standesbeamten fahren und sie zu meiner Frau nehmen, obwohl wir uns erst ein Vierteljahr kennen. Aber was ist schon Zeit, wenn es Liebe ist?

Ich werde allerdings ihren zwanzigsten Geburtstag abwarten, der kommende Woche ansteht. Und fragen müsste ich sie natürlich auch vorher. Aber vermutlich überstürze ich alles und sollte es ruhiger angehen.

Unsere Zukunft hat gerade erst begonnen. Ich freue mich auf jeden Tag, den ich mit Mia verbringen kann und ganz besonders auf die Nächte, aber nicht nur wegen dem guten Sex. Mir reicht es, sie einfach nur im Arm zu halten, sie zu riechen, sie zu spüren, ihrer Atmung zu lauschen und sie zu küssen.

Aktuell fehlt sie mir. Montag bis Donnerstag sind Scheißtage. Ohne sie fühlt sich nicht nur mein Bett leer an, auch ich fühle mich leer.

Zudem mache ich mir Sorgen um sie, denn sie fühlt sich seit Tagen nicht wohl. Sie hat ständig mit Übelkeit zu kämpfen und bereits mehrmals erbrochen. Wenn ich es nicht besser wüsste, würde ich meinen, sie sei schwanger, aber das kann ja nicht sein. Sie nimmt die Pille täglich ein, da passe ich genau auf. Dennoch gefällt mir ihre Übelkeit nicht, die sie vor allem in den Morgenstunden plagt, was ein weiteres Indiz für eine Schwangerschaft wäre.

Ich habe sie heute nur ungern nach Hause gefahren. Viel lieber hätte ich sie hier behalten. Ich bin froh und dankbar dafür, dass morgen Freitag ist und sie wieder zur Reha muss, in meine ganz persönliche Reha. Ich kann gar nicht nachvollziehen, dass sich ihr Vater einen solchen Bären aufbinden lässt. Ich meine, der Mann ist Professor. Allerdings scheint er mir blind zu vertrauen.

Das liegt offenbar in der Familie, denn auch Mias

Oma aus Heidelberg ist mir verfallen, zumindest meinen Händen, auf die sie schwört und deretwegen sie mich einmal im Monat aufsucht. Aber all das interessiert mich herzlich wenig, obwohl ich meinen Job liebe, denn am meisten liebe ich Mia, und ich kann es kaum erwarten, dass sie endlich wieder bei mir ist.

Als sie am nächsten Tag um die Mittagszeit in meine Praxis kommt, erschrecke ich beinahe. Sie ist kreidebleich und bricht tatsächlich noch im Flur zusammen.

Ich schaffe es gerade so, sie zu halten und in den Behandlungsraum zu tragen. Normalerweise bin ich die Ruhe in Person, wenn es um meine Patienten und ihre Erkrankungen geht. Aber jetzt stehe ich neben mir.

Ich brülle meine Arzthelferinnen an und verlange lautstark nach frischem Wasser, nach feuchten Tüchern und einem Blutdruckmessgerät. Ich weiß, dass sie nur kollabiert ist und sich gleich erholen wird, aber ich kenne den Grund nicht, und das versetzt mich in Panik.

Während meine Schwestern sie auf dem Rücken lagern, ihre Beine für eine bessere Blutzirkulation anheben und ihre Stirn mit den feuchten Tüchern abreiben, damit sie wieder zu sich kommt, hantiere ich hektisch mit meinem Blutdruckmessgerät.

Ihr Blutdruck ist im Keller, und allmählich öffnet sie auch wieder die Augen, was im ersten Moment dazu führt, dass ich tief durchatmen kann, aber das reicht mir nicht! Was ist nur los mit ihr?

Ich schließe sie in meine Arme und küsse sie, ehe ich ihr Blut abnehme, um tausend Tests in Auftrag zu geben. Da es bereits Freitagmittag ist, sind alle Laborproben schon unterwegs. Kurzerhand beauftrage ich Frau Schweitzer, die bei mir an der Annahme sitzt, Mias Blutprobe direkt ins Labor zu fahren. Ich weiß, dass ich die Ergebnisse nicht vor Montag erfahren werde, und verfluche den Freitag, den ich sonst so liebe, weil unsere gemeinsame Zeit anbricht. Aber die Sorge um Mias Gesundheit setzt mir an diesem Wochenende arg zu, obwohl es unsere letzten gemeinsamen Tage sind, an denen sie neunzehn Jahre alt ist, denn am Donnerstag ist der 4. Juli, dann wird sie zwanzig Jahre alt, und für das kommende Wochenende habe ich uns eine Reise nach Paris gebucht. Gleich am Freitag geht es los.

Da ihre Semesterferien anstehen, ist es passend, und ich würde ihr gerne länger als zwei Tage die Stadt der Liebe zeigen. Thoralf habe ich schon darauf hingewiesen, dass zehn Tage Reha anstehen, denn anschließend würde ich gerne noch einen kleinen Abstecher nach Ibiza mit ihr machen.

Hoffentlich erholt sie sich bis dahin wieder, denn momentan gefällt sie mir gar nicht. Gegen Abend wird es zwar wieder besser, aber bereits am Samstagvormittag gehört die Toilettenschüssel ihr alleine.

Sie erbricht am laufenden Band, obwohl sie weder Krämpfe noch eine Darmreizung hat. Ihr ist einfach nur übel, und an eine Mahlzeit vor dem späten Nachmittag ist gar nicht mehr zu denken. Am Sonntag überlege ich kurzzeitig, ob es ratsam wäre, in ein Krankenhaus zu fahren. Eine kleine Stimme flüstert mir ins Ohr, dass ich es mal mit einem Schwangerschaftstest versuchen sollte.

Allerdings will ich Mia damit nicht verängstigen. Zudem habe ich diese Untersuchung mit in Auftrag gegeben, und Blutproben traue ich mehr als einem Urintest, obwohl der heutzutage auch sehr aussagekräftig ist. Andererseits, wie soll sie schwanger geworden sein?

Ich bin felsenfest davon überzeugt, dass sie die Pille regelmäßig eingenommen hat, und ich habe es keinen einzigen Tag vergessen, sie daran zu erinnern.

Jetzt müssen wir allerdings aufpassen.

Durch ihre Übelkeit und das stete Erbrechen am Morgen mussten wir die Einnahme weiter nach hinten verlagern, aber ein kleines Zeitfenster von zwei Stunden besteht, so viel ist mir klar. Jedoch kann ich mir beim besten Willen nicht vorstellen, worunter sie leidet.

Vielleicht ein Virus?

Oder eine Lebensmittelunverträglichkeit?

Viel mehr fällt mir nicht ein. Eventuell eine Gastritis, eine akute Magenschleimhautentzündung, aber die Symptome irritieren mich, denn sie empfindet keinen Druckschmerz im Oberbauch, wie es dabei üblich ist. Zudem fehlen das Völlegefühl und der Durchfall, die meist damit einhergehen. Erbrechen ist sogar eher untypisch, wobei eine akute Gastritis durch Medikamente ausgelöst werden kann. Vielleicht verträgt sie ja die Pille nicht. Aber eine genaue Abklärung ist nur durch eine Magenspiegelung möglich, die ich nicht zu früh verordnen möchte. Erst will ich die Testergebnisse abwarten. Dennoch setze ich sie am Sonntag auf eine Schondiät. Ich muss ihren Magen zur Ruhe bringen.

Ich koche ihr extra Grießbrei, verabreiche ihr Knäckebrot und warme Tees, und wir verbringen den Tag gemeinsam und kuschelnd im Bett.

»Seit wann genau sind die Beschwerden so akut?«, frage ich nochmal nach, und sie behauptet nach wie vor, seit zwei Wochen, obwohl das Erbrechen erst später einsetzte.

»Hast du irgendwelche Schmerzen? Tut dir irgendetwas weh, ganz gleich, was oder wo?«, hake ich zum hundertsten Mal nach, aber sie verneint. »Mir tut nichts weh. Mir ist nur ständig übel, und ich bin müde, richtig schlapp. Vielleicht ist es ja doch ein Virus.«

»Das kann ich mir kaum denken, weil ein Virus meist ansteckend ist und sich nicht über so viele Tage zieht. Außerdem ist dir morgens übel, und abends ist alles bestens. Das ist sehr untypisch«, überlege ich laut.

»Aber ich fühle mich schon ein bisschen krank. Wieso muss ich denn ständig schlafen? Und schwindelig ist mir auch immerzu«, sagt sie, und die Angst um sie lässt mich nicht los. Während Mia schon früh am Abend einschläft, liege ich noch ewig wach und grübele über ihren Gesundheitszustand nach. Ich kann die morgigen Testergebnisse kaum abwarten.

Irgendwann schaffe ich es an diesem Sonntagabend, einzuschlafen, werde allerdings kurze Zeit später von Geräuschen wach und Zeuge davon, wie Mia meinen Kühlschrank plündert. Ich komme gerade dazu und sehe, wie sie um zwei Uhr morgens in meiner Küche sitzt und ein riesiges Sandwich isst, wobei mich das nicht stören würde. Aber der Belag des Sandwichs sorgt bei mir für Übelkeit.

»Ist es das, was ich zu sehen meine?«

»Tut mir leid, ich habe so einen Hunger«, antwortet sie und beißt abermals gierig hinein, während ich mich leicht angewidert zu ihr setze.

»Käse, Gurken und Wurst lasse ich mir noch gefallen. Aber das Rote da, das ist doch kein Ketchup, oder?«, vergewissere ich mich, und sie schüttelt den Kopf, während sie heftig weiter kaut und schluckt.

»Nein, Himbeermarmelade! Das schmeckt richtig gut zusammen. Nutella habe ich auch noch drauf getan, schau! Ist schön nussig. Ich hatte so einen Hunger auf alles. Riesigen Hunger, einen Bärenhunger«, sagt sie und beißt erneut mit einer Inbrunst in das Sandwich, sodass ich mir beinahe die Testergebnisse sparen kann. Aber ich sage erstmal nichts und warte den Montag ab, den Mia wieder würgend im Badezimmer verbringt, ehe ich sie zur Uni fahre.

Als Frau Schweitzer mir gegen Mittag die Laborergebnisse bringt, bitte ich um Ruhe und Ungestörtheit, obwohl in meinem Wartezimmer zahlreiche Patienten sitzen. Ich öffne den Umschlag, hole tief Luft und lasse meine Augen über die Seiten fliegen. Ich brauche gar nicht weit zu gucken, meine Befürchtungen bestätigen sich.

Mia ist schwanger!

Leicht geschockt falle ich in meinen Sessel und weiß augenblicklich nicht, ob ich lachen oder eher heulen soll. Ich brauche ein paar Minuten, bis alles gesackt ist, und fühle eine große Erleichterung, die sich in meiner Brust ausbreitet. Mia ist nicht krank, das ist für mich die Hauptsache! Sie ist gesund, kerngesund, sogar so gesund, dass sie ein Kind in sich trägt. Mein Kind …

Plötzlich fahren Gefühle durch meine Adern, wie ich sie noch nie gespürt habe. Ich bekomme eine Gänsehaut, und alle Härchen stellen sich an meinem Körper auf.

Mein Kind … hallt es nochmal in mir wider, während meine Emotionen Achterbahn fahren.

Auf der einen Seite habe ich tierische Angst, wegen Mia! Auf der anderen Seite freue ich mich. Mir ist es, als würde ein Knoten Glück tief in mir platzen und seine Ausläufer bis in jede meiner Zellen schleudern. Aber wie bringe ich meiner kleinen Unschuld nur bei, dass sie schwanger ist? Und weshalb ist sie überhaupt schwanger? Wie konnte das nur passieren?

Für was nimmt sie dann täglich die Pille?

Verdammt, sie muss umgehend damit aufhören! Das schadet dem Kind. Erneut studiere ich ihre Testergebnisse. Laut der Laboruntersuchung und dem HCG-Anteil in ihrem Blut müsste Mia bereits in der vierten Schwangerschaftswoche sein. Sie braucht dringend Folsäure, zudem schadet das stete Erbrechen ihrem Mineralhaushalt. Ich muss mir schleunigst etwas einfallen lassen.

Nun verstehe ich auch, weshalb ihre Regel leicht überfällig ist. Was heißt ›leicht‹ … Sie wird sie gar nicht mehr bekommen. Mia hat es auf den *Virus* geschoben und darauf, dass sie sich so unwohl fühle.

Mein armes, kleines Engelchen!

Als sie am späten Nachmittag in meine Praxis kommt, bin ich unfähig, ihr die Wahrheit zu sagen. Stattdessen erzähle ich ihr, dass sie erstmal die Pille absetzen solle, bis sich alles wieder eingespielt habe. Ich erkläre ihr zudem, dass sie nicht ernsthaft krank sei und laut der Laboruntersuchung ihre Hormone schuld an der Übelkeit seien – das stimmt ja auch soweit, aber mehr bringe ich nicht über mich.

Ich werde es ihr anders mitteilen, auf eine schöne Art und Weise, wenn wir in Paris sind. Ich werde einen Babystrampler oder kleine Minischuhe kaufen und sie ihr früh morgens ans Bett bringen. Oder ich führe sie zum Shoppen in einen Babyladen. Wenn sie mich fragen sollte, was wir dort suchen, werde ich einfach auf ihren Bauch deuten. Irgendetwas wird mir schon einfallen, nur jetzt kann ich unmöglich etwas sagen. Wie und was auch?

Äh, übrigens … du bist schwanger …

Nein, das geht nicht. Für gewöhnlich läuft es nämlich andersrum. Da merken die Frauen, dass sie schwanger sind und überraschen die Väter. In unserem Fall muss der Vater die werdende Mutter überraschen, die noch keine Ahnung davon hat.

Ach, mein Engelchen … Ergeben schließe ich sie in meine Arme, und es fällt mir schwer, sie nach Hause zu fahren. Ich würde sie so gerne bei mir behalten. Alleine deswegen, weil ich weiß, dass sie morgen früh wieder erbrechen wird und es kein Mittel gibt, das es ändert.

»Mia, versuch morgen früh, vor dem Aufstehen eine winzige Kleinigkeit zu essen. Und wenn es nur ein Keks ist. Eventuell hilft dir das. Und bitte trink ausreichend! Das ist ganz wichtig. Ich gebe dir nochmal eine Kapsel mit. Wenn es irgendwie geht, nimm sie morgen Vormittag zu dir. Es ist Folsäure, wie vorhin. Sie hilft euch, äh, Entschuldigung, dir, meine ich, bei der Zellerneuerung, und gerade du brauchst dieses Mittel momentan sehr stark, um deiner Unterversorgung entgegenzuwirken«, verdeutliche ich und merke schon, dass ich zukünftig aufpassen muss, was ich sage.

Am Dienstag und am Mittwoch spüre ich die Vaterfreuden immer deutlicher. Sobald Mia meine Praxis betritt, bin ich in einem Ausnahmezustand. Am liebsten würde ich sie in Watte packen und weiß selbst, dass meine Übervorsicht absolut unnötig ist.

Lauf langsam die Treppe hoch, heb nichts, leg dich hin, ruh dich aus, heute besser keinen Sex, morgen auch nicht, du musst dich schonen …

Ich weiß nicht, wie viele sinnige und unsinnige Anweisungen ich ihr in den vergangenen Stunden erteilt habe. Ich weiß nur, dass ich schleunigst einen Gynäkologen aufsuchen möchte, um mich von der Gesundheit des Embryos zu überzeugen. Wenn ich schon an Frau Dr. Meyer denke, vergeht es mir. Und vorher müsste ich ja auch erstmal Mia involvieren. Sie scheint wirklich nichts zu ahnen. Gerade hat sie mir eine Nachricht geschrieben, dass sie nicht verstehe, weshalb sie so müde sei und sich jetzt hinlegen müsse. Ich rufe sie noch kurz an und wünsche eine gute Nacht. Wenn sie aufwacht, wird sie zwanzig Jahre alt sein. Ich hätte die Stunden um Mitternacht so gerne gemeinsam mit ihr verbracht und hineingefeiert, aber leider war es nicht möglich. Dafür wird sie mir ab Freitag für viele Tage gehören, und auch heute werde ich sie noch sehen.

Ich habe extra die Praxiszeiten geändert und zwanzig langstielige rote Rosen bestellt. Damit werde ich sie nachher überraschen, aber jetzt kann ich nicht anders, als die Nummer von Frau Dr. Meyer zu wählen. Ich habe ein paar Fragen und bin schon ganz gespannt auf ihre Antworten.

Dass die Gute mich ewig vertröstet und erst nach dem dritten Anruf zu sprechen ist, trägt nicht unbedingt zu meiner Laune bei.

»Dr. Moore. Wie kann ich Ihnen helfen?«

»Ich hätte gerne gewusst, was die Wirkung der Minipille beeinträchtigt.«

»Eine unregelmäßige Einnahme.«

»Und außerdem? Eventuell Unverträglichkeit oder Kreuzreaktionen mit anderen Arzneien zum Beispiel?«

»Sofern es kein Abführmittel ist, nicht unbedingt. Weshalb wollen Sie das wissen, Dr. Moore?«

»Mia ist schwanger«, sage ich ohne Umschweife. »Und ich weiß nicht, wie es passiert ist.«

»Und weshalb ruft mich Mia dann nicht selber an? Ich müsste mit ihr alle Einzelheiten klären, um zu erörtern, wie es zu einer Schwangerschaft kommen konnte. Die Minipille ist zwar nicht das sicherste Präparat, das hatte ich Ihnen gesagt, aber wenn man sie korrekt einnimmt, kann eigentlich nichts passieren.«

»Mia weiß es noch nicht.«

»Wie bitte? Mia weiß es noch nicht?«, fragt Frau

Dr. Meyer sichtlich überrascht, und ich erkläre ihr alle mir bekannten Einzelheiten und bitte um einen Termin nach unserem Urlaub.

»Aber wollen Sie nicht lieber gleich mit ihr kommen? Ich könnte Ihnen noch heute und auch morgen einen Termin anbieten. Es handelt sich immerhin um eine ungewollte Schwangerschaft, und Sie wissen gar nicht, ob Mia dieses Kind austragen will.«

»Sie will und sie wird, da bin ich mir absolut sicher. Und ich würde mir auch lieber heute als morgen einen Ultraschall ansehen, um abzuklären, ob alles in Ordnung ist, aber ich muss Mia erst mit den neuen Umständen vertraut machen. Außerdem fahren wir morgen in den Urlaub. In den nächsten vierzehn Tagen geht es daher nicht«, mache ich nochmal deutlich.

Ich habe ein ungutes Gefühl, was die Gynäkologin betrifft und würde viel lieber Dr. Wagner zu Rate ziehen, aber meine Empfindungen verdränge ich erstmal, denn heute ist Mias Geburtstag, und ihre Rosen warten beim Floristen darauf, abgeholt zu werden.

Kapitel Einundzwanzig

Φ Mia Φ

Zum Glück geht es mir heute nicht ganz so schlecht, und ich konnte die Frühvorlesung besuchen. Ich habe Dukens Ratschläge befolgt und einen kleinen Keks gegessen, als ich noch im Bett lag. Mir ist zwar dennoch speiübel, aber das Erbrechen blieb bisher aus. Allerdings kann ich heute unmöglich in die Mensa gehen. Gerüche sind momentan ganz furchtbar für mich. Es reicht schon, wenn ich andere essen sehe. Wenn es das Falsche ist, wie Fisch oder Käse, kommt es mir sofort hoch.

Wenn ich nur wüsste, was mit mir los ist! Ich weiß, dass sich Duken große Sorgen macht. Ich sehe es in seinen Augen, und das schürt meine Angst. Hoffentlich habe ich nichts Schlimmes, was er mir verschweigt. Aber wenn er etwas wüsste, dann müsste er es mir doch sagen, oder? Ich hoffe immer noch darauf, dass es einfach wieder weg geht, genauso, wie es urplötzlich begonnen hat. Ich meine, ich bin zwar nicht richtig krank, aber ich fühle mich permanent müde, mir ist oft schwindelig, und dann diese Übelkeit, die ist ganz furchtbar. Auch heute habe ich den ganzen Vormittag mit meinem Unwohlsein zu kämpfen und bin heilfroh, dass die Semesterferien anstehen. Morgen ist mein letzter Tag, und dann heißt es erstmal: Urlaub! Ich kann es kaum glauben, denn wir fahren zusammen, und ich freue mich so sehr darauf.

Duken hat mir gesagt, dass wir zehn Tage verreisen, aber wohin, das weiß ich nicht. Es ist mir auch egal. Wenn er in meiner Nähe ist, bin ich überall glücklich. Ich frage mich ernsthaft, was das zwischen uns ist und als was er mich betrachtet. Ich gehe seit nunmehr zehn Wochen freiwillig zu ihm, täglich. Er hat mich nie wieder gezwungen oder mit den Aufnahmen genötigt. Er behandelt mich wie eine echte Prinzessin. Ich habe mich nie bei jemandem wohler gefühlt als in seiner Gegenwart. Aber was bin ich für ihn?

Doch nur sein Spielzeug? Denn wir haben viel Sex.

Ich liebe es, so eng mit ihm verbunden zu sein. Außerdem macht es mir inzwischen großen Spaß. Allerdings hat er diese Woche ständig abgewiegelt, als ich es wollte. Nicht ein einziges Mal seit Sonntag haben wir miteinander geschlafen, und das ist ein trauriger Rekord.

Ob er mich nicht mehr anziehend findet? Ich weiß ja, dass mir ständig übel ist, und das letzte Wochenende war eine Katastrophe. Ich war mehr in seinem Badezimmer als in seinem Schlafzimmer. Dass es ihm da vergehen kann, ist schon logisch.

Gott, ich hasse diese Übelkeit! Ich will das nicht mehr! Ich will Duken und habe solche Angst, dass er sich von mir abwenden könnte, wenn das noch länger so geht. Ich brauche ihn doch, er ist alles, was ich habe. Noch nie war ich jemandem so nah wie ihm. Er ist nicht nur meine große Liebe, er ist mein Leben, und ich habe Angst, ihn zu verlieren, wenn es mir nicht bald besser geht.

Aber augenblicklich habe ich nur eines vor Augen, unsere anstehende gemeinsame Zeit. Auf nichts freue ich mich mehr als auf die kommenden zehn Tage.

Zehn Tage am Stück! Alleine mit ihm …

Die Vorfreude darauf lässt mich die anstrengenden Stunden in der Vorlesung überstehen, und als ich am frühen Nachmittag die Uni verlassen will, traue ich meinen Augen nicht.

Duken steht auf dem Campus. Er hält einen riesigen Strauß roter Rosen im Arm und lächelt mir entgegen.

»Ist das Dr. Moore?«, höre ich Nele fragen, die mit mir das Gebäude verlassen hat, und auch Lena mischt sich ein. »Was macht er hier? Für wen sind die Rosen? Ob er eine Freundin an der Uni hat? Ich denke, er ist Single. Meine Mom fährt doch so auf ihn ab, und ich finde ihn auch total heiß«, höre ich sie sagen und platze in dem Moment beinahe vor Stolz.

Dass er hierher kommt, so offensichtlich – wobei wir unsere Liaison bisher eher geheim gehalten haben – macht mich wahnsinnig glücklich. Ein schöneres Geburtstagsgeschenk hätte er mir gar nicht machen können.

Ich höre nicht mehr, was die anderen noch alles sagen. Es ist mir auch egal. Ich spüre nur ihre Blicke in meinem Rücken, als ich langsam zu Duken gehe, ihn anstrahle und lächelnd die Rosen entgegennehme.

»Alles Gute zu deinem Geburtstag, mein Schatz. Und auf hundert weitere gemeinsame Jahre,

Engelchen«, höre ich ihn sagen, und das Glück in mir quillt über.

Hundert weitere gemeinsame Jahre?

Dass es so viele werden, bezweifle ich. Aber ich würde mich auch über die nächsten fünfzig Jahre mit ihm freuen. So lange ich meine Zeit mit ihm teilen kann, ist mir alles recht.

Ergeben liege ich in seinen Armen und lasse mich drücken. Und dann schiebt er mich ein Stückchen von sich, um mir in die Augen zu sehen …

Er nimmt mein Gesicht in seine Hände und küsst mich. Auf den Mund. Mitten auf dem Campus. Wo es alle sehen können … Und mein Vater arbeitet hier auch. Er kennt alle Professoren, und gerade läuft Frau Dr. Dr. Gunhilde Jordan an uns vorbei. Sie dreht sich extra nochmal zu uns um.

Ich bin euphorisch und ziehe mit meiner freien Hand Duken noch fester an mich. Ich stecke ihm meine Zunge in den Mund und genieße diesen innigen Kuss vor den Augen vieler Leute, die mich kennen. Die mich als die biedere, brave Mia Lind kennen. Das Mädchen, der noch kein Junge zu nah kam. Und dann gleich so ein bildschöner Mann, ein angesehener Arzt, wie viele wissen.

Binnen Sekunden ändert sich mein Status von langweilig in höchstinteressant, von Dauersingle in liiert. Und ich bin glücklich darüber, so glücklich wie noch nie.

Obwohl Lena und Nele gute zehn Meter entfernt stehen, kann ich ihre entsetzten Blicke spüren. Es ist ein Mix aus Neid, Überraschung und Neugier. Ich weiß, dass sie mir morgen Löcher in den Bauch fragen werden. Aber bis morgen ist es noch Zeit. Heute ist mein Tag, mein Geburtstag, den ich so gerne nur mit Duken verbringen möchte. Ich brauche keine große Feier, ich will meine Freunde nicht einladen, denn so nah stehen wir uns nicht. Mein bester Freund ist eh Duken. Er ist mein Freund, mein Vertrauter, mein Arzt, mein Geliebter, mein Seelenverwandter … Er ist alles für mich.

Ich will meine Zeit mit ihm verbringen, und er hat schon eine Überraschung geplant. Wir fahren umgehend in ein Wellnessresort, wo ich nach allen Regeln der Kunst verwöhnt werde. Allerdings nur von ihm persönlich. Zuerst essen wir in einem Gewölbe, in dem Hunderte Kerzen brennen, eine Torte. Er hat sie extra für mich backen lassen. Die Ziffern der Zahl Zwanzig funkeln darauf, und das gute Stück ist mit vielen Herzen dekoriert. Wer soll das nur alles essen? Wie gut, dass mein Hunger zurück ist, und selbst die Übelkeit verschont mich an diesem Tag. Anschließend gehen wir im Wellnessbereich baden. Den Whirlpool haben wir für uns alleine, und Duken beschenkt mich mit Tausenden Küssen, während das prickelnde Wasser unseren Körpern schmeichelt.

Uns werden Säfte gereicht und alkoholfreie Cocktails. Zudem ein Gourmetteller mit sämtlichen Leckereien, denen ich nicht widerstehen kann. Er enthält zahlreiche Obstsorten und viele kleine delikate Häppchen, von denen eines besser schmeckt als das andere.

Nach dem Bad bin ich so satt, dass ich glatt schlafen gehen könnte.

Duken wickelt mich in einen flauschigen Bademantel und führt mich in unser Zimmer, in dem das Bett mit Rosenblättern dekoriert ist. Zwei kleine Marmortauben sitzen auf dem Nachttisch, und in ihren Flügeln halten sie eine Schale Pralinen. Eine Flasche Sekt steht auch parat, allerdings schmeckt mir der nicht sonderlich.

Von Duken erfahre ich, dass er alkoholfrei ist, weil für meinen Magen momentan Alkohol nicht gut sei. Deshalb gibt es auch zum Abendessen, das auf unserem Zimmer serviert wird, nur Traubensaft und keinen Wein. Wir erhalten flambierte Filetsteaks, die vor unseren Augen zubereitet werden, und ich glaube, ich war noch nie so satt wie an diesem Abend. Wenn mir morgen früh schlecht sein sollte, habe ich ein großes Problem. Aber momentan geht es mir ganz ausgezeichnet. Ich bin so glücklich, dass ich die ganze Welt umarmen könnte.

Das steigert sich noch, als Duken meinen Bademantel ablegt, mir aus dem Bikini hilft und mich zu küssen beginnt … Diesmal sind es keine Küsse auf dem Mund, sondern sie beginnen viel tiefer, und ich weiß, dass unsere sexfreien Tage endlich vorüber sind. Ich kann es kaum erwarten, ihn wieder in mir zu spüren, mich mit ihm zu vereinen und kriege nicht genug davon.

»Ganz langsam, Engelchen. Lass uns lieber vorsichtig machen«, raunt er mir entgegen, als ich mich beim zweiten Mal auf ihm bewege wie ein Rodeoreiter auf seinem Pferd. Ich will nicht vorsichtig machen!

Ich will ihn! Ich brauche ihn! Ich brauche das jetzt!

Ich glaube, ich war noch nie so heiß wie an diesem Tag, denn obwohl ich erschöpft und müde bin, kann ich es nicht lassen, mich eine Stunde später wieder an sein Geschlecht zu pirschen und seinen Schwanz zu lecken. Ergeben schaue ich ihm dabei in die Augen und spüre, wie sein Glied erneut unter meinen Berührungen zu wachsen beginnt. Als es groß und fest ist, stramm wie ein Soldat steht, lecke ich noch mehrmals auf und ab und knie mich dann auffordernd, auf allen Vieren und ganz lasziv vor Duken auf's Bett. Ich will es nochmal, jetzt von hinten! Er greift dabei immer an meine Hüften und dirigiert mich vor und zurück. Es fühlt sich so gut an. Es ist fast wie benutzt zu werden, und ich lasse mich gerne von ihm benutzen. Danach kuscheln wir immer so schön und innig miteinander, dass ich es liebe, vorab wie ein Tier rangenommen zu werden, und er lässt mich auch jetzt nicht lange warten. Allerdings ist er viel vorsichtiger als sonst, stößt nicht so fest zu, sondern besorgt es mir sanft und rhythmisch mit massig Streicheleinheiten, die dazu führen, dass ich ganz schnell komme, zum dritten Mal an diesem Abend.

Ach, wenn wir doch jetzt nur zusammen einschlafen könnten. Aber ich darf nicht! Ich muss nach Hause, und Duken weiß es auch. Ich bin schon dankbar dafür, dass mein Vater glaubt, ich ginge ab morgen für zehn Tage in eine Reha, und wir so viel Zeit miteinander verbringen können. Dennoch würde ich heute Nacht so gerne bei ihm bleiben. Es ist eine Schande, dieses traumhafte Hotel so zeitig verlassen zu müssen.

»Mia, wir müssen jetzt nicht gehen. Ich kann auch deinen Vater anrufen und Bescheid geben.«

»Und was willst du ihm sagen? Dass ich schon wieder in deiner Praxis schlafe? An meinem Geburtstag? Ich habe ihm erzählt, dass ich mit Freunden ins Kino und anschließend essen gehe. Er weiß, dass es heute ein bisschen später wird und hat es sogar erlaubt. Wenn ich jetzt aber gar nicht nach Hause komme, war es vielleicht das letzte Mal, dass ich länger ausgehen durfte.«

»Mia, du bist jetzt zwanzig Jahre alt! Du darfst ausgehen, so lange du willst! Und ich will dieses blöde Versteckspielen nicht mehr. Wir sagen es ihm einfach. Basta. Er muss damit zurechtkommen, ob es ihm gefällt oder nicht. Auf jeden Fall dulde ich es nicht länger, dich allabendlich nach Hause fahren zu müssen, obwohl ich dich viel lieber bei mir haben will. Nach dem Urlaub machen wir reinen Tisch. Klar?«

In mir geht es drunter und drüber, und das Glück nimmt neue Ausmaße an. Sind wir etwa doch zusammen? So ein richtiges Paar? Will er das meinem Vater sagen?

Alles andere würde sich auch ziemlich blöd anhören.

»Wieso grinst du so, Mia? Habe ich etwas Falsches gesagt?«, hakt er nach, während wir uns anziehen, weil ich ja leider gehen muss.

»Nein, falsch war es nicht, im Gegenteil. Du willst Vater also sagen, dass wir, dass wir … Was?«, versuche ich nun herauszufinden, wie er zu mir steht.

»Dass du und ich zusammengehören und wir uns

nicht mehr von ihm trennen lassen. Weder von ihm noch von sonst jemandem auf dieser Welt. Du bist mein Leben, Mia, und ich will nie wieder ohne dich sein!«

Seine Worte versetzen mich in einen Glückstaumel.

Also liebt er mich bestimmt! Und er wird mich auch nicht verlassen, weil mir ständig übel ist. Er behandelt mich zwar seit Tagen wie ein rohes Ei, aber seine Worte waren deutlich. Ich bin sein Leben, und er will nie wieder ohne mich sein … Ich auch nicht ohne ihn! Keinen einzigen Tag mehr!

Selig steige ich aus seinem Wagen, und wir küssen uns für heute ein letztes Mal. Duken parkt seit Wochen um die Ecke, sodass Vater sein Auto nicht sehen kann, wenn er mich abends heimfährt. Die funkelnden Sterne sind Zeugen unserer Zuneigung, und ich kann es kaum erwarten, ihn nachher wiederzusehen.

»Glaubst du wirklich, du schaffst es in die Frühvorlesung?«, will er mit einem Blick auf seine Uhr wissen, und er streicht über meine feuchten Lippen.

»Ja, auf alle Fälle. Ich möchte es hinter mir haben und dann nur noch bei dir sein und mit dir verreisen.«

»Du weißt ja noch gar nicht, wohin es geht«, neckt er mich, und ich zucke mit den Schultern. »Egal, wenn du dabei bist, würde ich sogar ins tiefste Sibirien reisen. Der Koffer ist schon gepackt, ich freue mich ja so«, lasse ich ihn wissen und wippe dabei auf und ab.

»Ich mich auch, Engelchen. Ich hole dich um vierzehn Uhr von der Uni ab, und anschließend holen wir deine Sachen. Unser Flug geht um achtzehn Uhr. Morgen Abend haben wir ein Dinner auf dem

Eifelturm«, erzählt er mir, und ich kann es kaum glauben.

»Paris?«, frage ich freudig.

»Ja, die Stadt der Liebe, da gehören wir beide hin.«

Seine Worte lassen mich wie auf Wolken die letzten paar Meter bis zum Haus meines Vaters gehen. Obwohl ich keinen Alkohol getrunken habe, komme ich mir total beschwipst vor. Ich habe meine Schuhe ausgezogen, halte sie in der Hand und balanciere auf der Bordsteinkante wie eine Seiltänzerin …

Paris, die Stadt der Liebe, da gehören wir hin!

Ich bin so glücklich, ich kann es gar nicht in Worte fassen. Aber ich weiß, ich bin der allerglücklichste Mensch auf der ganzen Welt.

Dieser Zustand ändert sich allerdings abrupt, als ich unser Haus betrete. Obwohl es schon nach Mitternacht ist, ist mein Vater noch wach. Betrunken kommt er aus dem Wohnzimmer und torkelt mir entgegen.

Ich erwarte, dass er etwas sagt, mich etwas fragt, aber er bleibt stumm und kommt immer näher, bis er direkt vor mir steht. Ich rieche den Alkohol, der aus jeder seiner Poren dringt, und von einem Moment auf den anderen bekomme ich so eine schallende Ohrfeige, dass ich gegen die Wand falle und mir schwindelig wird.

Meine Wange und mein rechtes Ohr brennen wie Feuer. Es fühlt sich an, als hätte jemand versucht, meinen Kopf abzutrennen.

Ich rapple mich wieder hoch und sehe ihn erschrocken an. Da bekomme ich schon den nächsten Schlag auf die andere Seite und falle wieder um.

Gott, das tut weh. Mein Kopf! Meine Ohren … alles in mir summt. Ich glaube, mein Trommelfell ist geplatzt.

Ich wage es nicht, wieder aufzustehen und bleibe lieber liegen, aber Vater zieht mich an meinen Haaren hoch und schleift mich in die Mitte unseres Korridors, wo er mich endlich anschreit, denn ich weiß überhaupt nicht, was passiert ist. Ich hatte ihm doch gesagt, dass ich etwas später komme.

»Was bist du nur für ein elendiges Flittchen! Haben dir die Jahre in der Klosterschule nicht gereicht? Hätte ich dich besser dort lassen sollen? Wo kommst du jetzt her?«, schreit er mich in einer Lautstärke an, dass ich mir die Ohren zuhalten muss, weil es gar wehtut.

»Ich, ich äh, ich war doch mit Freunden aus. Ich äh, ich hatte doch Geburtstag«, erinnere ich ihn, denn er hat mir weder gestern Morgen gratuliert, als er mich zu Hause sah, noch irgendwann am Tag.

»Ich kenne deinen scheiß Geburtstag, er ist schließlich der Todestag meiner geliebten Frau. Deine Mutter ist deinetwegen gestorben, und so dankst du es ihr?«

»Aber ich habe doch gar nichts gemacht«, versuche ich mich zu verteidigen, als mich schon wieder ein Schlag trifft. Diesmal allerdings mittig in meinem Gesicht, sodass umgehend Blut spritzt. Ich weiß im ersten Moment gar nicht, woher es kommt. Es muss meine Nase sein, aber auch meine Lippe fühlt sich komisch an. Sie ist heiß und wird binnen Sekunden ganz dick. Ich taste danach und spüre, dass sie aufgeplatzt ist.

Gott, ich habe Angst. Was ist nur mit ihm los?

Er hat mich schon oft geschlagen, seit ich klein war, aber noch nie so stark.

»Nichts gemacht? Nichts gemacht?«, schreit er mich jetzt an, und ich sehe, wie er zu dem Ständer mit den Schürhaken geht, die gleich neben dem offenen Kamin in unserer großen Diele stehen, und wahllos nach einem greift. Ehe ich mich versehen kann, zieht er einen heraus und schlägt mich mit dem eisernen Stab, der eine gefährliche Spitze hat.

Ich versuche meinen Kopf zu schützen, weil die festen Schläge von überall auf mich prasseln. Ich bekomme das Teil dennoch mehrfach auf den Kopf und beginne zu weinen. Er trifft meine Hände, die ich dennoch weiterhin über meinen Schädel halte. Ebenso meine Schultern. Meine linke Schulter bekommt es ganz stark ab, weil ich nur ein Sommerkleid trage und kaum geschützt bin. Die Spitze des Schürhakens verletzt meine Haut, gräbt sich in mein Fleisch. Es tut so weh!

Er zieht sie grob heraus und schlägt weiter damit nach mir. Ich bin schon fast am Boden, ich kann nicht mehr und wende ihm meinen Rücken zu, der nun alles abbekommt. Hilfe, er schlägt mich tot!

Die Eisenstange prellt meine Rippen, ich befürchte, sie werden brechen, und die Spitze verletzt mich immer wieder, reißt mein Fleisch auf. Jetzt bekomme ich es erneut am Kopf ab. Genau auf den Hinterkopf. Meine Tränen fließen wie ein reißender Bach.

Mein Vater ist außer sich. Wie im Wahn schlägt er auf mich ein. Ich schaue tränenüberströmt zu ihm, als mich so ein fester Schlag mitten auf den Kopf trifft, dass ich wohl in Ohnmacht falle, was garantiert mein Glück ist.

Als ich wieder zu mir komme, liege ich noch immer auf dem Boden. Überall ist Blut. Meine Hände bluten, meine nackten Arme sind verletzt. Mein Kopf, mein Nacken, mein Gesicht …

Ich weiß gar nicht, was mir wo zuerst wehtut.

Ich kann kaum aufstehen, und mein Vater lauert wie ein angriffslustiger Tiger in der Ecke, der nur darauf wartet, wieder zuzuschlagen. Ich kauere mich näher an die Wand und ziehe meine Beine ganz eng an meinen Körper.

»Was habe ich denn getan?«, frage ich wispernd, und hege die Befürchtung, dass es mit Dukens Überraschung auf dem Campus zusammenhängen könnte. Uns haben viele gesehen, aber das ist offenbar nicht der Grund.

»Deine Ärztin hat heute hier angerufen. Eine Frau Dr. Meyer. Eine Gynäkologin. Ihre Nachricht war auf dem Anrufbeantworter. Sie will mit dir sprechen …«, sagt er ruhig, ehe er brüllend fortfährt. »Es geht um die Einnahme deiner Pille. Der Pille, Mia! Wozu brauchst du die Pille, und seit wann schluckst du dieses Zeug? Hast du es so nötig? Habe ich dich so erzogen?«

Oh Gott … es geht also nur um die Pille?

Deshalb schlägt er mich so sehr?

»Aber, aber … Ich, äh, ich nehme sie doch nur wegen, wegen meiner Migräneattacken und um meinen Hormonhaushalt zu regulieren«, versuche ich es mit einer Notlüge, denn Duken sagte ja mal, dass manche Pillensorten dabei hilfreich seien.

»Ich nehme sie auch noch gar nicht lange, erst ein knappes Vierteljahr. Ich bin zwanzig Jahr alt, Dad. Was ist so schlimm daran, dass ich die Pille nehme?«, frage ich ihn, und er scheint kurzzeitig zu überlegen, ehe sich seine bösartigen Gesichtszüge weiter vertiefen.

»Ich glaube dir kein Wort! Seit einem Vierteljahr nimmst du dieses Zeug? Und seit einem Vierteljahr bist du kaum noch zu Hause. Jeden Abend kommst du später, und dann die ganzen Wochenende in einer Reha. In was für einer Reha bist du bitteschön? Ich habe heute mit unserer Krankenkasse telefoniert. Dort weiß man nichts von einer Reha. Nicht eine einzige Abrechnung gibt es dazu. Wo treibst du dich an den Wochenenden rum? Und was hat Dr. Moore damit zu tun? Deckt er dich? Damit du huren kannst? Ich werde dich lehren, wie eine anständige Frau zu leben! Das war heute das letzte Mal, dass du ausgehen durftest. Dein Studium kannst du vergessen, keinen Cent gebe ich mehr dafür aus! Du gehst zurück ins Kloster und wirst Nonne. Ich werde gleich morgen früh die Ordensschwestern kontaktieren. Ich will keine Tochter, die für jeden die Beine breit macht!«, schreit er wie von Sinnen.

»Aber dem ist nicht so, Vater, wirklich nicht! Bitte, ich will nicht zurück ins Kloster. Ich will keine Nonne werden.«

»Und ich will keine Hure als Tochter! Du bist eine Schande, und ich spucke auf dich!«, sagt er, und ich bekomme seine Spucke ab, ehe er mich weiter anschreit. »Deine Mutter würde sich im Grabe umdrehen, wenn sie wüsste, was aus dir geworden ist.

Und für so etwas ist sie gestorben! Scher dich auf dein Zimmer! Du bleibst so lange darin, bis ich ein Kloster gefunden habe, das dich aufnimmt«, droht er mir, und ich bekomme tierische Angst. Ich will in kein Kloster.

Ich will bei Duken bleiben!

Quälend versuche ich, mich aufzurappeln und krieche die Treppe nach oben. Ich kann kaum laufen, solche Schmerzen habe ich. Am Treppenabsatz krame ich in meiner Tasche nach meinem Handy. Ich muss Duken informieren, ich brauche seine Hilfe.

Ich habe kaum das Smartphone in der Hand, als ich Vaters Schritte höre. Ich wusste gar nicht, wie schnell er sein kann und sehe aus den Augenwinkeln den Schürhaken, den er schon wieder in der Hand hält.

»Wen willst du anrufen? Die Kerle, mit denen du es treibst? Na, warte, Fräulein«, schreit er, und in meiner Angst renne ich in mein Zimmer und verriegele die Tür.

Er schlägt dagegen, flucht und schreit, während ich hektisch versuche, Duken zu erreichen. Ich drücke so stark auf das Display des Smartphones, dass es meine Befehle nicht annimmt. Ich drücke wieder und wieder auf Wählen, immer mehr, bis sich das Display ganz schwarz färbt. Verdammt! Ich brauche Hilfe. Ich brauche dringend Hilfe! In dem Moment tritt mein Vater die Tür ein. Ich bekomme das Türblatt ab und falle zu Boden.

Er ist sofort über mir, entreißt mir das Handy und knallt es gegen die Wand. Und dann bekomme ich weitere Schläge. Er reißt mir beinahe alle Haare aus, als er mich daran zum Bett zerrt. Erneut bekomme ich links und rechts Ohrfeigen. Mein Kopf wird hin und her geschleudert. Ich sehe nur noch bunte Sternchen, und meine Ohren summen. Mein Kopf fliegt hin, mein Kopf fliegt her. Ich werde gleich wieder ohnmächtig, ich spüre es ganz deutlich. Ich merke noch, wie weitere Schläge durch den Schürhaken auf mich prasseln, und dann spüre ich nichts mehr, gar nichts.

Irgendwann komme ich kurz zu mir, weil ich stark friere. Ich liege am Boden, auf kalten Fliesen. Wie es aussieht, bin ich in meinem kleinen Badezimmer, obwohl ich kaum etwas erkennen kann. Es ist stockdunkel hier drin. Ich robbe zur Tür und greife zittrig nach dem Griff. Es ist abgeschlossen.

Weshalb wundert mich das nicht?

Hier drin gibt es kein Fenster, kein Telefon, und der Lichtschalter kann nur von außen betätigt werden. Ich bin hier ganz alleine und kann niemanden um Hilfe bitten, denke ich mir, als schon wieder mein Kreislauf versagt und ich erneut zusammenbreche.

Kapitel Zweiundzwanzig

Φ Duken Φ

Verdammt, wieso geht sie nicht an ihr Handy? Das ist doch gar nicht ihre Art. Und meine unzähligen Nachrichten kommen auch nicht an. Sie soll sich doch jeden Morgen bei mir melden, gleich ist es Mittag, und ich habe bisher kein Lebenszeichen von ihr erhalten. Das ist total untypisch! Nun gut, vielleicht war es gestern doch ein bisschen viel für sie, und sie schläft noch. Vielleicht geht sie zur Spätvorlesung, obwohl es dann mit unserem Flug ganz schön knapp werden wird.

Ich bekomme auch in der folgenden Stunde keine Nachricht von ihr, wodurch sich mein ungutes Gefühl steigert. Mias Handy bleibt aus, und meine Nervosität macht mich rasend. Ich fahre wie abgemacht um vierzehn Uhr zur Uni, um sie abzuholen. Aber sie ist nicht da, und ich bin nicht überrascht. Fast habe ich es erwartet.

Ich frage mich durch und erfahre, dass sie den ganzen Tag noch nicht anwesend war, ebenso wenig ihr Vater, der heute auch überraschend fehlt.

Bei mir schrillen umgehend alle Alarmglocken.

Hoffentlich ist nichts passiert! Hoffentlich geht es ihr gut! Ich befürchte, dass sie zusammengebrochen sein könnte und ihr Vater sie womöglich in ein Krankenhaus gebracht hat.

Früh morgens spielt ihr Kreislauf oft verrückt. Verdammt! Ich hätte ihr das mit der Schwangerschaft sagen müssen.

Ich will nicht, dass sie es herzlos und unvorbereitet von irgendwelchen fremden Ärzten erfährt. Und dann ist ihr Vater auch noch zugegen. Mia hat Angst vor seiner Strenge, und er wird toben. Ich muss ihn unbedingt anrufen. Hoffentlich geht er an sein Handy. Hoffentlich ist es noch nicht zu spät.

Hektisch wähle ich seine Nummer. Es dauert eine Weile, bis er sich meldet. »Lind.«

»Thoralf, hallo. Weißt du, wo Mia ist und wie es ihr geht? Ich wollte sie zur Reha abholen. Wir hatten ausgemacht, dass wir uns an der Uni treffen. Aber sie fehlt ebenso wie du. Ist etwas passiert? Gab es einen Zwischenfall? Ich kann sie nämlich auch telefonisch nicht erreichen, was absolut untypisch ist.«

»Äh … sie schläft noch. Ihr geht es nicht so gut, und mit der Reha das wird auch nichts. Sie muss erstmal wieder gesund werden.«

Der Spinner! »Ich weiß, dass es ihr augenblicklich nicht gut geht. Darum will ich sie ja abholen. Sie braucht medizinische Hilfe.«

»Nein, nein, schon gut. Lass nur! Sie braucht keinen Arzt. Sie kommt auch so wieder auf die Beine.«

Ich glaube, ich höre nicht richtig. Was soll das denn jetzt? »Ich spaße nicht, Thoralf. Ich bin ihr Arzt, und es ist ernst. Ich würde jetzt gerne mit ihr reden. Kannst du sie bitte ans Telefon holen oder ihr sagen, dass sie ihr Handy einschalten soll? Bitte sieh umgehend nach ihr! Es ist dringend!«

»Das passt gerade gar nicht. Wie schon gesagt, sie schläft, und ich möchte sie nicht wecken. Ich kann jetzt auch nicht länger telefonieren, ich habe nämlich gleich einen Termin«, sagt er und legt allen Ernstes auf.

Ich schaue irritiert mein Smartphone an, als hätte ich mich verhört. Was ist da nur los? Das ist doch nicht normal, dafür kenne ich Thoralf zu gut. Irgendetwas muss geschehen sein, und die Sorge um Mia bringt mich beinahe um.

Sofort mache ich mich auf den Weg zu ihrem Zuhause. Als ich ankomme, ist es schon kurz nach sechzehn Uhr, weil der Verkehr in Hamburg an einem Freitagnachmittag teuflisch sein kann. Thoralfs Wagen parkt in der Einfahrt, also muss er ebenfalls anwesend sein.

Ich klingle mehrfach, aber niemand öffnet mir. Als ich erneut wie verrückt die Klingel betätige, höre ich nichts. Es läutet gar nicht. Entweder hat es einen Stromausfall gegeben, oder er hat die Klingel abgestellt. Daher klopfe ich nun wie verrückt gegen die große zweiflügelige Haustür, bis ich endlich seine Silhouette sehe. Ganz langsam öffnet er und schiebt seinen dicken Bauch nach draußen, sodass ich einen Schritt zurückweichen muss.

Er zieht sogar die Tür hinter sich zu.

»Duken, was führt dich her? Wenn es Mia ist, muss ich dich enttäuschen. Die ist, äh, mit Freunden unterwegs.«

Ich glaube, ich spinne. Eine dümmere Ausrede ist ihm jetzt wohl nicht eingefallen. Erst schläft sie, und jetzt ist sie angeblich mit Freunden unterwegs.

Nichts Dergleichen würde sie tun, da wir für heute ganz andere Pläne haben. Unser Flug geht in zwei Stunden, und ich weiß, wie sehr sie sich auf die Reise freut. Es muss etwas passiert sein, und mir dreht sich der Magen um.

»Thoralf, ich will dir ja nicht zu nahe treten, aber eben sagtest du am Telefon, dass es Mia nicht gut gehe und sie schlafe. Und eine halbe Stunde später ist sie mit Freunden unterwegs? Hör auf zu lügen und sag mir die Wahrheit! Wo steckt sie?«, frage ich nun deutlich aggressiver.

»Äh, ihr geht es ja auch nicht gut. Dennoch wollten sie ein Eis essen gehen, soweit ich weiß.«

»Eis essen? Vergiss es! Ich glaube dir kein Wort.«

»Aber sie ist wirklich unterwegs«, behauptet er steif und fest.

»Und weshalb geht sie nicht an ihr Handy?«

»Oh, das ist gestern Abend zu Bruch gegangen.«

»Zu Bruch?«, hake ich nach und werde immer lauter, denn allmählich beginnt es in mir zu brodeln. Der belügt mich hier ganz dreist, und die Anspannung in mir wächst. Ich will jetzt verdammt nochmal wissen, wo Mia ist und wie es ihr geht. Ich bekomme schon Krämpfe vor lauter Angst und Sorge.

»Thoralf, du sagst mir jetzt sofort, wo sie steckt! Ich weiß, dass sie nicht mit Freunden unterwegs ist, denn wir wollten heute wegfahren. Sie hat sich seit Ewigkeiten darauf gefreut, und sie würde sich durch nichts und niemandem von der Reise abbringen lassen.«

»Verreisen? Ihr? Du mit ihr?«, fragt er in hohem Ton, runzelt die Stirn und scheint allmählich eins und eins zusammenzuzählen. Seine Gesichtszüge erstarren, und er schaut mich erschrocken an.

Soll ich meinen Schwiegervater in spe jetzt einweihen?

Nein, verdammt! Es geht ihn nämlich einen feuchten Dreck an. Wir können tun und lassen, was wir wollen und brauchen nicht seinen Segen. Dennoch rede ich jetzt nicht länger um den heißen Brei herum.

»Ja, wir wollen verreisen. Mia und ich. Und der Flieger geht in zwei Stunden, das Boarding beginnt jeden Moment, und ich will jetzt verdammt nochmal zu ihr!«

»Äh, … das, das geht wirklich nicht, Duken«, sagte er und blickt ängstlich umher. Dann greift er hinter sich, öffnet die Haustür und schiebt sein voluminöses Gesäß zurück in den Flur. »Ich muss mich jetzt auch leider verabschieden. Ich habe noch zu tun«, lässt er mich wissen und schließt die Tür vor meiner Nase.

Ich muss aufpassen, dass ich nicht die Scheibe einschlage, so dermaßen hämmere ich dagegen.

»Verdammt, Lind! Du machst jetzt diese Tür auf und lässt mich sofort rein! Ansonsten rufe ich die Polizei!«, schreie ich so laut, dass es garantiert jeder Nachbar hört. Dieser Idiot lugt nochmal durch den Spalt und hat das Kettenschloss sicherheitshalber vorgezogen.

»Tut mir wirklich leid, Duken. Äh, äh … ich sage Mia Bescheid. Sie wird sich dann bei dir melden.«

»Das reicht mir nicht. Ich will sie jetzt sehen!

Verstanden? MIA!!! MIIAAA! Miiiaaaaa!!!!«, rufe ich so laut ich kann, und eine düstere Vorahnung macht sich in mir breit. Ich weiß, dass sie immer Angst vor ihm hatte. Mehrfach hat sie mir berichtet, wie streng er zu ihr sei.

Aber würde er sie wirklich einsperren und ihr das Handy entziehen?

Weswegen? Weil sie gestern zu spät kam?

Mein Gott, sie ist zwanzig Jahre alt!

Erneut rufe ich sie lautstark, während er die Türe immer noch einen Spalt breit geöffnet hat und mich zu besänftigen versucht. »Bitte, Duken. Beherrsch dich! Ich gebe ihr ja Bescheid. Sie wird sich demnächst bei dir melden«, versichert er, als ich ein dumpfes Klopfen höre. Ich kann es kaum orten, aber es kommt definitiv aus dem Haus. Dann höre ich meinen Namen.

»Duken!«, ruft sie, und in mir bricht das Tier aus.

Mit einem Schlag ist das Kettenschloss Geschichte.

Thoralf springt zu Seite und versucht mich dennoch aufzuhalten, als ich nach oben in ihr Zimmer gehen will. Er hält mich an meinem T-Shirt fest und faselt etwas von Hausfriedensbruch. Derweil ruft sie mich erneut, und ich muss aufpassen, dass ich dem Alten nicht eine verpasse.

»MIA! ICH KOMME! MOMENT«, rufe ich laut zurück und wende mich wütend an ihren Vater. »Wo ist sie, Thoralf? Wo steckt sie? Wo hast du sie eingesperrt?«

»Ich wusste doch nicht, dass du, ich meine, dass ihr, dass ihr beide … «, stottert er, und es interessiert mich herzlich wenig, was er wusste oder nicht. Ich will jetzt zu Mia und renne die Treppe nach oben. Als ich ihre eingetretene Zimmertüre sehe, versetzt es mir einen Stich ins Herz. Was ist hier nur passiert?

Plötzlich höre ich, wie die Haustür zugeschlagen wird und Sekunden später ein Motor aufheult. Thoralf macht sich offenbar aus dem Staub.

Egal, ich muss zu Mia und betrete vorsichtig ihr Zimmer, in dem sie allerdings nicht ist. Dafür sehe ich Blutspuren!

In dem ganzen Zimmer sind Blutspritzer! Teilweise sogar an den Wänden, und vor dem Bett ist es ganz schlimm. Mir wird himmelangst.

»MIA!«, rufe ich panisch, und sie wispert mir von der Tür gegenüber zu. »Hier, Duken, im Bad! Er hat mich eingeschlossen.«

Eingeschlossen … Wie kann er nur?

Zum Glück steckt der Schlüssel.

Mein Herz rast, als ich ihn umdrehe und öffne.

Mia liegt am Boden. Sie blinzelt mir entgegen und hält eine Hand schützend vor ihr Gesicht, weil in dem kleinen Raum alles finster ist.

Himmel, Herrgott … was hat er mit ihr getan?

Ehe ich zu ihr gehe, trete ich automatisch vor Schreck einen Schritt zurück. Sie ist über und über mit Blut bedeckt. Ihr Gesicht, ihre Hände, einfach überall ist Blut!

Ich denke im ersten Moment an eine Fehlgeburt, eile zu ihr und schließe sie in meine Arme. Dann erkenne ich aber die Wunden und Furchen in ihrer Haut. Ihre Hände, die zittrig nach mir greifen, sind nicht nur blutig, sondern teilweise grün und blau geschlagen. Zwei Finger sehen bedenklich geschwollen aus.

Ich hebe sie hoch und trage sie zum Bett, wo das ganze Ausmaß sichtbar wird.

Dieses Schwein muss sie geschlagen haben. Und wie!

Ihre Lippe ist dick geschwollen und aufgesprungen. Blutergüsse zieren ihren kleinen Körper.

Ihre rechte Schläfe weist eine tiefe Wunde auf, und selbst in ihrer Schulter erkenne ich eine Stichverletzung, die ich kaum deuten kann. Das war keine stumpfe Gewalt. Das muss viel mehr gewesen sein.

In mir entsteht ein Gefühl des Zerreißens.

Einerseits will ich mich um sie kümmern, aber andererseits will ich ihrem Vater hinterher und ihn, und ihn … Herr Jesus, ich bringe ihn um, wenn er mir jemals wieder unter die Finger kommt!

Mia erkennt meine Zerrissenheit.

»Bleib bei mir! Bitte bleib! Lass mich nicht alleine«, fleht sie und klammert sich an mich. Ich schließe sie eng in meine Arme und wiege sie sanft an meiner Brust.

Ja, mein Engel, ich bleibe bei dir. Fortan für alle Zeit!

»Ich lasse dich nie wieder alleine, nie wieder!«, schwöre ich ihr, und meine Lippen berühren ihr Haar. Ich küsse sie sacht und muss aufpassen, sie nicht noch mehr zu verletzen. Verdammt, was hat dieser Bastard ihr nur angetan?

»Woher kommen die Verletzungen, Mia? Woher das ganze Blut?«, will ich wissen.

»Von einem Schürhaken«, flüstert sie, und jetzt ergeben die Formen der Verletzungen einen Sinn. Ich drücke sie noch enger an mich und kann es nicht fassen.

Ein Schürhaken? Er traktiert seine einzige Tochter mit einem Schürhaken? Dieses kranke Arschloch!

Weshalb bin ich nicht viel eher gekommen? Ich hatte doch gleich ein ungutes Gefühl. Mein armer Engel …

»Es tut mir so leid wegen Paris«, flüstert sie weinerlich, aber mir ist Paris so etwas von egal.

»Pssst, Engelchen. Paris läuft uns nicht weg. Wir sollten jetzt in ein Krankenhaus fahren und anschließend zur Polizei gehen.«

»Ich möchte nicht ins Krankenhaus. Es sind nur ein paar Wunden und Prellungen, mehr nicht. Das heilt schon wieder.«

»Es könnte etwas gebrochen sein«, mache ich deutlich und schaue mir ihre malträtierten Hände an. Ich vermute, sie hat damit ihren Kopf geschützt. Hätte der das abbekommen, wäre sie vielleicht nicht mehr am Leben, und meine Wut auf Thoralf wächst bis ins Unendliche.

Ich taste vorsichtig ihre blutigen Finger ab und versuche herauszufinden, ob eine Fraktur vorliegt. Denn wenn sie geröntgt werden muss, wäre das pures Gift für das Baby, sofern es noch lebt.

»Hast du, hast du noch anderweitige Blutungen, mein Engel?«, frage ich vorsichtig nach und schaue mir ihre nackten Beine an, die zum Glück wenig abbekommen haben. Und Blut sehe ich daran auch nicht, bis auf ein paar vereinzelte Spuren, die von den anderen Verletzungen stammen.

»Nein. Ich habe keine Blutungen. Das war nur der

Schürhaken. Und meine Nase hat stark geblutet. Aber es geht schon wieder«, lässt sie mich wissen.

Es geht schon wieder … von wegen!

Es hat sie böse erwischt, und es tut mir so unendlich leid. Wie kann man eine so zarte, hilflose junge Frau nur dermaßen zurichten? Und vor allem weshalb?

»Er verprügelt dich so sehr, weil du zu spät nach Hause gekommen bist?«, erkundige ich mich fassungslos, aber Mia schüttelt den Kopf.

»Nein, nicht, weil ich zu spät gekommen bin. Es war wegen Frau Dr. Meyer. Sie muss wohl gestern hier angerufen und auf den Anrufbeantworter gesprochen habe. Irgendetwas wegen meiner Pille, sagte Vater. Das hat ihn zur Weißglut getrieben. Er war total betrunken und außer sich, als er mich geschlagen hat.«

»Das ist keine Entschuldigung, Mia, und es sind auch keine bloßen Schläge. Er hätte dich mit einem Schürhaken töten können! Und weshalb, zum Teufel, ruft diese dumme Kuh bei euch zu Hause an? Ich habe doch gestern mit ihr gesprochen! Außerdem habe ich nur meine Telefonnummern angegeben. Sie muss eigenhändig anhand deiner Adresse eure private Telefonnummer ermittelt haben. Das darf sie gar nicht!«, denke ich laut nach und könnte vor Wut an die Decke gehen. Was erlaubt sich diese Frau?

Ich hatte doch deutlich gemacht, dass Mia nichts von der Schwangerschaft weiß. Und dann spricht sie solche vertraulichen Dinge auf einen AB? Ob ihr Vater von dem Kind weiß und deshalb so ausgerastet ist?

Wie Mia aussieht, weiß sie immer noch nichts davon, und das ist augenblicklich auch gut so. Sie muss sich erstmal wieder erholen und jetzt nur an sich denken.

Obwohl ich liebend gerne die Polizei gerufen hätte, möchte sie es nicht und ist strikt gegen eine Anzeige. Ihr Vater scheint verschollen zu sein, denn in der nächsten Stunde kommt er nicht zurück, was vermutlich auch besser so ist, andernfalls hätte ich für nichts garantieren können.

Ich stütze Mia, als wir gemeinsam nach unten gehen, und trage sie den Rest des Weges zum Auto. Ich gehe noch drei weitere Male zurück ins Haus, um all ihre Sachen zu holen. Ein Koffer ist schon gepackt. Aber ich nutze sämtliche Beutel, Taschen und Tüten, die mir ins Auge fallen, um die Inhalte ihrer Schränke wahllos in ihnen unterzubringen, denn eines weiß ich genau, hier ist sie das letzte Mal gewesen. Nie wieder werde ich sie zu diesem kranken Irren lassen.

In den folgenden Stunden kümmere ich mich ausschließlich um ihre Verletzungen. Nachdem wir bei mir angekommen sind, und sie eine Kleinigkeit gegessen hat, lasse ich ihr ein warmes Bad ein, das ich mit Kamille- und Arnikaextrakten anreichere, um ihre Wunden zu versorgen. Ich helfe ihr beim Ausziehen und setze mich neben sie auf den Boden, während sie das Bad genießt. Ich streichle über ihr Haar, küsse sie sanft auf die Stirn und trage sie anschließend zum Bett, um mir ein genaueres Bild von allen Verletzungen zu machen.

Es hat den Anschein, als wäre nichts gebrochen, obwohl die Blessuren gravierend sind.

So viele Blutergüsse an so einem kleinen Körper, und der Schürhaken hat drei Mal tief getroffen. Ich desinfiziere die Wunden, versorge sie mit Salben und decke sie ab. Auch ihre Blutergüsse reibe ich sanft mit Paste ein, um den Schwellungen und dem Druckschmerz entgegenzuwirken. Leider kann ich ihr nur bedingt Medikamente verabreichen, da in einer Schwangerschaft jede Tablette eine zu viel ist.

Mia schläft fast den ganzen Samstag und Sonntag, aber ihre Genesung schreitet gut voran, und ihre Wunden haben sich nicht entzündet. Auch ihre Hände schwellen allmählich ab, und der Riss in ihrer Lippe beginnt zu heilen.

Mir ist immer noch danach, Thoralf anzuzeigen, aber Mia ist der Ansicht, von ihm abhängig zu sein. Sie ist über ihn krankenversichert, und er finanziert ihr Studium, obwohl sich ihr Vater in keiner Weise bei uns gemeldet hat. Das soll er auch mal schön bleiben lassen. Ich kümmere mich schon um sie, auch um ihr Studium und die Krankenversicherung. Den Alten will ich nie wieder in ihrer Nähe haben!

Da es Mia von Tag zu Tag besser geht, entschließe ich mich, meinen Urlaub zu nutzen, um nochmal mit ihr an die Ostsee zu fahren. Es ist zwar nicht Paris und auch nicht Ibiza, aber der Timmendorfer Strand hat uns schon mal gut getan, und das wird er jetzt sicherlich auch. Ich buche ein freies Ferienhaus in der gehobenen Klasse, das direkt am Strand liegt, und bereits am Mittwoch fahren wir dahin.

Mia tun die Auszeit und der Abstand zu Hamburg

sehr gut. Sie genießt die friedlichen Tage mit mir am Meer, und ihre Wunden heilen ebenso wie ihre Prellungen in Rekordzeit. Spätfolgen scheint es nicht zu geben, und ich bin sehr dankbar dafür.

Auch das Baby hat nichts abbekommen, denn Mias Übelkeit existiert nach wie vor, zudem habe ich gleich am Freitagabend noch einen Test gemacht, um auf Nummer sicher zu gehen.

Da ich sie mit zusätzlichen Mineralien und Folsäure versorge, aufpasse, dass sie genügend trinkt, ganz viel Ruhe hat und morgens schon vor dem Aufstehen eine Kleinigkeit im Liegen zu sich nimmt, bleibt das Erbrechen inzwischen aus, und sie fühlt sich zusehends wohler. Ich verlängere sogar unseren Urlaub und lasse die Praxis geschlossen, weil sie sich hier so wohl fühlt. Dennoch wäre es an der Zeit, ihr endlich die Wahrheit zu sagen. Aber wie fange ich an, ihr zu erklären, dass sie schwanger ist?

Sie ahnt nichts davon. Kein bisschen …

Ob ich es ihr am Morgen sage? Oder besser am Abend? Ob ich ihr eine Botschaft hinterlasse? Die Nachricht einfach in den Sand schreibe?

Ich weiß es noch nicht und bin froh, einen weiteren Tag Schonfrist zu haben, um darüber nachzudenken.

Gerade liegen wir kuschelnd auf der weichen Decke am Strand. Das Wetter ist wunderbar, es sind angenehme achtundzwanzig Grad, und wir dösen im Schatten des Sonnenschirms vor uns hin.

Neben uns steht Traubensaft, denn Alkohol ist tabu. Für Mia ebenso wie für mich, denn ich bin auch ein bisschen schwanger, vielleicht sogar noch mehr als sie.

Mein Engelchen ist nach wie vor die Unschuld durch und durch, und ich frage mich ernsthaft, wie Mia die ganzen bevorstehenden Untersuchungen und die Geburt überstehen soll … Ich weiß ziemlich genau, was demnächst alles auf sie zukommen wird.

Aber sie hat mich. Ich werde sie nicht im Stich lassen, niemals! Zur Not werde ich sie untersuchen und das Kind selbst zur Welt bringen. Gemeinsam können wir alles schaffen, da bin ich mir absolut sicher.

Außerdem weiß ich, wie stark sie sein kann. Sie hat schon so viel durchgestanden und ist an allem gewachsen. Die Schwangerschaft wird keine Hürde darstellen, im Gegenteil. Das Kind wird uns nur noch mehr vereinen und auf ewig aneinander binden.

Fast bin ich froh, dass die Pille versagt hat, obwohl ich mir beim besten Willen nicht vorstellen kann, weshalb. Vielleicht bekomme ich es noch irgendwann heraus. Augenblicklich weiß ich nur eines: Ich werde eine eigene Familie haben. Zum ersten Mal in meinem Leben! Davon habe ich immer geträumt, denn mein Start war alles andere als schön. Aufgewachsen bin ich in Florida, in einem Vorort von Miami. Wer mein Vater ist, weiß ich nicht. Meine Mutter war eine Hure, und sie hat keinen Hehl daraus gemacht, sondern ihren *Beruf* offen ausgelebt. Der Freier, dessen Spermium ins Grüne getroffen hat und mich damit zum Leben erweckte, war offenbar nicht so dämlich wie sie, denn aus mir ist etwas geworden. Meine Mutter hingegen war eine dumme, kranke, eiskalte Frau.

Ab meinem sechsten Lebensjahr hat sie mich ins

Geschäftsleben integriert, in ihr Geschäftsleben. Kleine Jungen kamen gut an, und sie hat sich eine goldene Nase damit verdient, mich jedem anzubieten. Mit dem Geld stieg auch ihr Drogenkonsum, und noch bevor ich neun Jahre alt wurde, setzte sie sich den goldenen Schuss. Nur leider war mein Martyrium damit nicht zu Ende, es fing erst richtig an, denn sie hatte ein Testament aufgesetzt und *vererbte* mich einem pädophilen Deutschen, der mir mein Leben zur Hölle machte …

Aber all das ist endlich Vergangenheit.

Durch Mia habe ich das Licht gefunden, durch sie habe ich Vertrauen kennengelernt, denn sie schenkt es mir in Massen. Durch sie habe ich den Glauben in das Leben neu entdeckt, und durch sie habe ich zu lieben gelernt … denn was Liebe ist und wie sie sich anfühlt, wusste ich bis vor ein paar Wochen noch nicht. Und ich liebe sie, mit jeder Faser meines Seins. Meine Liebe zu ihr könnte nicht stärker sein. Ich freue mich auf unser gemeinsames Leben, ich freue mich auf unser Kind. Und ich freue mich auf jede Minute, die ich mit meiner kleinen Familie fortan verbringen kann.

Gerade beuge ich mich über Mia und lächle sie an.

Sie sieht so entzückend aus. Ihr blondes Haar hat sie zu einem langen Zopf geflochten, der seitlich auf ihrer Schulter liegt. Sie trägt einen rosafarbenen Bikini, und ich bekomme nicht genug von ihrem traumhaft schönen Anblick. Ein Strohhut bedeckt zur Hälfte ihr Gesicht. Ich schiebe ihn zurück, und sie blinzelt mir entgegen.

»Was?«, fragt sie lächelnd, und ich streichle ihren

Bauch, dessen süßes Geheimnis nur ich kenne.

»Mia Lind, ich muss dir etwas sagen.«

Umgehend setzt sie sich auf und sieht mich neugierig an. »Wie soll ich nur beginnen … Es ist ein ernstes Thema, und ich trage es schon lange mit mir herum«, sage ich und achte auf ihre Reaktionen.

»Was ist es? Nun sag schon!«, fordert sie mich freudig auf und sticht mir spielerisch in die Rippen.

»Ich liebe dich!«, gestehe ich.

Ihr Lachen ist das Umwerfendste, was je erschaffen wurde. Es ist göttlich.

Glücklich fällt sie mir um den Hals.

»Und ich liebe dich, Duken. Ich bin so froh, dass es dich gibt. Ich möchte nie wieder ohne dich sein.«

»Keine Sekunde, mein Engel, keine Sekunde. Du und ich für immer!«

Wie schön, dass du Mia und Duken
bis hierher durch ihre Geschichte begleitet hast.
Eventuell wirst du jetzt bewegt sein, noch schockiert
über das brutale Verhalten ihres Vaters, zudem voller
Fragen, was die Zukunft beider betrifft …

Ich habe lange überlegt, ob dies ein gutes Ende ist,
und ich finde, ja, das ist es.
Allerdings kann ich mir denken,
dass du wissen möchtest, wie Duken Mia von der
Schwangerschaft erzählt, wie sie es aufnimmt,
mit dieser neuen Situation zurechtkommt,
wie beide damit umgehen werden.
Und weshalb ist sie überhaupt schwanger?
Wie wird ihr Vater darauf reagieren?
Und was hat es mit Dukens Vergangenheit auf sich?
Denn die steht plötzlich leibhaftig vor seiner Tür
und bringt viele Schrecken in das junge Glück von
Mia und Duken …

All das und mehr wirst du erfahren.
❤ Erlöst von Dr. Duken Moore ❤

Auf der folgenden Seite möchte ich dir einen kleinen
Einblick in die Fortsetzung geben,
denn langweilig und ein reiner Hebammenschmöker
wird es garantiert nicht – im Gegenteil!
Es geht spannend weiter mit Mia und Duken.

Viel Spaß mit dem Prolog!

ERLÖST VON DR. DUKEN MOORE

PROLOG

Wo bin ich? Was ist geschehen? Mein Kopf tut weh, schrecklich weh … und Blut, ich sehe überall Blut! Auf meinen Füßen, meinen Beinen, meinen Händen. Ich kann es ertasten, riechen und sogar schmecken. Erschrocken fasse ich nach meinem Bauch. Es ist alles noch da, er ist fest und rund. Mir fällt ein kleiner Stein vom Herzen.

Ich möchte mehr erkennen, aber es ist dunkel und fürchterlich kalt. Ich friere so sehr. Und was ist nur mit dem Boden? Weshalb ist der so hart?

Ich liege auf purem Beton! Es ist so unbequem und eisig kalt. Ich zittere und möchte mich bewegen, mich anders hinlegen, aber ich kann nicht.

Ich bin festgebunden! An meinen Armen und Beinen befinden sich schwere Ketten.

Wo bin ich nur?

Was ist passiert? Und wo ist Duken?

Schritte … ich höre Schritte!

Sie kommen immer näher. Es raschelt am Schloss.

Jetzt höre ich eine Stimme … und mir fällt alles wieder ein.

Lieber Gott, hilf mir, ich will nicht sterben!

Und gleich im November erwartet euch ein weiteres Märchen aus meiner Feder.

Rapunzel in Gefangenschaft

Könnt ihr euch vorstellen, wie man sich fühlt, wenn man 23 Jahre alt ist und noch nie einen Freund, noch nie Sex hatte? Nein? Dann seid froh, denn es ist meine Realität, und sie ist grausam.

Ich weiß gar nicht, was oder wer ich überhaupt bin.

Ich fühle mich nicht wie eine Frau, obwohl ich so aussehe. Ich bin aber auch kein Mann. Und ein Kind bin auch nicht mehr …

Im Grunde bin ich ein Niemand!

Ich habe keine Freunde, ich habe keine Ausbildung, ich war nie in einer Schule. Ich glaube, ich bin der einsamste Mensch auf dieser Welt.

Meine Mutter hält mich wie eine Gefangene und verweigert mir seit meiner Kindheit jeglichen Bezug zu anderen Menschen. Sie unterrichtete mich selbst, sie brachte mir alles bei, was ich weiß und was ich kann. Aber zu anderen Personen durfte ich nur selten Kontakt aufnehmen, und Freunde waren mir gänzlich verboten, ganz zu schweigen von einer Partnerschaft.

Niemand kann ahnen, wie sehr ich mich nach Liebe und Zärtlichkeit sehne. Nur ein Kuss, nur ein einziges Mal richtig küssen …

Ich würde dafür sterben!

Während ich allabendlich in meinem Zimmer am Fenster stehe, hinauf zu den Sternen schaue und mir vorstelle, wie es sich wohl anfühlen würde, in den Armen eines Mannes zu liegen, schicke ich meine Wünsche gen Himmel. Aber wie heißt es so schön? Man soll aufpassen, was man sich wünscht, denn es könnte wahr werden.

Vielleicht habe ich mich unklar ausgedrückt, vielleicht wurde ich falsch verstanden … denn das, was mir geschah, gönne ich nicht meinem ärgsten Feind. Aber lest selbst!

Ich bin Maira Byrne und das ist meine Geschichte.

Danksagung

Ich kann gar nicht oft genug **Danke** sagen!

Danke, an meine beiden Lieblingsmenschen, an meine Kinder Tara & Noah. Ich liebe euch über alles!

Danke, Eva – meine Buchstabengöttin, für deine Unterstützung und Unerschrockenheit.

Danke, ceo, für deine Detailliebe, und dass du in deiner knappen Freizeit immer für mich da bist! Ohne dich wären die Bücher nur halb so schön.

Danke, Maria – für alles!
Ohne deine Hilfe wäre der Duken niemals das geworden, was er jetzt ist.
Du hast ihm eine Seele eingehaucht!

Danke, Jana – dass es dich gibt!
Es braucht im Leben nicht viele Freunde, dafür aber die richtigen.

Danke, an all meine mutigen Leser!!!
Ohne eure bezaubernden Worte, Posts, Rezensionen und euer Interesse an meinen Büchern könnte ich mich noch nicht einmal Autor nennen. Nur ihr macht mich zu dem, was ich schon immer sein wollte:
Eine Schriftstellerin mit Leib und Seele!
Merci ❤

Was wäre ein Autor ohne seine Leser?

An dieser Stelle möchte ich mich bei einigen
wundervollen Menschen bedanken, die mir oft zur
Seite stehen und mich tatkräftig unterstützen.
In diesem Projekt war es **Maria Heine**,
die mir wie keine andere durch ihren permanenten
Zuspruch alle Zweifel genommen hat.
Ebenso die Autorenflüsterin **Barbara Prill**,
die mich über SNIPSL betreut und als Allererste
diesen Roman las. Ihre Meinung, dass ich mit diesem
Buch eine wahre Meisterleistung vollbracht habe,
lies all meine Befürchtungen gänzlich versiegen.
Des Weiteren ein Dankeschön an die liebe
Ines Wiesner, eine Buchbloggerin mit Herz,
die mich von der ersten Minute an unterstützt hat,
ebenso mein Schatz **Yvonne Fritz**, die unermüdlich
die schönsten Bilder für Dr. Duken Moore
entworfen und gepostet hat.
Vielen Dank, an euch alle!

❤

Und ein ganz besonderes Dankeschön gilt den Frauen
aus meiner »Vorab-Lesegruppe«.
Ihr seid unverzichtbar, Mädels!
Ein großes *Merci* an:
**Juanita Suderlau, Stefanie Aden, Agata Urban,
Eva Lucie, Stefanie Brandt, Elke Roidl,
Melanie Gautam, Anja Lang, Monika Forster,
Susi Stricko, Hanne-Lore Neumüller, Nicole Rubach,
Anna Steinhöfler, Barbara Behrendt, Shari Schlaugat,
Gisela Wörsdörfer, Nina S. Wagner, Nadine Escher,
Melinda Ünal & Susanne Weindler**

Bisher bereits erschienen

Cinderella in Love

Klappentext:

Jung, frech und auf der Suche nach ein bisschen
Liebe, das ist Ana.
Auch wenn zu Hause nicht alles rosig ist,
lässt sie sich ihre Lebensfreude nicht nehmen.
Als sie bei ihrer Stiefschwester eine Einladung
zu einer berauschenden Ballnacht entdeckt,
die als Brautschau angepriesen wird,
möchte auch sie mitmachen.
Dass sich aber alle Teilnehmerinnen nackt
vorstellen müssen, hätte Ana in ihren schlimmsten
Albträumen nicht vermutet, und so überschlagen
sich die Ereignisse …

›Cinderella in Love‹ ist ein modernes Märchen mit viel
Humor, Herz und einer ordentlichen Prise Erotik
sowie einem Ende,
das so manche Überraschung bereithält.

Die Schöne
und
Ben, das Biest

Klappentext:

Die junge Belle ahnt nicht, auf was sie sich einlässt, als sie ihrem Vater zuliebe bei einem düsteren Herrn einzieht, der sie nötigt, für ein Jahr bei ihm zu leben. Obwohl sie ihm gleich zu Beginn klarmacht, dass sie sich, aufgrund ihrer Unerfahrenheit, auf keine sexuellen Abenteuer mit ihm einlassen wird, besteht der geheimnisvolle Ben Beauchamp später darauf. Er verführt die schüchterne Belle und zeigt ihr die Liebe in ihren schönsten Facetten.

›Die Schöne und Ben, das Biest‹ ist ein modernes Märchen, das durch ganz viel Liebe und Romantik besticht. Taucht ein in diese wundervolle Geschichte, und lasst euch von einem Biest verzaubern, das garantiert auch eure Herzen gewinnt.

In den Fängen von Drosselbart

Klappentext:

Cat ist jung, reich, hübsch und hat alles,
was man für ein Leben im Luxus braucht.
Sie spielt mit den Menschen und kein Mann ist vor
ihren Bosheiten sicher.
Das Leben könnte so schön sein,
wenn da nicht ihr Vater wäre,
der sie unbedingt verheiraten will.
Aber niemand ist gut genug für Catherine –
nach ihrer Ansicht.
Und so schmiedet ihr Vater einen perfiden Plan mit
keinem geringeren als Earl Kenneth Ennesley,
dem sie in die Hände fällt …
Einem Mann, den sie fürchtet, den sie heiraten muss
und dem sie fortan ausgeliefert ist.
Er lehrt der jungen Cat nicht nur, was Anstand
bedeutet, sondern auch wie sich Liebe anfühlt und
wie richtig guter Sex funktioniert.

Prolog

In den Fängen von Drosselbart

»Die Kleine ist ja total verzogen«, muss ich gestehen, und Sir Arthur Asbury setzt sich niedergeschlagen zu mir an den Tisch.

»Mrs Cartwright, bitte bringen Sie uns einen guten Whisky und zwei Gläser, dann lassen Sie uns alleine und schließen die Tür!«, ruft er seiner Angestellten zu, ehe er sich ernüchtert an mich wendet. »Es tut mir so leid«, sagt er heiser, mehr bringt er nicht heraus. Das Gesicht des alten Herrn ist zu einer leidvollen Miene verzogen, die tiefen Furchen darin offenbaren mir die Schwere seines Lebens, was bei einer solchen Tochter aber kein Wunder ist. Offenbar hat er es alles andere als leicht mit ihr. Dass er sich so von diesem Gör auf der Nase herumtanzen lässt, tut mir fast weh. Bei mir würde es so etwas nicht geben! Wäre das Püppchen unter meinem Einfluss, dann …

Der Gedanke ist verlockend, verlockender, als ich mir eingestehen will. Die Kleine müsste nur mal richtig erzogen werden, denn das wurde offensichtlich bislang versäumt.

Was könnte ich nicht alles mit ihr anstellen, um ihr die Flausen aus dem Kopf zu treiben! Der anregende Gedanke daran zieht umgehend zu meinen Lenden hinunter, und mein Schwanz, den ich für gewöhnlich gut unter Kontrolle habe, presst plötzlich hart gegen meine Hose. Verdammt, damit hatte ich jetzt nicht gerechnet, aber ihr Bild, das vor mir auf dem Tisch liegt, reizt meine Fantasie bis zum Äußersten. Im Grunde bin ich nur wegen einer geschäftlichen Vereinbarung gekommen. Ja, ich sollte seine Tochter heiraten, allerdings rein formell, es sollte ein Deal werden, aber das Püppchen musste ja aus der Reihe tanzen und mich beleidigen. Nun sitze ich hier, und mein bestes Stück quält mich bei dem Gedanken daran, sie mal richtig ranzunehmen.

Wo bleibt nur der Whisky?

»Earl Ennesley, ich kann die Tragik nicht in Worte fassen, die mich ereilt. Ich bin zutiefst erschrocken über Catherines Verhalten und weiß nicht mehr weiter«, sagt er, als wir endlich in den Genuss des goldenen Feuerwassers kommen.

»Nicht so förmlich, Arthur, wir sind ja jetzt unter uns. Tja, was soll ich sagen? Ich hätte gerne mit deiner Tochter die Einzelheiten ausgearbeitet. Es wäre alles verhandelbar gewesen, aber du hältst sie ganz offenbar an einer sehr langen Leine, das bekommt einigen Frauen überhaupt nicht.«

»Sie ist doch mein einziges Kind! Ich wollte immer nur das Beste für sie. Herrgott, wäre sie nur nicht so verdammt stur! Sie treibt mich noch in den Ruin, Kenneth! Sie interessiert sich für nichts, außer ihrem eigenen Leben, Männer, Party, Spaß und meine

Kreditkarte. Was aus dem Verlag wird und aus dem Leben meiner Angestellten, daran denkt sie kein einziges Mal! Wie soll es nur weitergehen? Ich hatte so gehofft, dass wir durch eine Heirat fusionieren könnten.«

»Nicht nur du hast das gehofft, Arthur, auch ich bin sehr am Asbury House interessiert, das weißt du!«, mache ich nochmals deutlich, während mir eine Idee kommt, und ich schenke dem armen Alten nochmal nach.

»Wie viel könntest du mir zahlen, Kenneth?«, fragt er mich plötzlich.

»Nicht annähernd so viel, wie dein Verlagshaus wert ist. Maximal zwanzig Prozent«, überschlage ich kurz und stelle die Whiskyflasche ab. Nickt er jetzt tatsächlich oder wirkt der Alkohol so berauschend?

»Arthur? Was willst du mir mit deinem Nicken sagen? Du willst mir doch nicht tatsächlich deinen Verlag für einen Apfel und ein Ei überlassen?«

»Ich kann nicht mehr, Kenneth! Die zwanzig Prozent reichen natürlich vorne und hinten nicht, aber ich sehe keinen anderen Ausweg mehr. Wenn du mir versprichst, meine Angestellten mit zu übernehmen, sie zu den bisherigen Konditionen zu beschäftigen und zusätzlich einen Fond für Catherine einzurichten, sodass sie, wenn ich mal nicht mehr bin, für den Rest ihres Lebens abgesichert ist, dann werde ich darüber schlafen.«

Ich glaube, ich höre nicht richtig. Das wäre der Deal meines Lebens, obwohl mich selbst die zwanzig Prozent ziemlich schlauchen würden. Leider will er noch darüber schlafen, obwohl die Verträge schon vor uns liegen.

Das kann ich mir jetzt nicht wegen der kleinen, verzogenen Göre durch die Lappen gehen lassen.

»Arthur, mal angenommen, ich stimme dein Töchterchen um, sodass sie mich doch noch heiratet. Damit wäre die Fusion komplett, es würde kein Geld fließen, und der Verlag bliebe weiterhin in eurer Familie«, biete ich an.

»Das würdest du tun? Nach allem, was sie über dich gesagt hat?«

Ich brauche nicht lange zu überlegen. Und ob ich es tun würde, jetzt erst recht! Ich habe noch ein Hühnchen mit dem Püppchen zu rupfen, deshalb nicke ich deutlich und bestätige es ihm.

»Oh Gott, Kenneth, ich würde alles dafür geben, wenn du sie umstimmen könntest, aber das schafft niemand. Sie ist unmöglich! Du hast ja keine Ahnung. Sie sollte doch nur einmal mit dir sprechen, und schau, was geschehen ist! Sie ist ja so … so … so eine egoistische, eingebildete, ignorante Person, und es bricht mir das Herz, diese Worte über meine einzige Tochter verlieren zu müssen.«

Der Alte hat tatsächlich Tränen in den Augen. Ich kann es ihm nicht verdenken, und meine Lust darauf, der Kleinen die Leviten zu lesen, entfacht meinen Ehrgeiz nur umso mehr.

»Gib sie mir, Arthur! Ich erziehe sie schon. Ein halbes Jahr mit mir, und du wirst dein Töchterchen nicht wiedererkennen.« Noch während ich es ausspreche, zuckt es erneut zwischen meinen Lenden. Ich sehe die kleine Catherine schon vor mir, nackt in meinem Bett … ihre gefesselten Hände am

Kopfende, den roten Hintern, der ihr dringend mal versohlt werden muss …

Scheiße, ich brauche mehr Whisky!

»Wie meinst du das, Kenneth? Was hast du mit ihr vor? Du würdest ihr aber nicht wehtun, oder?«, fragt er mich besorgt.

Mir huscht ein Grinsen über das Gesicht, das ich schnell in meinem vollen Glas ertränke, ehe ich es vor mir auf dem Tisch abstelle. »Keine Sorge, ich werde deiner Prinzessin kein Haar krümmen. Aber ich denke, dass die Kleine einige Lektionen des Lebens zu lernen hat, und ich werde ihr gerne beibringen, was du leider versäumt hast. Sie will Party? Die kann sie auch bei mir haben! Sie liebt es, zu shoppen? Gut, dann soll sie dafür arbeiten! Sie steht auf Männer? Dann zeige ich ihr, was einen richtigen Mann ausmacht. Und Spaß? Den wird sie mit mir genug haben. Vertrau mir einfach, Arthur, und tu das, was ich sage, dann wirst du noch stolz auf sie sein!«

Ich sehe, dass es ihm schwerfällt. Aber der Alte ist am Ende. Verloren greift er zu einem Stift und unterschreibt tatsächlich die Verträge, die mir nicht nur einen millionenschweren Verlag bescheren, sondern seine Tochter gleich dazu.

* * *

Printed in Germany
by Amazon Distribution
GmbH, Leipzig

18999022R00200